KB164313

우화로 읽는

장자

우화로 읽는 장자

장자

장자 지음

김창환 옮김

연암서가

옮긴이 김창환金昌煥

서울대학교 사범대학 불어과를 졸업하고 서울대학교 인문대학 대학원 중어중문
학과에서 석사학위와 박사학위를 받았다. 이후 서울대학교 사범대학에서 초빙교
수와 서울대학교 인문대학 중국어문학연구소에서 책임연구원을 역임하였다. 현
재 경남대학교 교양교육연구소에 재직하고 있다.
주요 저역서로『도연명의 사상과 문학』(을유문화사),『중국의 명문장 감상』(한국학
술정보),『대학장구·중용장구』(명문당),『논어집주』(명문당),『장자』(을유문화사),『도
연명시집』(연암서가),『도연명산문집』(연암서가),『유원총보역주』(공역, 서울대학교출
판문화원) 등이 있다.
E-mail: hskch@snu.ac.kr

우화로 읽는 장자

2023년 6월 15일 초판 1쇄 인쇄
2023년 6월 20일 초판 1쇄 발행

지은이 | 장자
옮긴이 | 김창환
펴낸이 | 권오상
펴낸곳 | 연암서가

등록 | 2007년 10월 8일(제396-2007-00107호)
주소 | 경기도 고양시 일산서구 호수로 896, 402-1101
전화 | 031-907-3010
팩스 | 031-912-3012
이메일 | yeonamseoga@naver.com
ISBN 979-11-6087-111-1 03820

값 18,000원

이 저술은 2021년 대한민국 교육부와 한국연구재단의
지원을 받아 수행된 연구임(NRF-2021S1A5C2A04088759)

『장자』는 우리에게 정신적 자유와 발상의 전환을 제공함으로써 대상을 새롭게 보는 눈을 뜨게 해 주는 책이다. 장자가 이를 위해 동원한 효과적인 방법이 우언이다. 제27편인 「우언」에서 이 책의 10에서 9가 우언이라고 하였듯이[우언십구(寓言十九)], 『장자』는 대부분이 우언으로 구성되어 있다고 할 만하다.

우언은 우리에게 익숙한 단어인 우화(寓話)와 동의어로, 다른 것에 가탁하여 뜻을 나타내는 표현 방식이다. 장자는 우언의 효과에 대해 '아버지와 자식'의 비유를 들어 다음과 같이 설명하였다. "친아버지는 자기 자식을 위해 중매하지 않으니, 친아버지가 자기 자식을 칭찬하는 것은 자기 아버지가 아닌 자(가 칭찬하는 것)만 못하기 때문이다.(親父不爲其子媒, 親父譽之, 不若非其父者也.)" 외부에 의지해 말하는 효과, 즉 우언의 효과를 밝힌 비유이다. 마지막 편인 「천하」에서는 자신의 학술을 소개하면서, "우언으로 넓히기를 추구하였다.(以寓言爲廣.)"라고 하여, 우언이라는 방식을 통해 자신의 학설이 깊고 넓은 부분으로 확대하기를 바랐다.

이 책은 장자 사상을 대변하는 우언들을 역주하고 해설을 붙인 것이다. 여러 종류의 『장자』 번역서가 나왔지만 대개 『장자』에 나오는 우언들에 대해 번역만 하고 해설이 없어, 그 본의를 이해하는 데에 한계가 있다. 이 책에서는 [해설]란을 두어 우언에 깃들여 있는 본의를 설명함으로써 장자가 전하려 했던 주장을 선명하게 하고자 하였다. 우언을 통해 전체적인 맥락에서 『장자』 이해의 지름길을 찾을 수 있도록 한 것이다.

대표적인 예로 『장자』 첫머리에 등장하는 곤어와 붕새의 우언을 들 수 있다. 크기가 몇천 리나 되는 물고기인 곤어가 변하여 역시 크기가 몇천 리나 되는 붕새가 된다는 내용을 이해하기 위해서는 곤어와 붕새가 상징하는 의미로부터 전체적인 맥락을 찾아가야 한다. 역자가 붙인 해설 가운데 대표적 실례가 될 수 있어 아래에 소개한다.

'곤(鯤)'은 원래 물고기 알인데 여기에서는 반대로 큰 물고기를 가리키는 말로 끌어 씀으로써 보통사람들의 주관적이고 고정적인 판단의 경계를 허물고 있다. 물고기가 새로 변하는 것 역시 보통사람들이 갖고 있는 고정 관념을 타파하기 위한 설정이다. 즉 물고기알과 큰 물고기를 대비하여 크기에 대한 고정 관념과 물고기와 새를 대비하여 개체에 대한 고정 관념을 넘어서게 한 것이다. 장자 철학의 핵심 가운데 하나인 한계의 초월을 제시한 우언으로, 사유의 한계를 타파하기 위한 비유를 통하여 발상의 전환을 유도하고 있다.

『장자』 첫 편인 「소요유」의 첫 우언에 대한 해설이다. 사람들은 대개 자신의 주관이나 고정 관념 등에서 비롯된 편견을 가지고 있다. 그 한계를 극복하는 길이 발상의 전환에 있고, 붕새 이야기는 이를 위해 설정한 우언이다. 『장자』의 우언 속에 녹아 있는 의미를 제대로 파악한다면 『장자』의 정수를 쉽고도 재미있게 이해할 수 있을 것이다.

『장자』 33편 가운데 맨 마지막 편인 「천하」편은 『장자』의 서문 성격을 지니고 있다. 여기에서 장자는 당시의 학술을 개괄하고 각 학파가 주장하는 논점을 밝힌 뒤에 자신의 철학을 종합하였다. 따라서 내용상 우언의 요소가 없는 관계로 이 편을 제외한 나머지 32편에서 우언을 발췌하여 수록하였다.

이 책은 경남대학교 교양교육연구소에서 진행하고 있는 연구프로젝트의 일환으로 나오게 되었다. 본 프로젝트를 지원하는 한국연구재단과 연구단을 이끌면서 제반 연구 여건을 챙겨 주시는 정원섭 소장님께 이 자리를 빌려 깊은 감사의 말씀을 드린다. 또한 역주와 교정과정에서 지속적인 관심과 배려를 기울여 주시고 멋진 책으로 만들어 주신 연암서가의 권오상 대표님께도 깊이 감사드린다.

2023년 5월
역자

장자·내편

莊子·內篇

1. 소요하며 노닐다

| 소요유逍遙遊 |

'소요유'는 일체의 속박에서 벗어난 자유자재의 상태이다. 장자는 「소요유」편에서 다양한 우언을 통해 진정한 자유의 경지를 제시하였다. 그 내용은 다음의 두 가지로 요약된다.

첫째, 한계의 초월이다. 사유의 한계, 지식의 한계, 현실의 한계 등 갖가지 한계의 속박에서 벗어나는 것이다. 그 대표적인 예가 물고기가 새로 변하는 우언이다.

둘째, '쓸모없음[무용(無用)]'의 가치에 대한 인식이다. '쓸모 있음[유용(有用)]'의 국한에서 벗어나야 '쓸모없음'의 '큰 쓸모[대용(大用)]'를 받아들일 수 있고, 나아가 소요유할 수 있다. 그 대표적인 예가 크기는 하지만 쓸모가 없는 가죽나무의 우언이다.

01.

물고기가 새로 변하다

北冥[1]有魚, 其名爲鯤. 鯤之大, 不知其幾千里也. 化而爲鳥, 其名爲鵬[2]. 鵬之背, 不知其幾千里也. 怒而飛, 其翼若垂天[3]之雲. 是鳥也海運[4]則將徙於南冥, 南冥者, 天池[5]也.

북쪽 바다에 물고기가 있는데 그 이름이 곤어(鯤魚)이다. 곤어의 크기는 그것이 몇천 리인지 모른다. 변하여 새가 되는데 그 이름이 붕새이다. 붕새의 등도 그것이 몇천 리인지 모른다. 깃을 떨치고 날게 되면 그 날개는 마치 하늘가의 구름과 같다. 이 새는 바다가 움직이면 남쪽 바다로 옮겨 가려 하는데, 남쪽 바다라는 것은 천지(天池)이다.

---

1   북명(北冥): 북쪽에 있는 바다라는 의미로, '북명(北溟)'으로도 쓴다. 아래 '남명(南冥)'의 경우도 마찬가지이다.

2   붕(鵬): '봉(鳳)'의 고자(古字)이다. 여기에서는 큰 새를 가리키는 말로 쓰였다.

3   수천(垂天): '수(垂)'는 가장자리[수(陲)]의 의미로, '수천(垂天)'은 '하늘에 가장자리한', '하늘가의'라는 뜻이다.

4   해운(海運): 두 가지 풀이가 있다. 하나는 "바다로 가다."로 풀어 '운(運)'의 주어를 붕새로 보는 곽상(郭象)의 설이다. 다른 하나는 "바다가 움직이다."로 풀어 '운(運)'의 주어를 바다로 보는 곽경번(郭慶藩)의 설이다. 여기서는 후자를 취하였다. 그 이유는, 바다가 움직여야 바람이 일고 그 바람을 타고 구만리(九萬里)에 오른다는 다음 단락과의 연계가 자연스럽기 때문이다. 진고응(陳鼓應)의 『장자금주금역(莊子今註今譯)』에서, "바다가 움직여 바람이 일어난다.(海運風起)"라고 하였다.

5   천지(天池): 천연(天然)의 못이라는 뜻이다.

장자가 자신의 말을 스스로 황당하다고 평했듯이[6] 그가 저술한 『장자』는 곤어와 붕새의 황당한 내용으로 시작한다. '곤(鯤)'은 원래 물고기 알인데, 여기에서는 반대로 큰 물고기를 가리키는 말로 끌어 씀으로써 보통사람들의 주관적이고 고정적인 판단의 경계를 허물고 있다. 물고기가 새로 변하는 것 역시 보통사람들이 갖고 있는 고정 관념을 타파하기 위한 설정이다. 물고기알과 큰 물고기를 대비하여 크기에 대한 고정 관념과 물고기와 새를 대비하여 개체에 대한 고정 관념을 넘어서게 한 것이다. 장자 철학의 핵심 가운데 하나인 한계의 초월을 제시한 우언으로, 사유의 한계를 타파하기 위한 비유를 통하여 발상의 전환을 유도하고 있다.

한자 鯤 곤이(물고기알) 곤·곤어(큰물고기) 곤, 鵬 붕새 붕, 翼 날개 익·지느러미 익, 垂 늘어질 수·드리울 수·가 수·변방 수, 徙 옮길 사·넘길 사

02.
큰 배를 띄우는 깊은 물

夫水之積也不厚, 則其負大舟也無力. 覆杯水於坳堂[7]之上, 則芥爲之舟, 置杯焉則膠. 水淺而舟大也.

6　『장자·천하(天下)』, "공허한 주장과 황당한 말, 끝이 없는 글로써 때때로 제멋대로이지만 치우치지 않았다.(以謬悠之說·荒唐之言·無端崖之辭, 時恣縱而不儻.)"
7　요당(坳堂): 뜰 가운데 움푹 패인 곳이다.

물이 쌓인 것이 깊지 못하면 그것이 큰 배를 띄우는 데에 힘이 없다. 한 잔의 물을 뜰의 패인 곳에 쏟아 놓으면, 겨자씨는 배가 되겠지만 거기에 잔을 놓으면 땅에 붙는다. 물은 얕은데 배가 크기 때문이다.

> **[해설]** 물이 깊어야 큰 배를 띄울 수 있듯이, 붕새가 9만 리를 오르는 것은 바람이 아래에서 받쳐 주어야 크게 날갯짓하여 남쪽 바다에 이를 수 있다. 사람이 큰일을 이루기 위해서는 먼저 여건이 갖추어져야 함을 물과 배, 겨자씨와 잔의 비유를 들어 설명한 우언이다.

> **[한자]** 覆 엎어질 복·엎을 복·덮을 부, 坳 우묵할 요(凹와 같은 자), 芥 겨자 개, 膠 아교 교·붙을 교

03.
하루살이 버섯과 8천 년을 한 계절로 하는 참죽나무

朝菌[8]不知晦朔, 蟪蛄不知春秋, 此小年也. 楚之南有冥靈者, 以五百歲爲春, 五百歲爲秋, 上古有大椿者, 以八千歲爲春, 八千歲爲秋. 而彭祖[9]乃今以久特聞, 衆人匹之, 不亦悲乎.

아침에 돋아나는 버섯은 그믐과 초하루를 모르고 씽씽매미는 봄과

---

8 조균(朝菌): 아침에 나서 저녁에 죽는 버섯이다.
9 팽조(彭祖): 전설에 등장하는 인물로 이름이 전갱(籛鏗)이다. 요임금의 신하로 팽성(彭城)에 봉해졌고, 하대(夏代)를 지나 은대(殷代)까지 700여 년을 살아 팽조라고 불렸다.

가을을 모르니, 이는 짧은 수명이다. 초나라 남쪽에 명령이란 나무가 있는데, 5백 년을 봄으로 하고 5백 년을 가을로 하며, 먼 옛날에 대춘 이라는 나무가 있었는데, 8천 년을 봄으로 하고 8천 년을 가을로 하였다. 그런데 팽조는 지금 오래 산 것으로 홀로 소문나 많은 사람들이 그에 필적하려고 하니, 또한 슬프지 않은가.

해설 짧은 수명은 긴 수명에 미치지 못한다. 사람들이 장수의 상징으로 여기는 팽조도 8천 년을 한 계절로 하는 대춘에 비하면, 하루를 사는 버섯이나 한 철을 사는 매미에 불과하다. 시간적 한계에 구속된 존재들의 국한성을 비유한 우언이다.

한자 菌 버섯 균, 蟪 씽씽매미 혜, 蛄 씽씽매미 고, 椿 참죽나무 춘, 彭 곁 방·많을 방·땡땡할 팽·장수(長壽) 팽·땅이름 팽, 匹 필 필·짝 필

04.
도의 경지에서 노니는 자

夫列子[10]御風而行, 泠然[11]善也, 旬有五日而後反, 彼於致福者, 未數數然也. 此雖免乎行, 猶有所待者也. 若夫乘天地之正[12], 而御六氣[13]之辯[14], 以遊無窮者, 彼且惡乎待哉. 故曰, 至人[15]無己[16], 神人[17]

10　열자(列子): 전국시대 정(鄭)나라의 사상가인 열어구(列御寇)를 가리킨다.
11　영연(泠然): 시원한 모습이다.
12　천지지정(天地之正): 자연의 도(道)를 가리킨다.
13　육기(六氣): 음(陰), 양(陽), 풍(風), 우(雨), 회(晦), 명(明)의 여섯 가지 기운이다.

無功[18], 聖人[19]無名[20].

열자는 바람을 부리면서 타고 다녀 상쾌하게 기분이 좋았고 보름이 지나서 돌아왔으나, 그는 (바람을 타는) 복을 얻는 것에 급급했던 적은 없었다. 이것은 비록 걷는 것에서는 벗어났다 할지라도 아직도 의지하는 것[21]이 있다. 만약 천지의 바른 기운을 타고 여섯 가지 기운의 변화를 다스리면서 무궁함에 노니는 자라면,[22] 그는 또 어디에 의지하겠는가. 그래서 말하노니, "지인(至人)은 자아를 의식함이 없고 신인(神人)은 공로를 의식함이 없으며 성인(聖人)은 명성을 의식함이 없다."

해설 의지하는 것이 있는 열자, 즉 한계가 있는 열자와 의지하는 것이 없는 절대자유의 경지에 이른 지인, 신인, 성인을 대조시켜 드러내었다. 진정한 소요의 경지는 자아, 공로, 명성 등에 대한 집착을 초월한 정신적 경지임을 설파하기 위한 우언이다.

한자 泠 맑을 령·온화할 령

14　변(辯): '변(變)'의 뜻으로, 변화(變化)를 가리킨다.
15　지인(至人): 도덕(道德)이 지극한 경지에 이른 사람이다.
16　무기(無己): 자아의 경계를 초월한 물아일체(物我一體)의 경지이다.
17　신인(神人): 정신(精神)이 초탈의 경지에 이른 사람이다.
18　무공(無功): 공을 이루었다는 마음을 비운 경지이다.
19　성인(聖人): 수양(修養)이 완성된 경지에 이른 사람이다.
20　무명(無名): 명성에 대한 집착을 비운 경지이다.
21　바람을 가리킨다.
22　도(道)의 경지에서 노니는 것을 가리킨다.

05.

나는 천하를 가지고 할 것이 없다

堯讓天下於許由[23]曰. 日月出矣, 而爝火不息, 其於光也, 不亦難乎.
時雨降矣, 而猶浸灌, 其於澤也, 不亦勞乎. 夫子立, 而[24]天下治, 而
我猶尸之, 吾自視缺然. 請致天下. 許由曰. 子治天下, 天下旣已治
也, 而我猶代子, 吾將爲名乎. 名者, 實之賓也, 吾將爲賓乎. 鷦鷯巢
於深林, 不過一枝, 偃鼠飮河, 不過滿腹. 歸休乎君. 予無所用天下
爲. 庖人雖不治庖, 尸祝[25]不越樽俎而代之矣.

요임금이 허유에게 천하를 양보하면서 말하였다. "해와 달이 나왔는
데도 횃불이 꺼지지 않고 있다면 그것이 빛이 되기에 또한 어렵지 않
겠습니까. 제때의 비가 내리는데 아직도 물을 대고 있다면 그것이 땅
을 적시는 데에 또한 수고롭지 않겠습니까. 그대가 (천자의 자리에) 선
다면 천하가 다스려질 텐데 내가 아직도 그것을 주관하고 있으니 나
스스로 보기에 부족합니다. 천하를 바치겠습니다." 허유가 대답하였
다. "그대가 천하를 다스려 천하가 이미 다스려졌는데 그런데도 내
가 그대를 대신한다면 나는 아마 명성을 추구하는 것이 될 것입니다.
명성이란 것은 실재의 객[허상]이니 나는 아마 객을 추구하는 것이 될

---

23 허유(許由): 기산(箕山)에 은거하였다는 은사이다.

24 이(而): 연사로, '즉(則)'의 용법이다.

25 시축(尸祝): '시(尸)'는 '주(主)'의 뜻으로, 시축은 축문을 주관하는 제관을 가리
   킨다. '시(尸)'를 시동(尸童)으로 보아, 시동과 축관으로 해석하기도 한다.

것입니다. 뱁새가 깊은 숲속에 둥지를 틀어도 나뭇가지 하나에 지나지 않고 두더지가 황하의 물을 마셔도 배를 채우는 데에 지나지 않습니다. 돌아가 쉬시오. 그대여. 나는 천하를 가지고 할 것이 없습니다. 요리사가 비록 주방 일을 잘하지 못하더라도 제관(祭官)이 제기(祭器)를 넘어가서 그를 대신하지는 않습니다."

해설 천자의 지위를 양보하려는 요임금에게, 허유가 뱁새와 두더지의 비유를 들어 현실의 구속을 초월하여 자득해야 하는 이치를 설명하였다. 명성을 허상으로 여기는 지인의 안분지족을 강조하면서 사람마다 맡은 직분이 있으니 그것에 충실할 것으로 선양의 부탁을 거절하고 있다.

한자 爝 횃불 작, 浸 잠길 침·물댈 침, 灌 물댈 관·따를 관, 尸 주검 시·시동 시·주관할 시, 缺 이지러질 결·모자랄 결, 致 이를 치·부를 치·맡길 치, 鷦 뱁새 초, 鷯 뱁새 료, 偃 쓰러질 언·쏠릴 언·누울 언·두더지 언(鼴과 통용), 庖 부엌 포, 樽 술단지 준, 俎 도마 조(제수를 올리는 제기)

06.
비범한 사람의 경지

藐姑射之山, 有神人居焉, 肌膚若冰雪, 淖約若處子. 不食五穀, 吸風飲露, 乘雲氣, 御飛龍, 而遊乎四海之外. 其神凝, 使物不疵癘, 而年穀熟.

막고야산에 신인(神人)이 사는데, 피부는 얼음과 눈처럼 희고 부드럽기는 처녀와 같다. 오곡을 먹지 않고 바람을 들이쉬고 이슬을 마시며 구름을 타고 비룡(飛龍)을 부리면서 사해(四海)의 밖에서 노닌다. 그 정신이 응집되면 만물을 병들지 않게 하고 농사지은 곡식을 잘 익게 한다.

해설 장자가 신인(神人)의 경지를 설정하여 제시한 우언이다. 공로, 명성 등 세속적 가치를 벗어나 도달한 소요유의 모습을 묘사하였다. 정신적 초월의 이상적 경지이다.

한자 藐 작을 묘·약할 묘·멀 막(邈과 같은 자), 射 쏠 사·벼슬이름 야·산이름 야·맞힐 석·싫어할 역, 淖 진흙 뇨·얌전할 작(綽과 통용), 疵 흉 자·흉볼 자, 癘 문둥병 라·염병 려

07.
큰 바가지의 큰 쓸모

惠子謂莊子曰. 魏王貽我大瓠之種, 我樹之. 成而實五石, 以盛水漿, 其堅不能自擧也, 剖之以爲瓢, 則瓠落²⁶無所容. 非不呺然²⁷大也, 吾爲其無用, 而掊之. 莊子曰. 夫子固拙於用大矣. 宋人有善爲不龜手之藥者, 世世以洴澼絖爲事, 客聞之, 請買其方以百金. 聚族

---

26 호락(瓠落): '확락(廓落)'과 같은 뜻으로, 너무 넓고 커서 납작한 것이다.
27 효연(呺然): 크고 비어 있는 모습이다.

而謀曰. 我世世爲洴澼絖, 不過數金. 今一朝而鬻技百金, 請與之.
客得之, 以說吳王. 越有難, 吳王使之將, 冬與越人水戰, 大敗越人,
裂地而封之. 能不龜手一也, 或以封, 或不免於洴澼絖, 則所用之異
也. 今子有五石之瓠, 何不慮以爲大樽, 而浮乎江湖, 而憂其瓠落無
所容.

혜자(惠子)[28]가 장자에게 말하였다. "위왕(魏王)이 나에게 큰 박의 씨
를 주어 내가 그것을 심었소. 열매가 맺어 다섯 섬을 채울 정도가 되
어 음료를 담았더니 그 단단함은 자체를 지탱하지 못하고, 그것을 쪼
개어 바가지를 만드니 납작하여 담을 것이 없었소. 덩그렇게 크지 않
은 것은 아니지만 나는 그것이 쓸모가 없다고 여겨 부숴버렸소." 장
자가 말하였다. "그대는 진실로 큰 것을 쓰는 데 서툴군요. 송나라 사
람 중에 손을 트지 않게 하는 약을 잘 만드는 사람이 있어, 대대로 솜
을 표백하는 것을 생업으로 삼았는데, 나그네가 이 말을 듣고 그 방
법을 백금에 사겠다고 청하였소. (그는) 가족을 모아 놓고 의논하였
다오. '우리가 대대로 솜을 표백하는 일을 해왔는데 (수입은) 몇 푼에
지나지 않는다. 지금 하루아침에 기술을 백 금에 팔게 되었으니 그것
을 주도록 하자.' 나그네가 이것을 얻어 오나라 왕에게 유세했다오.
월나라가 전쟁을 일으키자 오왕은 그를 장군으로 삼았고, 겨울에 월
나라 사람들과 수전(水戰)을 하여 크게 월나라 사람들을 무찌르자 (오

---

28 혜자(惠子): 장자의 친구인 송(宋)나라 혜시(惠施)로, 위(魏) 양혜왕(梁惠王)의
    재상을 지냈다. 명가(名家)의 대표적 인물인데, 『장자』에 등장하는 그와 관련
    된 이야기들은 우언의 성격이 짙다.

왕은) 땅을 갈라 그를 봉(封)해 주었소. 손을 트지 않게 할 수 있었던 것은 한가지인데 어떤 사람은 봉지를 받고 어떤 사람은 솜을 표백하는 일에서 벗어나지 못했으니, 쓰는 방법이 달랐기 때문이오. 지금 그대가 닷 섬들이 박을 가지고 있다면, 어찌하여 그것으로 큰 통을 만들어 강호에 떠다닐 생각을 하지 않고 납작하여 담을 것이 없음을 걱정하시는지요."

해설 '쓸모없음'의 큰 쓸모, 즉 '대용(大用)'에 대한 깨우침이다. 손을 트지 않게 하는 약을 큰 쓸모로 만들어 장군이 되고 봉지를 받은 사람의 비유를 들어, 큰 박의 쓸모를 깨우쳐 줌으로써 궁극적으로 '큰 쓸모'로의 발상 전환을 유도하고 있다.

한자 貽 줄 이·끼칠 이, 瓠 박 호, 瓢 바가지 표, 呺 텅비고 클 효, 掊 해칠 부·칠 부, 龜 거북 귀·틀 균, 洴 표백할 병, 澼 표백할 벽, 絖 솜 광, 鬻 죽 죽·팔 육, 說 말씀 설·기쁠 열·유세할 세, 裂 찢을 렬·자투리 렬

08.
가죽나무의 큰 쓸모

惠子謂莊子曰. 吾有大樹, 人謂之樗. 其大本擁腫[29], 而不中繩墨, 其小枝卷曲, 而不中規矩, 立之[30]塗, 匠者不顧. 今子之言, 大而無用,

---

29 옹종(擁腫): 나무의 옹이가 부풀어오른 모습이다.
30 지(之): 개사로, '어(於)'의 뜻이다.

衆所同去也. 莊子曰. 子獨[31]不見狸狌乎? 卑身而伏, 以候敖者, 東西跳梁[32], 不辟高下, 中於機辟, 死於罔罟. 今夫斄牛, 其大若垂天之雲. 此能爲大矣, 而不能執鼠. 今子有大樹, 患其無用, 何不樹之於無何有之鄉廣莫之野, 彷徨乎無爲其側, 逍遙乎寢臥其下. 不夭斤斧, 物無害者, 無所可用, 安所困苦哉.

혜자가 장자에게 말하였다. "나에게 큰 나무가 있는데 사람들은 그것을 가죽나무라 하오. 그 큰 줄기는 울퉁불퉁하여 먹줄에 맞지 않고 그 작은 가지는 말리고 굽어서 그림쇠와 곡척에 맞지 않으니, 길가에 서 있어도 목수들이 쳐다보지도 않는다오. 지금 그대의 말은 크기만 하고 쓸모가 없어 사람들이 모두 버리는 것이오." 장자가 대답하였다. "그대는 어찌 너구리와 족제비를 보지 못했소? 몸을 낮추고 엎드린 채 놀러 나오는 놈(먹이)를 기다리다가 이리저리 뛰면서 높고 낮은 곳을 피하지 않으니, 덫에 걸리고 그물에서 죽게 되지요. 지금 저 검은 소는 그 크기가 하늘가의 구름과 같지요. 이것은 진짜로 크지만 쥐를 잘 잡지는 못한다오. 지금 그대는 큰 나무를 가지고 있으면서 그것이 쓸모없다고 걱정하는데, 어찌 그것을 아무것도 없는 곳의 드넓은 들판에 심고 서성이며 그 곁에서 일없이 느긋하고, 자유롭게 그 아래에 누워 자지 않는지요. 도끼에 일찍 잘리지도 않고 어떤 것도 해를 끼칠 것이 없으니, 쓸 만한 곳이 없지만 어디에서 고통을 당하리오."

---

31 독(獨): 의문부사로, '어찌', '어떻게'의 뜻이다.
32 량(梁): '뛰다'의 뜻으로, '량(踉)'과 같다.

해설 앞의 우언과 같은 주제로, 고정된 사유의 한계를 벗어나 '큰 쓸모[대용(大用)]'에 대한 인식을 가질 것을 깨우친 우언이다. 혜시는 크기는 하지만 쓸모가 없는 가죽나무를 예로 들어 장자의 말이 황당하여 쓸모가 없다고 비판하였다. 이에 장자는 상식적이고 고정된 안목에서 벗어날 것을 충고하였다. 또 소에게 쥐를 잡게 하지 말라는 비유를 통해 각 존재의 장점을 파악하고 제 역할을 하도록 하는 것이 큰 쓸모임을 깨우치고 있다. 결국 자기 주장의 큰 쓸모에 대한 깨달음을 유도한 설정이다.

난자 樗 가죽나무 저, 擁 안을 옹·막을 옹, 腫 부스럼 종·부르틀 종, 規 그림쇠 규·꾀할 규·법 규, 矩 곱자 구·법구, 塗 진흙 도·칠할 도·길 도, 狌 성성이(원숭이의 일종) 성·족제비 성, 候 기다릴 후, 跳 뛸 도·넘어질 도, 辟 임금 벽·법 벽·새그물 벽(繴과 통용)·피할 피, 罔 그물 망(網과 같은 자)·없을 망, 罟 그물 고, 藜 검은소 리, 莫 없을 막·말 막·아득할 막·어두울 막·저물 모

2. 만물을 같게 보고 주장을 같게 보다

| 제물론齊物論 |

'제물론'은 '만물을 같게 보는 것[제물(齊物)]'과 '주장을 같게 보는 것[제론(齊論)]'의 두 의미를 포괄하는 개념이다. 장자는 만물이 천차만별인 것처럼 보이지만 그 본질은 한가지라고 하였다. 사람들의 말과 견해도 다른 것처럼 보이지만 역시 그 본질은 한가지라고 하였다. 그러므로 주관적인 기준을 내세워 시비를 분별하는 국한에서 벗어날 것을 다양한 우언을 통해 제시하였다.

제물론은 소요유와 더불어 장자철학의 중심이 되는 이론이다. 도(道)의 관점에서 현상적이고 주관적인 가치를 초월함으로써, 현실의 대립과 갈등을 극복하고 정신적 자유를 획득할 것을 강조한 내용이다.

01.
말라 죽은 나무와 불 꺼진 재

南郭子綦[1]隱机而坐, 仰天而噓, 嗒焉[2]似喪其耦[3]. 顔成子游[4]立侍乎
前曰. 何居[5]乎? 形固可使如槁木, 而心固可使如死灰乎? 今之隱机
者, 非昔之隱机者也. 子綦曰. 偃, 不亦善乎. 而[6]問之也. 今者吾喪
我, 汝知之乎.

남곽자기가 책상에 기대앉아 하늘을 우러러보면서 숨을 내쉬는데,
멍하니 자신의 육체를 잃은 듯하였다. 안성자유가 앞에 서서 모시고
있다가 말하였다. "어찌된 일이십니까? 육체는 진실로 죽은 나무와
같게 할 수 있으며 마음은 진실로 불 꺼진 재와 같게 할 수 있습니까?
지금 책상에 기대고 계신 것은 전날 책상에 기대고 계셨던 모습이 아
닙니다." 남곽자기가 말하였다. "언아, 훌륭하구나. 네가 그것을 묻
다니. 지금 나는 주관적인 나를 잃었는데 네가 그것을 알았구나."

1 　남곽자기(南郭子綦): 초(楚)나라 사람으로 초(楚) 장왕(莊王)의 동생이라고 하
　는데, 사실은 장자가 설정한 고사(高士)이다.

2 　탑언(嗒焉): '망아(忘我)'의 초월적 경지를 형용한다.

3 　우(耦): '짝'의 의미로, 여기서는 정신에 대하여 그 짝인 육체를 가리킨다. 따라
　서 "喪其耦."는 육체를 초월한 경지를 가리킨다.

4 　안성자유(顔成子游): 남곽자기(南郭子綦)의 제자로, 이름이 언(偃)이고 자유(子
　游)는 그의 자이다.

5 　기(居): 의문어조사이다.

6 　이(而): 2인칭대명사이다.

해설 주관적인 나를 버리고 차별심에서 벗어난 모습을 그리고 있다. 그런 상태라야 만물을 같게 볼 수 있고, 물아일체의 경지에 이를 수 있음을 말한 것이다. '오(吾)'는 자체로서의 나[객관적인 나]이고, '아(我)'는 상대와의 관계 속에서 형성된 나[주관적인 나]이다. 자아라는 주관이 배제된 곳, 즉 마음이 불 꺼진 재와 같아진 평정의 상태에서 제대로 보고 제대로 판단할 수 있음을 밝힌 우언이다. '죽은 나무[고목(槁木)]'와 '불 꺼진 재[사회(死灰)]'는 육체로 대표되는 외적인 구속이나 한계, 현상적인 시비분별의 초월을 비유한다.

한자 綦 연둣빛 기 隱 숨을 은·기댈 은, 机 책상 궤(几와 같은 자), 噓 입김내불 허, 嗒 멍할 탑(嚃과 같은 자), 耦 짝 우, 侍 모실 시

02.
도의 다른 이름: 천뢰(天籟)

子游曰. 地籟則衆竅是已, 人籟則比竹[7]是已. 敢問天籟. 子綦曰. 夫吹萬不同, 而使其自己也. 咸其自取, 怒者其誰邪.

안성자유가 말하였다. "지뢰(地籟)는 모든 구멍에서 나는 소리가 그것이고 인뢰(人籟)는 피리 등 악기의 소리가 그것이군요. 감히 천뢰(天籟)에 대해 여쭙겠습니다." 남곽자기가 대답하였다. "불어대는 것

---

7 비죽(比竹): 피, 생황 등 대나무를 엮어 만든 악기이다.

들이 만 가지로 같지 않지만, 그것들로 하여금 자체로부터 비롯되게 하는 것이다. 모두가 그것이 자기 스스로에서 (원리를) 취하니 소리치게 하는 것이 그 누구이겠는가."

해설 다양한 구멍에 따라 나오는 소리는 각기 다르지만 그 소리가 나오는 원리는 같아서 스스로 나오게 하는 것으로, 이것이 천뢰(天籟)임을 제시하였다. 천뢰는 바로 도(道)이다. 도의 관점에서 보면 '만물을 같게 보는 것[제물(齊物)]'이 가능해짐을 깨우친 우언이다.

한자 比 견줄 비·엮을 비·나란할 비

03.
고정 관념

夫隨其成心, 而師之, 誰獨且無師乎. 奚必知代[8], 而心自取者有之. 愚者與有焉. 未成乎心而有是非, 是今日適越而昔至也. 是以無有爲有, 無有爲有, 雖有神禹, 且不能知.

고정된 마음을 따라 이를 스승 삼는다면, 누구인들 어찌 스승이 없겠는가. 어찌 반드시 변화를 알아서 마음에 스스로 (변화를) 취하는 자만이 그것을 갖고 있겠는가. 어리석은 자도 함께 그것을 가지고 있

---

8 대(代): 대신하여 바꾼다는 뜻에서 '변화(變化)'를 의미한다.

다. 아직 마음이 고정되지 않았는데 시비가 있다는 것은 오늘 월나라로 가는데 어제 도착하였다는 격이다. 이것은 (시비의 기준이) 없는 것을 있다고 하는 것이니, 없는 것을 있다고 한다면 비록 신령스런 우임금이라도 오히려 알 수 없었을 것이다.

해설 고정 관념을 없애야 시비가 일어나지 않음을 제시한 우언이다. 장자는 그 고정 관념을 '성심(成心)'으로 개념화하였다. 성심은 '이미 형성된 마음'이라는 뜻으로, 고정 관념을 가리키는 말이다. 자아를 중심으로 하는 주관에 의해 '성심'이 생기고 여기에서 시비가 일어난다. 위에서 말한 '스승'은 시비에 대한 주관적인 판단 기준을 가리킨다. '오늘 월나라로 가는데 어제 도착하였다'는 것은 고정 관념이 없는데 시비가 일어나는 것은 있을 수 없는 일이라는 뜻이다. 시비의 초월이 '주장을 같게 보는 것[제론(齊論)]'이다.

한자 適 갈 적·맞을 적, 禹 우임금 우·도울 우

04.
이것과 저것의 상대성

物無非彼, 物無非是. 自彼則不見, 自知則知之. 故曰, 彼出於是, 是亦因彼. 彼是方生之說也, 雖然方生方死, 方死方生, 方可方不可, 方不可方可. 因是因非, 因非因是. 是以聖人不由, 而照之於天, 亦因是也. 是亦彼也, 彼亦是也, 彼亦一是非, 此亦一是非. 果且有彼是乎哉? 果且無彼是乎哉? 彼是莫得其偶, 謂之道樞. 樞始得其環中, 以應無窮, 是亦一無窮, 非亦一無窮也.

만물은 저것이 아닌 것이 없고 만물은 이것이 아닌 것이 없다. 저쪽에서는 보지 못해도 자신이 아는 것은 안다. 그래서 말하기를, 저것은 이것에서 나오고 이것 또한 저것에서 말미암는다고 하는 것이다. 저것과 이것이라는 것은 (서로에 의해) 막 생겨난 말이나 그렇지만 막 생겨난 것이 바로 없어지고[9] 막 없어진 것이 바로 생겨나게 되며, 막 가능했던 것이 바로 불가능하게 되고 막 불가능했던 것이 바로 가능하게 된다. 옳음을 따르다가 그름을 따르고, 그름을 따르다가 옳음을 따른다.[10] 이 때문에 성인은 (시비를) 따르지 않고 하늘의 이치에 비추고, 또한 이것(하늘의 이치)을 따른다. 이것도 또한 저것이고 저것도 또한 이것이니, 저것도 또한 하나의 시비이고 이것도 또한 하나의 시비이다. (그렇다면) 과연 저것과 이것은 있는 것인가? 과연 저것과 이것은 없는 것일까? 저것과 이것이 상대적인 짝을 얻지 못하는 것[11]을 '도의 지도리[도추(道樞)]'[12]라고 한다. 지도리가 처음에 고리의 한가운데를 얻으면 무궁함에 대응하게 되어[13] 옳은 것도 무궁함의 하나이고 그른 것도 또한 무궁함의 하나가 된다.[14]

---

9 '저것'은 '이것'이라고 하는 것 때문에 생기는 개념으로, 저쪽에서는 '이것'이 되어 '저것'은 바로 없어지는 것이라는 설명이다.
10 옳고 그름이 절대성을 지니지 못하는 속성, 즉 상호 의존적으로 시비가 생기는 것을 가리킨다.
11 상대적인 한계의 초월을 가리킨다.
12 도의 지도리[도추(道樞)]: 도의 핵심, 중심을 가리킨다.

해설 이것과 저것이라는 일상적인 지시어를 통해, 일체의 현상이 상대적임을 알아 주관적인 기준에 집착하지 말 것과 도의 기준에 따를 것을 주장한 내용이다. "만물은 저것이 아닌 것이 없고 만물은 이것이 아닌 것이 없다."는 것은 이쪽에서의 저것은 저쪽에서의 이것이 되는, 인식의 상대적 속성을 가리킨다. 옳다고 하는 것과 그르다고 하는 것도 상호 의존적으로 생겨나는 것이다. 따라서 인식의 주체를 대상화함으로써 이것과 저것이라는 대립에서 벗어나 객관성과 공정성을 확보할 수 있다. 그 자리가 '고리의 한가운데[환중(環中)]'로, 무한한 현상에 대응할 수 있는 곳이다. 결국 상대적이고 대립적인 현상도 도의 관점에서 보면 같은 것으로, 본질적인 차이가 존재하지 않는다는 제물론(齊物論)의 이론이다.

한자 因 따를 인·말미암을 인·의지할 인, 照 비칠 조·비출 조·빛 조, 偶 짝 우, 樞 지도리 추

05.
도의 견지에서 현상을 볼 것

以指喩指之非指, 不若以非指喩指之非指也. 以馬喩馬之非馬, 不

---

13 서두에서, "만물은 저것이 아닌 것이 없고 만물은 이것이 아닌 것이 없다.(物無非彼, 物無非是.)"라고 한 명제를 결론짓는 것으로, 이것과 저것의 분별을 초월한 경지이다.

14 시(是)와 비(非)를 무궁함에 포용하는 긍정적 초월이 가능하다는 설명이다.

若以非馬喩馬之非馬也. 天地一指也, 萬物一馬也.

손가락을 가지고 손가락이 손가락이 아님을 설명하는 것은 '손가락이 아닌 것[도(道)]'을 가지고 손가락이 손가락이 아님을 설명하는 것만 못하다. 말[마(馬)]을 가지고 말이 말이 아님을 설명하는 것은 '말이 아닌 것[도(道)]'을 가지고 말이 말이 아님을 설명하는 것만 못하다. 천지도 하나의 손가락이고 만물도 하나의 말[마(馬)]이다.

해설 손가락과 말의 비유로 천지와 만물이 모두 상대적인 것이니, 주관적이고 현상적인 기준을 내세우지 말고 도에 따를 것을 주장하였다. 장자는 전국 시대 명가학파(名家學派)인 공손룡자(公孫龍子)가 「지물론(指物論)」에서 내세운, 현상을 기준으로 하여 현상을 설명하는 한계, 즉 상대적인 판단의 한계를 지적하여 사물의 본질[도(道)]에 입각하여 현상을 볼 것을 주장한 것이다.

한자 喩 깨우칠 유·비유할 유·좋아할 유

06.
문둥이와 서시(西施)가 똑같다

可乎可, 不可乎不可. 道行之而成, 物謂之而然. 惡乎然? 然於然. 惡乎不然? 不然於不然. 物固有所然, 物固有所可, 無物不然, 無物不可. 故爲是擧莛與楹, 厲與西施, 恢恑憰怪, 道通爲一. 其分也成也, 其成也毁也.

(자신에게) 괜찮은 것을 괜찮다고 하고 괜찮지 않은 것을 괜찮지 않다고 한다. 길은 다녀서 이루어지고 만물은 일컬어서 그러하다. 어디에서 그러한가? 그렇다고 하는 데에서 그러하다. 어디에서 그렇지 않은가? 그렇지 않다고 하는 데에서 그렇지 않다. 만물은 본디 그러한 바가 있고 만물은 본디 괜찮은 바가 있으니, 그렇지 않은 만물은 없고 괜찮지 않은 만물은 없다. 그래서 이 때문에 풀의 줄기와 굵은 기둥, 문둥이와 서시, 엄청난 것과 괴이한 것들을 통틀어 도는 공통적인 것이라서 한가지이다. 그 나뉨은 (다른 편에서의) 이루어짐이고 그 이루어짐은 (다른 편에서의) 손상됨이다.

해설 일상 속에서 고정적이고 당연하다고 여겨지는 현상이나 명칭들이 사실은 원래의 본질이 아님을 대소, 미추 등의 비유를 들어 설명한 우언이다. '괜찮음과 괜찮지 않음', '그러함과 그렇지 않음'은 정해져 있는 것이 아니라 그렇게 말하고 그렇게 여김으로써 생겨나는 상대적인 가치 판단이다. 풀의 줄기와 굵은 기둥, 문둥이와 서시, 엄청난 것과 괴이한 것, 이루어짐과 손상됨의 비유를 들어, 사람들이 크게 다르다고 여기는 현상들이 사실은 관점에 따라 반대가 되는 상대적인 것들일 뿐이고 우주의 운행 원리인 도의 견지에서 보면 똑같은 하나의 존재라는 설명이다.

한자 擧 들 거·등용할 거·모두 거, 莛 풀줄기 정, 楹 기둥 영, 厲 사나울 려·문둥병 려, 恢 넓을 회, 恑 괴이할 궤, 憰 속일 휼, 怪 기이할 괴, 毁 헐 훼·상할 훼

07.

조삼모사와 조사모삼

勞神明[15]爲一, 而不知其同也, 謂之朝三. 何謂朝三? 狙公賦芧曰. 朝三而暮四. 衆狙皆怒. 曰, 然則朝四而暮三, 衆狙皆悅. 名實未虧, 而喜怒爲用, 亦因是也. 是以聖人和之以是非, 而休乎天鈞, 是之謂兩行.

정신을 수고롭게 하면서 한가지인 것을 추구하지만 그것이 같음을 알지 못하니, 이것을 일러 '조삼(朝三)'이라고 한다. 무엇을 '조삼'이라고 하는가? 원숭이를 기르는 사람이 상수리를 주면서 말하기를, "아침에 세 개씩 주고 저녁에 네 개씩 주겠다."라고 하자 여러 원숭이들이 모두 화를 냈다. (그래서) 말하기를, "그렇다면 아침에 네 개씩 주고 저녁에 세 개씩 주겠다."라고 하자, 여러 원숭이들이 모두 기뻐하였다. 명칭과 실상[16]이 손상되지 않았는데도 기뻐하고 성내는 것이 작용하니 역시 이[그것이 같음을 알지 못함] 때문이다. 그러므로 성인은 시비를 조화시켜 천균(天鈞)에서 쉬니. 이것을 '양행(兩行)'이라고 한다.

해설 본질은 같은데 그것을 알지 못하는 데에서 야기되는 편견이 기뻐함과 화냄을 일으키고 시비에 대한 판단을 결정한다. '그것이 같음을 알지 못함'은 도의 본질을 알지 못하는 어리석은 중생에 대한 말이다. 원숭이를 기르는 사람은 그것이 결국은 같은 것이

---

15 신명(神明): 사람의 정신이나 심사(心思)를 가리킨다.
16 일곱 개라고 하는 명칭과 일곱 개인 실상이다.

기 때문에 명칭과 실상에 손상이 없음을 안다. 따라서 조삼모사와 조사모삼을 모두 받아들여 자연의 고른 이치인 '천균(天鈞)'에서 쉴 수 있다. '균(鈞)'은 '균(均)'으로, '도의 견지에서 본 동일함'이다. 이것이 시와 비를 아울러 포용하는 '양행(兩行)'이니, '양행'은 '두 가지가 모두 가능하다'는 뜻이다. 사람들 간의 갈등은 시비를 따지는 데에서 비롯된다. 양행은 시비에 집착하지 않고 둘 모두를 포용함으로써 상대적인 일체를 초월하는 지혜이다.

한자 狙 원숭이 저, 芧 상수리 서, 虧 이지러질 휴, 鈞 고를 균

08.
분별심을 초월한 지인의 경지

古之人, 其知有所至矣. 惡乎至? 有以爲未始有物者, 至矣盡矣, 不可以加矣. 其次以爲有物矣, 而未始有封也. 其次, 以爲有封焉, 而未始有是非也. 是非之彰也, 道之所以虧也. 道之所以虧, 愛之所以成. 果且有成與虧乎哉? 果且無成與虧乎哉? 有成與虧, 故[17]昭氏之鼓琴也, 無成與虧, 故昭氏之不鼓琴也.

옛사람은 그 지혜가 지극한 바가 있었다. 어디에서 지극하였는가? 처음부터 사물이 없었다고 생각하는 사람이 있었으니,[18] 지극하고 극

---

17 고(故): 연사 '즉(則)'의 용법이다.
18 존재를 초월한 경지이다.

진하여 그보다 더할 수가 없다. 그 다음으로는 사물이 있다고 여기기
는 하나 처음부터 경계가 없었다.[19] 그 다음은 경계가 있다고 여기기
는 하나 처음부터 시비가 없었다.[20] 시비가 드러나는 것은 도가 손상
되는 것이다. 도가 손상되는 것은 좋아함이 이루어지는 것이다.[21] 과
연 또 이루어짐과 손상됨이 있는 것일까? 과연 이루어짐과 손상됨이
없는 것일까? 이루어짐과 손상됨이 있는 것은 곧 소씨(昭氏)[22]가 거문
고를 연주하는 것이고, 이루어짐과 손상됨이 없는 것은 곧 소씨가 거
문고를 연주하지 않는 것이다.

해설 분별심을 초월한 경지의 여러 단계를 제시하고, 상대적 존재의
한계성에서 벗어날 것을 강조한 우언이다. 소문이 아무리 거문
고를 잘 연주했어도 음악에는 고저장단이 있어, 하나를 연주하
면 하나가 이루어지고 다른 것은 놓치게 된다. 따라서 연주하지
않는 것이 모두를 포괄하는 지극함이 된다. 이루어짐과 손상됨
은 현상에서는 있지만 도의 견지에서 보면 없는 것이다. 없다고
보는 것이 존재를 초월한 '처음부터 사물이 없었다고 생각하는
사람(以爲未始有物者)'의 경지이다.

한자 封 봉할 봉·지경 봉, 彰 밝을 창·드러날 창, 虧 이지러질 휴, 昭 밝을 소,

---

19 차별을 초월한 경지이다.
20 시비를 초월한 경지이다.
21 좋아함은 좋아함과 싫어함 등의 주관적인 감정을 포괄하는 개념이다.
22 소씨(昭氏): 거문고 연주에 뛰어났던 소문(昭文)이란 사람이다.

09.
가을 터럭은 크고 태산은 작다

天下莫大於秋豪²³之末, 而大山²⁴爲小, 莫壽於殤子²⁵, 而彭祖²⁶爲夭.
天地與我並生, 而萬物與我爲一.²⁸ 既已爲一矣, 且得有言乎? 既已謂
之一矣, 且得無言乎? 一與言爲二, 二與一爲三. 自此以往, 巧曆不
能得, 而況其凡乎. 故自無適有, 以至於三, 而況自有適有乎. 無適
焉, 因是已.

천하에는 가을 터럭[추호(秋毫)]의 끝보다 더 큰 것이 없고 태산은 작
으며, 일찍 죽은 아이보다 장수한 이가 없고 팽조는 요절한 것이다.²⁷
천지는 나와 함께 생겨났고, 만물은 나와 하나이다.²⁸ 이미 하나인데
또 말이 있을 수 있는가? 이미 이것을 '하나'라고 말했으니 또한 말이

---

23 호(豪): 호(毫)와 통한다.
24 태산(大山): 태산(泰山)과 통한다.
25 상자(殤子): 20세 이전에 죽은 아이를 가리킨다. 19세에서 16세 사이에 죽은
     아이를 장상(長殤), 15세에서 12세 사이에 죽은 아이를 중상(中殤), 11세에서 8
     세 사이에 죽은 아이를 하상(下殤), 7세 이하에 죽은 아이를 무복지상(無服之
     殤)이라고 한다.
26 팽조(彭祖): 전설에 등장하는 인물로 이름이 전갱(籛鏗)이다. 요임금의 신하로
     팽성(彭城)에 봉해졌고, 하대(夏代)를 지나 은대(殷代)까지 700여 년을 살아 팽
     조라고 불렸다.
27 크고 작은 것[대소(大小)]과 오래 살고 일찍 죽는 것[수요(壽夭)]이 모두 상대적
     인 것이라, 관점에 따라 판단은 달라진다는 것이다.
28 모두 도(道)에서 나온 것이고, 도의 입장에서 보면 같은 것이라는 설명이다.

없을 수 있겠는가? 하나인 것과 (하나라고 표현한) 말은 둘이 되고 이 둘과 하나(둘이라고 표현한 말)는 셋이 된다. 이로부터 계속해 나간다면 계산을 잘하는 자라도 헤아릴 수 없는데 하물며 보통사람이겠는가. 그러므로 무에서 유로 나아가 셋에 이르니, 하물며 유에서 유로 나아가는 경우이겠는가.[29] 나아가지 말고 이것[도]을 따를 뿐이다.

해설 미세한 것과 큰 것의 대명사인 추호와 태산을 예로 들어 크기의 상대성을, 어린 나이에 죽은 아이와 700여 년을 살았다는 팽조를 예로 들어 시간의 상대성을 논의한 우언이다. 대소, 장수와 요절 등 제반 현상은 모두 상대적인 것이다. 따라서 주관적 가치 판단이 근거가 없음을 깨닫는 것이 물아일체(物我一體)의 경지이다. 만물이 다르다는 면에서 보면 모든 것이 다 달라 헤아릴 수 없기 때문에 상대적인 현상에 집착하지 말고 하나, 즉 도(道)를 따를 것을 가르친 것이다.

한자 殤 일찍 죽을 상, 彭 땅이름 팽·장수 팽·곁 방·많을 방, 夭 일찍 죽을 요·예쁠 요·어린애 오, 巧 공교할 교·예쁠 교, 曆 책력 력·수 력

10.
물고기는 미인을 싫어한다

民濕寢則腰疾偏死[30], 鰌然乎哉? 木處則惴慄恂懼, 猨猴然乎哉? 三

---

29 만물이 다르다는 면에서 보면 모든 것이 다 달라 헤아릴 수 없다는 설명이다.

者孰知正處. 民食芻豢[31], 麋鹿食薦, 蝍蛆甘帶[32], 鴟鴉嗜鼠. 四者孰
知正味? 猨猵狙[33]以爲雌, 麋與鹿交, 鰌與魚游. 毛嬙麗姬, 人之所美
也, 魚見之[34]深入, 鳥見之高飛, 麋鹿見之決驟. 四者孰知天下之正
色哉?

사람이 습하게 자면 허리병이 나거나 한쪽을 못쓰게 되는데 미꾸라
지도 그러한가? 나무에 올라가면 무서워 떠는데 원숭이도 그러한가?
셋 가운데 어느 것이 올바른 거처를 아는가. 사람은 고기를 먹고 사
슴은 풀을 먹으며, 지네는 뱀을 맛있어 하고 올빼미와 까마귀는 쥐
를 좋아한다. 넷 가운데 어느 것이 올바른 맛을 아는가? 원숭이는 편
저(猵狙)로 짝을 삼고 순록은 사슴과 교미하며, 미꾸라지는 물고기와
함께 헤엄친다. 모장(毛嬙)과 여희(麗姬)[35]는 사람들이 아름답다고 여
기는 이들이지만 물고기가 보고는 깊이 숨어들고 새가 보고는 높이
날아오르며, 순록과 사슴이 보고는 급히 달아난다. 넷 가운데 어느
것이 천하의 올바른 미모를 아는가?

---

30 편사(偏死): 한쪽을 못 쓰게 되는 반신불수(半身不遂)를 가리킨다.

31 추환(芻豢): '추(芻)'는 '꼴'이라는 뜻에서 소와 양 등의 초식동물, 또는 그 고기
    를 가리키고, '환(豢)'은 '기르다'라는 뜻에서 개와 돼지 등 곡식을 먹여 기르는
    동물, 또는 그 고기를 가리킨다.

32 대(帶): 띠처럼 가늘고 기다랗게 생긴 동물을 일컫는데, 그 중에서 특히 뱀을
    가리킨다.

33 편저(猵狙): 원숭이의 일종으로, 머리가 개와 비슷한 종류이다.

34 지(之): 연사로, '이(而)'의 용법이다.

35 모장(毛嬙)과 여희(麗姬): 고대(古代)의 뛰어난 미인들의 이름이다.

해설 모든 인식, 존재, 현상 등이 상대적인 것임을 거처, 기호, 미모 등의 구체적인 예를 들어 논증하고 있다. 도의 관점에서 보면 각각에 적당하고 알맞은 것이 있을 뿐이다. 유가에서 높이는 인의가 보편적인 가치를 갖는가? 제자백가의 시비 논쟁이 자신들의 주관적인 표준에 따른 판단일 뿐임을 비판하기 위한 우언이다. 장자는 자신에게 알맞는 것으로 표준을 삼아 상대를 비판하는 오류와 모순을 지적하였다. 위 단락에 이어, "내 입장에서 보건대 인의의 단서와 시비의 길은 어수선하게 섞여 있으니 내가 어떻게 그 구별을 알 수 있겠는가.(自我觀之, 仁義之端, 是非之塗, 樊然殽亂, 吾惡能知其辯.)"라고 결론지었다.

한자 寢 잘 침·방 침, 鰌 미꾸라지 추(鰍와 같은 자), 惴 두려워할 췌, 恂 미쁠 순·두려워할 순, 猨 원숭이 원(猿과 같은 자), 猴 원숭이 후, 芻 꼴 추·풀 먹는 짐승 추, 豢 기를 환·가축 환, 麋 큰 사슴 미, 薦 추천할 천, ·풀 천, 蝍 지네 즉, 蛆 지네 저, 猵 수달 편·원숭이 편, 狙 원숭이 저, 嬙 궁녀 장, 驟 달릴 취

11.

달걀을 보고 밤을 알리기를 바라다

瞿鵲子[36]問乎長梧子曰. 吾聞諸夫子, 聖人不從事於務, 不就利, 不違害, 不喜求, 不緣道, 無謂有謂, 有謂無謂, 而遊乎塵垢之外, 夫子以爲孟浪之言, 而我以爲妙道之行. 吾子以爲奚若? 長梧子曰. 是黃

---

36 구작자(瞿鵲子): 장오자(長梧子)의 제자이다.

帝之所聽熒也, 而丘也何足以知之. 且汝亦大早計, 見卵而求時夜, 見彈而求鴞炙. 予嘗爲女妄言之, 女以妄聽之. 奚. 旁日月, 挾宇宙, 爲[37]其脗合, 置其滑涽, 以隸相尊. 衆人役役, 聖人愚芚, 參萬歲而一成純. 萬物盡然, 而以是相蘊.

구작자가 장오자에게 물었다. "제가 공자께 들었는데, 성인은 세속의 일을 일삼지 않아, 이익을 따르지 않고 해를 피하지 않으며[38] 부름 받는 것을 기뻐하지 않고 도를 따른다고 하지 않으며, 말하지 않으면서도 말하는 바가 있고[39] 말을 하면서도 말하는 바가 없어[40] 속세의 밖에서 노닌다는 말에, 공자는 그것을 근거 없는 말이라고 하셨습니다만 저는 오묘한 도의 길이라고 생각됩니다. 선생님께서는 어떻다고 생각하십니까?" 장오자가 대답하였다. "이는 황제도 듣고 의혹되었던 것인데 공구가 어떻게 이것을 알 수 있겠는가. 또 그대 역시 너무 앞서 헤아리고 있으니, 달걀을 보고서 밤을 알리기를 바라고 탄환을 보고서 올빼미 구이를 바라는 격이다. 내가 한번 그대에게 대강 말해 보리니 그대도 대강 들어보아라.[41] 어떤가. 일월을 따르고 우주를 옆에 끼고서 만물과 일치됨을 추구하고 혼란한 상태로 내버려 둔 채 종도 서로 높인다.[42] 뭇사람은 일에 고달프지만 성인은 우둔하여 만년

---

37 위(爲): '구(求)'와 통한다.
38 이해를 초월한 경지이다.
39 노자가 말한, '말없는 가르침(不言之敎)'이다.[『노자·제2장』]
40 언어를 초월한 경지이다.
41 말[언(言)]이라는 것의 한계 때문에, '대강[망(妄)]'이라고 한 것이다.
42 귀천을 초월한 경지이다.

에 걸쳐 한결같이 순수함을 이룬다. 만물이 모두 그러하니 (성인은)
이것(순수함)으로 쌓아나간다.

[해설] 도가의 성인(聖人)인 지인(至人)의 경지를 깨우쳐 준 우언이다.
유가에서 높이는 공자도 알 수 없는 것인데, 구작자가 듣고 바
로 '오묘한 도의 길(妙道之行)'이라고 한 것에 대하여 너의 태도는
'달걀을 보고서 밤을 알리기를 바라고 탄환을 보고서 올빼미 구
이를 바라는 격'이라고 비평한 것이다. 결국은 그 경지를 '순수
함[순(純)]'으로 정의하였다.

[한자] 瞿 놀랄 구·두려워할 구, 緣 가선 연·따를 연, 垢 때 구·더러울 구, 熒 등
불 형·빛날 형·현혹할 형, 鵬 올빼미 효, 炙 구이 자, 旁 곁 방·기댈 방, 挾
낄 협·돌 협, 脗 입술 문(吻과 같은 자), 滑 흐릴 골, 湣 흐릴 혼, 隸 종 례·죄
인 례, 芚 싹 나올 둔·어리석을 둔, 蘊 쌓을 온

12.
여희의 후회

予惡乎知說生之非惑邪, 予惡乎知惡死之非弱喪而不知歸者邪. 麗
之姬, 艾封人之子也. 晉國之始得之也, 涕泣沾襟, 及其至於王所,
與王同筐牀, 食芻豢而後, 悔其泣也. 予惡乎知夫死者, 不悔其始之
蘄生乎.

나는 어찌 삶을 좋아하는 것이 '미혹'이 아니라고 알겠으며, 나는 어
찌 죽음을 싫어하는 것이 어려서 고향을 잃고 돌아갈 줄을 모르는 자

가 아니라고 알겠는가. 여희(麗姬)는 애(艾) 지방의 국경 관리인 딸이었다. 진(晉)나라가 처음에 그녀를 데려왔을 때에는 눈물을 흘려 옷깃을 적셨지만, 그녀가 왕의 처소에 이르러 왕과 침상을 함께하고 고기를 먹게 된 이후로는 자신이 울었던 것을 뉘우쳤다. 나는 어찌 죽은 자가 그들이 전에 삶을 바랐던 것을 뉘우치지 않으리라고 알겠는가.

해설 여희는 진(晉) 헌공(獻公)이 괵(虢)을 치고 얻은 미인이다. 여희의 비유를 들어, 죽음을 싫어하고 피하는 사람들이 죽어서는 그 어리석음을 후회할 것이라고 말하고 있다. 생사에 집착하는 자들의 어리석음을 지적하면서 삶과 죽음에 대한 달관의 경지를 제시하고 있다. 장자의 생사관이 잘 드러나 있는 우언이다.

한자 說 말씀 설·달랠 세·기뻐할 열·좋아할 열, 艾 쑥 애, 涕 눈물 체·울 체, 沾 젖을 첨·적실 첨, 襟 옷깃 금, 筐 광주리 광·침상 광, 蘄 재갈 기·바랄 기,

13.
현상과 꿈

夢飮酒者, 旦而哭泣, 夢哭泣者, 旦而田獵. 方其夢也, 不知其夢也, 夢之中又占其夢焉. 覺而後知其夢也. 且有大覺而後, 知此其大夢也, 而愚者自以爲覺, 竊竊然[43]知之, 君乎牧乎, 固哉. 丘也與女, 皆夢也. 予謂女夢, 亦夢也.

---

43 절절연(竊竊然): 작은 재주를 자랑하는 모습이다.

꿈에 술을 마시던 자가 아침이 되어 소리내어 울기도 하고, 꿈에 소리내어 울던 자가 아침이 되어 사냥을 나가기도 한다. 한참 그가 꿈을 꿀 때에는 그것이 꿈인지 모르고, 꿈속에서 또 그 꿈을 해몽하기도 한다. 깨고 나서야 그것이 꿈이었음을 안다. 또 큰 깨어남이 있고 난 뒤에야 그것이 크게 꾼 꿈이라는 것을 아는데, 어리석은 자들은 스스로 깨어 있다고 여겨 으스대며 아는 체하여 군주니 목동이니 하니[44] 고루하도다. 공자(孔子)도 그대도 모두 꿈을 꾸고 있는 것이다. 내가 그대에게 꿈에 대해 말하는 것도 또한 꿈이다.

해설 꿈에 대한 비유는 삶과 죽음의 문제를 다룬 것으로, 유명한 호접몽(胡蝶夢)의 우언과 맥을 같이한다. 삶 가운데의 현상은 참이 아닐 수도 있다. 장자가 꿈을 비유로, 현상에 집착하는 어리석음에서 벗어나는 길이 바로 큰 깨달음임을 강조한 우언이다. 앞 단락과 마찬가지로 삶과 죽음에 대한 집착의 초월을 통한 제물(齊物)을 깨우치기 위한 것이다. 마지막 문장의 "내가 그대에게 꿈에 대해 말하는 것도 또한 꿈이다."라는 말은 현상이 꿈임을 깨닫는 '큰 깨달음'을 비유한 것이다.

한자 旦 아침 단, 獵 사냥할 렵, 竊 훔칠 절·명백히할 절, 牧 목장 목·목동 목, 覺 깨달을 각·잠깰 교

---

44 귀천을 구분하는 것을 가리킨다.

14.

본 그림자와 곁 그림자

罔兩問景曰. 曩子行, 今子止, 曩子坐, 今子起, 何其無特操與? 景
曰. 吾有待而然者邪? 吾所待, 又有待而然者邪? 吾待蛇蚹蜩翼邪?
惡識所以然, 惡識所以不然.

(그림자에서 생긴 곁 그림자인) 망량(罔兩)이 영(景:그림자)에게 물었다.
"아까 그대는 걷더니 지금 그대는 멈췄고 아까 그대는 앉아 있더니
지금 그대는 서 있는데, 어찌하여 그렇게 독자적인 지조가 없소?" 그
림자가 대답하였다. "나는 의지하는 대상이 있어서 그러는 것인가?
내가 의지하는 대상도 또 의지하는 대상이 있어서 그러는 것인가?[45]
나는 뱀의 비늘이나 매미의 날개에 의지하는가? 어떻게 그러한 바를
알겠으며, 또 어떻게 그러하지 않은 바를 알겠는가."

해설 그림자에서 생긴 곁 그림자가 본 그림자에게 줏대가 없다고 비
판하자, 그림자도 자체적인 원리, 즉 자연의 이치가 있어 독자적
인 변화[독화(獨化)]를 함을 밝힌 우언이다. 나아가 상대보다 못
한 자가 상대를 비난하는 불합리성을 지적하는 뜻도 있다.

한자 罔 그물 망·없을 망·속일 망·어두울 망, 景 볕 경·그림자 영, 曩 접때 낭,
蚹 배비늘 부, 蜩 매미 조

---

45 그림자가 의지하는 대상인 본체(本體)도 당연히 자체적인 원리가 있음을 말한
것이다.

15.
나비의 꿈

昔者莊周夢爲胡蝶, 栩栩然[46]胡蝶也. 自喻適志與, 不知周也. 俄然
覺, 則蘧蘧然[47]周也. 不知周之夢爲胡蝶與, 胡蝶之夢爲周與. 周與
胡蝶, 則必有分矣. 此之謂物化.

전에 장주가 꿈에 나비가 되었는데 기분 좋게 날아다니는 나비였다.
스스로 즐겁게 마음에 맞아, (자신이) 장주임을 알지 못하였다. 갑자
기 잠을 깨니 분명한 장주였다. 장주가 꿈에 나비가 되었었는지 나비
가 꿈에 장주가 되어 있는지 알 수가 없었다. 장주와 나비는 반드시
구분이 있다.[48] 이것을 일러 '사물의 변화[물화(物化)[49]]'라고 한다.

해설 현상의 장주는 본래 나비일 수도 있다. 현상에 대한 집착에서
벗어나야 본질을 깨닫게 되고 나비와 나, 즉 상대와 내가 구분
이 없는 물아일체의 경지에 도달할 수 있다. 또 나라는 존재는
나비가 꾸는 꿈속의 장자일 수도 있음을 자각함으로써, [죽지 않
은 상태로 깨닫는 큰 깨달음, 즉 '대각(大覺)'이다.] 현상의 한계를 벗어

---

46 허허연(栩栩然): 기뻐하는 모습이다.
47 거거연(蘧蘧然): 분명한 모습이다.
48 현상에서는 분명한 구분이 있지만 현실과 꿈에서 변화가 있듯이 삶과 죽음에
    서도 변화가 있음을 암시한 것이다. 이것이 다음에 말하는 '사물의 변화[물화
    (物化)]'이다.
49 물화(物化): 사물의 변화로, 현상의 국한성을 초월함으로써 가능한 것이다.

날 수 있다. 이것이 바로 '물화'를 깨닫는 것이다. '물화'는 '만물의 변화'라는 뜻으로, 만물을 같게 보는 물아일체 사상이다. 장자는 「제물론」에서, "천지는 나와 함께 생겨났고, 만물은 나와 하나이다.(天地與我竝生, 而萬物與我爲一.)"[50]라고 하여 물아일체의 경지를 피력하였고, 그 말미에서 논의를 결론짓는 의미로 '호접몽(胡蝶夢)'의 비유를 들어 물화의 경지를 제시한 것이다. 모두 도(道)에서 나온 것이고, 도의 입장에서 보면 같은 것이라는 '제물론'이다.

한자 蝶 나비 접, 栩 상수리나무 허·기뻐할 허, 喩 깨우칠 유·비유할 유·좋아할 유, 蘧 패랭이꽃 거·놀랄 거

---

50 『장자·제물론(齊物論)』

3· 생명을 가꾸는 근본

| 양생주養生主 |

이 편에서 장자는 생명을 가꾸는 방법, 즉 양생의 비결을 말하고 있다. 여기서 말하는 생명은 육체와 정신을 포괄하는 개념이고, 그 비결은 자연의 결에 따르는 것[순응자연]이다. 환언하면 장자사상의 핵심인 순응자연을 생명을 가꾸는 방법을 통하여 서술한 글이다.

구체적으로 든 비유가 '포정해우(庖丁解牛)'의 우언이다. 포정은 소를 잡을 때 자연의 결[천리(天理)]에 따라 칼을 놀리기 때문에 칼에 무리가 가지 않는다. 이는 사람의 삶에 있어 육체와 정신의 모든 면에서 갈등과 모순을 일으키지 않음을 비유한 것이다.

01.

양생의 비결: 포정해우

庖丁[1]爲文惠君[2]解牛, 手之所觸, 肩之所倚, 足之所履, 膝之所踦, 砉
然嚮然, 奏刀騞然, 莫不中音, 合於桑林[3]之舞, 乃中經首[4]之會[5]. 文
惠君曰. 譆. 善哉. 技蓋至此乎? 庖丁釋刀對曰. 臣之所好者, 道也,
進乎技矣. 始臣之解牛之時, 所見無非全牛者. 三年之後, 未嘗見全
牛也. 方今之時, 臣以神遇, 而不以目視. 官知止, 而神欲行. 依乎天
理, 批大卻, 導大窾, 因其固然. 技經肯綮[6]之未嘗[7], 而況大軱乎. 良
庖歲更刀, 割也, 族[8]庖月更刀, 折也. 今臣之刀, 十九年矣, 所解數千
牛矣, 而刀刃若新發於硎. 彼節者有閒, 而刀刃者無厚. 以無厚入有
閒, 恢恢乎其於遊刃, 必有餘地矣. 是以十九年而刀刃若新發於硎.
雖然每至於族, 吾見其難爲, 怵然[9]爲戒. 視爲止, 行爲遲, 動刀甚微,
謋然已解, 如土委地. 提刀而立, 爲之[10]四顧, 爲之躊躇滿志, 善刀而

---

1 포정(庖丁): 소를 잡는 사람이다.
2 문혜군(文惠君): 위(魏) 양혜왕(梁惠王)을 가리킨다.
3 상림(桑林): 탕임금 때의 악곡 이름이다.
4 경수(經首): 요임금 때의 악곡 이름이다.
5 회(會): 음악의 운율(韻律), 가락을 가리킨다.
6 긍경(肯綮): 뼈와 살이 붙은 곳을 가리킨다.
7 풀이에 여러 설이 있는 구절인데, 역자는 "技未嘗經肯綮."의 도치로 보았다.
   '技'는 주제어이고 포정이 주어인데 생략되었다.
8 족(族): '중(衆)'의 뜻이다.
9 출연(怵然): 놀라 경계하고 두려워하는 모습이다.
10 위지(爲之): '爲'는 원인, 이유를 나타내는 개사이고, '之'는 소를 결에 따라 제대
   로 분해한 것을 가리킨다.

藏之. 文惠君曰. 善哉. 吾聞庖丁之言, 得養生焉.

포정이 문혜군을 위해 소를 잡는데, 손이 닿는 곳, 어깨를 기대는 곳, 발로 밟는 곳, 무릎을 대는 곳이 쉭하고 울리면서 칼을 놀리는 것이 획획하는데, 음절에 맞지 않는 것이 없으니 상림의 춤과 합치하고 경수의 가락에 맞았다. 문혜군이 말하였다. "아! 훌륭하구나. 기술이 어떻게 이 경지에까지 이르렀는가?" 포정이 칼을 놓고 대답하였다. "제가 좋아하는 것은 도(道)로서, 기술보다 앞서는 것입니다. 처음에 제가 소를 잡을 때, 보이는 것은 소의 전체 모습뿐이었습니다. 3년 뒤에는 아예 소의 전체 모습이 보이지 않았습니다. 지금 저는 정신으로 대할 뿐 눈으로 보지 않습니다. 감각기관의 기능이 멈추고 정신의 작용만이 움직입니다. 천연의 결에 따라 큰 틈을 밀치고 큰 공간에 (칼을) 넣어 그것의 원래 상태에 따릅니다. 기술을 아직 뼈와 살이 붙은 곳에 써본 적이 없는데, 하물며 큰 뼈이겠습니까. 훌륭한 백정은 해마다 칼을 바꾸는데 가르기 때문이며, 보통의 백정은 달마다 칼을 바꾸는데 끊기 때문입니다. 지금 저의 칼은 19년이 되었고 잡은 소는 수천 마리가 되지만, 칼날은 방금 숫돌에서 나온 듯합니다. 소의 마디라는 것은 틈이 있고 칼날이라는 것은 두께가 없습니다. 두께가 없는 것을 틈이 있는 곳에 넣으니 드넓어서 칼날을 놀리는 데에 반드시 여유가 있습니다. 이 때문에 19년이 되었어도 칼날은 방금 숫돌에서 나온 듯합니다. 그렇지만 매번 (뼈와 힘줄이) 모여 있는 곳에 이르면 저는 그것이 다루기 어려움을 알고 마음 졸이며 조심합니다. 시선은 그 때문에 고정되고 움직임은 그 때문에 느려지며, 칼놀림은 몹시 미세해지면서 획하고 갈라져 흙덩이가 땅에 쌓이듯 합니다. 칼을 들고 일어서서는 그로 인해 사방을 둘러보고 그로 인해 어슬렁거리며 흐뭇해하다가 칼을 잘 손질해서 보관합니다." 문혜군이 말하였다. "훌륭하구나. 나는 포정의 말을 듣고 양생의 이치를 터득하였다."

해설 자연의 결대로 살라는 '순응자연'의 이치를 소 잡는 비유를 통해 전하는 우언이다. 포정은 소를 잡을 때 결에 따라 칼을 놀리기 때문에 칼에 무리가 가지 않아 19년을 써도 새것과 같다고 했다. 여기서 말하는 칼은 사람이 일생을 살아가는 도구인 육체와 정신을 비유한 것이다. 우리의 육체와 정신도 무리와 과로, 갈등과 고민 등의 손상을 가하지 않으면 오래도록 잘 유지할 수 있다. 특히 정신면에서 탐욕과 집착을 초월함으로써 마음의 평온을 유지하는 것이 양생의 비결이다.

한자 庖 부엌 포·요리인 포, 倚 기댈 의·믿을 의, 履 신 리·밟을 리, 踦 절름발이 기·발 기·닿을 기, 砉 뼈 바르는 소리 획, 騞 칼쓰는 소리 획, 嚮 울릴 향·메아리 향[響과 같은 자], 譆 아아 희(감탄사), 蓋 덮을 개·대개 개·어찌 개, 釋 풀 석·놓을 석, 批 칠 비·밀칠 비, 卻 물리칠 각·틈 각, 窾 빌 관, 肯 즐기어 할 긍·뼈에 붙은 살 긍, 綮 창집 계·힘줄 붙은 곳 경, 軱 큰뼈 고, 割 가를 할, 族 무리 족·떼질 족, 折 끊을 절, 硎 숫돌 형, 閒 틈 한·한가할 한·사이 간(間의 본자), 厚 두터울 후·두께 후, 委恢 맡길 위·쌓을 위, 躊 머뭇거릴 주, 躇 머뭇거릴 저·넓을 회, 怵 두려워할 출, 謋 재빠를 획·뼈 발라내는 소리 획

들꿩의 자유

澤雉十步一啄, 百步一飮, 不蘄畜乎樊中. 神雖王, 不善也.

들꿩은 열 걸음 만에 한 번 먹이를 쪼고 백 걸음 만에 한 번 물을 마시지만 새장 속에서 길러지기를 바라지 않는다. 기운은 비록 왕성하더라도 (마음으로) 좋지 않기 때문이다."

해설 남에게 구속을 당하지 않는 정신적 자유의 가치를 강조한 우언이다. 새장 속에 갇힌 새는 좋은 먹이와 마실 것을 얻더라도 자유를 잃었다. 혼탁한 세상에서 벼슬살이에 나섰다가 구속을 당하는 사람들을 비유한 것으로, 정신면에서의 자유가 양생의 비결임을 밝힌 것이다.

한자 澤 윤 택·못 택·진펄 택, 啄 쫄 탁·부리 주, 蘄 재갈 기·바랄 기, 樊 울타리 번·새장 번, 王 왕성할 왕[旺과 통용]

03.
불씨는 전해진다

指窮於爲薪, 火傳也, 不知其盡也.

손이 땔감을 구하는 데에는 끝남이 있지만 불은 전해지니 그것이 끝나는 것을 알 수 없다.

해설 생사의 집착에서 벗어나면 육체는 죽더라도 정신은 절대 자유를 얻게 됨을 설명한 우언이다. '땔감[신(薪)]'은 구체적인 형상을 지닌 것, 즉 사람의 육체를 비유하고 '불'은 사람의 정신을 비유한다. 사후에 정신이 불멸한다는 논리가 아니고 생사를 초월한 정신의 자유를 강조한 것으로, 들꿩의 우언과 같은 맥락이다. 「양생주」의 마지막 우언에서 장자의 인생관을 결산한 것으로, 양생의 중점을 육체보다는 정신에 두고 있음을 알 수 있다.

한자 薪 땔나무 신

4. 사람 사는 세상

| 인간세人間世 |

이 편에서는 처세의 방법과 쓸모없음의 큰 쓸모를 논하였다. 처세에는 스스로의 처신과 상호관계 속에서 상대를 대하는 태도라는두 가지 면이 있다. 먼저 스스로의 처신면에서, 험한 세상에서 화를 피하고 순수함을 유지하는 비결을 제시하였는데 이는 「소요유」에서 말한 '무기(無己)'의 경지이다. 이어 사마귀의 우언을 통해 상대를 대하는 태도를 논하였다.

다음으로 '쓸모없음[무용(無用)]'의 가치에 대한 강조로, 「소요유」에서 제시한 내용을 잇고 있다. 대목(大木)과 지리소(支離疏)의 우언을통해 '쓸모없음'의 '진정한 쓸모[무용지용(無用之用), 즉 대용(大用)]'가삶을 온전하게 하는 길임을 가르치고 있다.

01.
빈 방에서 순수함이 나온다

絶迹易, 無行地難. 爲人使易以僞, 爲天使難以僞. 聞以有翼飛者
矣, 未聞以無翼飛者也, 聞以有知知者矣, 未聞以無知知者也. 瞻
彼関者, 虛室生白, 吉祥止止. 夫且不止, 是之謂坐馳. 夫徇[1]耳目
內通, 而外於心知, 鬼神將來舍, 而況人乎. 是萬物之化也, 禹舜之
所紐也, 伏羲[2]几蘧[3]之所行終, 而況散焉者乎.

자취를 끊기는 쉬워도 땅을 밟지 않기는 어렵다. 사람에게 부림을 당
할 때에는 거짓되기 쉬우나 하늘에게 부림을 당할 때에는 거짓되기
어렵다. 날개가 있음으로써 난다는 말은 들었어도 날개 없음으로써
난다[4]는 말은 아직 듣지 못하였으며, 지각이 있음으로써 안다는 말은
들었어도 지각이 없음으로써 안다[5]는 말은 듣지 못하였다.[6] 저 비어
있는 것을 보니 빈 방에서 순수함이 나와 상서로움이 머문다. 멈추지

---

1 순(徇): 사역동사로 '사(使)'의 용법이다.
2 복희(伏羲): 전설(傳說)에 등장하는 고대(古代)의 제왕(帝王)이다.
3 궤거(几蘧): 전설(傳說)에 등장하는 고대(古代)의 제왕(帝王)이다.
4 나는 것의 지극한 경지이다.
5 아는 것의 지극한 경지이다.
6 '지(知)'는 뒤에 나오는 '마음의 지각[심지(心知)]'이다. 이 구절은 마음의 작용을
  초월하여 '신(神)'으로 알 것을 강조한 것으로, 『장자양생주(養生主)』에서 말한,
  "감각기관의 기능이 멈추고 정신의 작용만이 움직이는(官知止, 而神欲行)" 경
  지를 추구한 것이다.

못하는 것, 이를 일러 '좌치(坐馳)'라고 한다. 귀와 눈을 안으로 향하게 하고 마음의 지각을 밖으로 쫓아내면 귀신도 장차 와서 머무를 것이니 하물며 사람이겠는가. 이것이 만물을 변화시키는 것이고 우임금과 순임금이 근거로 삼은 것이며 복희와 궤거가 끝내 실천했던 것인데, 하물며 보잘것없는 사람이겠는가."

해설 "자취를 끊기는 쉬워도 땅을 밟지 않기는 어렵다."는 것은 어떤 일을 하지 않기는 쉽지만, 행하면서 그 흔적이 드러나지 않게 하기가 어려움을 가리킨다. 공을 세우고 그것을 내세우지 않기가 어려움을 말함으로써, 일을 대함에 참됨과 순수함을 바탕으로 할 것을 강조하였다. 그것을 장자는 빈 방에서 생기는 흰색으로 비유하였다. 빈 방은 '빈 마음[허심(虛心)]'이고 흰색은 순수함이다. 그 반대의 경우가 좌치(坐馳)로, 몸은 여기에 앉아 있는데 마음은 다른 곳으로 달리는 것이다. 「양왕」편에서 말한, '몸은 강과 바닷가에 있으면서 마음은 큰 대궐에 있는 것(身在江海之上, 心居乎魏闕之下)'이니, 그가 강과 바다에 은거해 있는 것이 순수함이 아님을 알 수 있다.

한자 瞻 볼 첨, 闕 끝날 결·빌 결, 馳 달릴 치·전할 치, 循 경영할 순·부릴 순, 舍 집 사·머무를 사, 紐 끈 뉴·근거할 뉴, 羲 숨 희·사람 이름 희[복희(伏羲)의 약칭], 蘧 패랭이꽃 거·놀랄 거

02.
사마귀의 만용

汝不知夫螳蜋乎. 怒其臂以當車轍, 不知其不勝任也. 是其才之美
者也, 戒之愼之. 績伐而美者以犯之, 幾矣. 汝不知夫養虎者乎. 不
敢以生物與之, 爲其殺之之怒也, 不敢以全物與之, 爲其決之之怒
也. 時其飢飽, 達其怒心. 虎之與人異類, 而媚養己者, 順也. 故其殺
之者, 逆也. 夫愛馬者, 以筐盛矢, 以蜄⁷盛溺, 適有蚉䖟僕緣, 而拊
之不時, 則缺銜毀首碎胸. 意有所至, 而愛有所亡⁸, 可不愼邪.

"그대는 저 사마귀를 모르시오. 앞발을 치켜들고 수레바퀴에 맞서
니, 자신이 감당할 수 없음을 모르기 때문입니다. 이것은 자신의 재
주를 훌륭하게 여기는 것이니, 경계하고 삼갈 일입니다. 계속 그대
의 훌륭함을 자랑하여 상대방을 범하면 위태롭게 될 것입니다. 그대
는 저 호랑이를 기르는 사람을 모르시오. 호랑이에게 감히 살아 있는
먹이를 주지 않는 것은 호랑이가 그것을 죽이려고 성내기 때문이며,
호랑이에게 통째로 먹이를 주지 않는 것은 호랑이가 그것을 찢으려
고 성내기 때문입니다. 그것이 배고픈지 배부른지를 때맞춰 살피고
그것의 성난 마음을 알아줍니다. 호랑이는 사람과는 다른 종류인데
도 자기를 기르는 자에게 잘 보이려 하는 것은 (기르는 자가 호랑이의 본

---

7   신(蜄): 여기서는 큰 조개의 껍데기를 가리킨다.
8   망(亡): '실(失)'과 통하여, '실수', '잘못'의 뜻이다.

성을) 따른 것입니다. 그러므로 기르는 자를 죽이는 것은 (호랑이의 본
성을) 거스른 것입니다. 말을 사랑하는 자는 광주리로 말똥을 담고 큰
조개로 오줌을 받아내지만 마침 모기나 등에가 (말에) 붙어있거나 기
어오른다고 그것을 갑자기 때리면, 재갈을 끊고 머리장식을 부수며
가슴걸이를 깨뜨릴 것입니다. 뜻에는 지극한 바 있어도 사랑함에 잘
못한 것이 있으니 어찌 삼가지 않을 수가 있겠습니까."

해설 안합(顔闔)[9]이 장차 위나라 태자의 스승으로 가게 되어, 거백옥
(蘧伯玉)[10]에게 묻자 거백옥이 사마귀의 무모함을 예로 들어 충
고한 우언이다. 권력자 앞에서 스승이라고 하여 자신의 덕성이
나 학식을 내세우다가 화를 당하는 어리석음을 경고하고 있다.
또 호랑이를 기르고 말을 다루는 비유를 들어 자신의 진정이 왜
곡되지 않도록 깨우칠 것을 당부하였다. 태자를 교육함에 있어,
정면으로 바로잡으려 하지 말고 마음을 알아 주어 서로 통하기
를 기다릴 것을 충고한 것이다.

한자 螳 사마귀 당, 蜋 사마귀 랑, 臂 팔 비, 轍 바퀴자국 철, 愼 삼갈 신, 媚 아
첨할 미, 筐 광주리 광, 矢 화살 시·똥 시(屎와 통용), 蜄 대합 신, 溺 빠질
닉·오줌 뇨, 蚊 모기 문, 蝱 등에 맹(蝱과 같은 자), 僕 마부 복·붙을 복, 拊
어루만질 부·칠 부, 缺 이지러질 결·없어질 결, 銜 재갈 함·물 함·직함
함, 碎 부술 쇄, ·잘 쇄, 胸 가슴 흉

---

9   안합(顔闔): 노(魯)나라의 현인(賢人)이다.
10 거백옥(蘧伯玉): 위(衛)나라의 대부로, 이름이 원(瑗)이고 자가 백옥(伯玉)이다.

03.
큰 나무의 큰 쓸모

南伯子綦[11]遊乎商之丘, 見大木焉, 有異. 結駟[12]千乘, 隱, 將芘其所
藾. 子綦曰. 此何木也哉? 此必有異材夫. 仰而視其細枝, 則拳曲而
不可以爲棟梁, 俯而視其大根, 則軸解而不可以爲棺槨. 咶其葉, 則
口爛而爲傷, 嗅之, 則使人狂酲, 三日而不已. 子綦曰. 此果不材之
木也, 以至於此其大也. 嗟乎神人, 以此不材.

남백자기가 상(商)이라는 언덕을 거닐다가 거기에서 큰 나무를 보았
는데, 특이한 점이 있었다. 네 필의 말을 맨 수레 천 대가 가려지는
것이, 거의 그 나무에 덮일 정도였다. 남백자기가 말하였다. "이게 무
슨 나무일까? 이것은 반드시 특별한 재질이 있을 것이다." 머리를 들
어 작은 가지를 보니 구불구불하여 마룻대나 들보를 만들 수 없고,
머리를 숙여 큰 뿌리를 보니 나무의 심이 갈라져 널이나 덧널을 만들
수 없었다. 그 잎사귀를 핥아보니 입이 헐어 상처가 났고, 냄새를 맡
아보니 사람을 심히 어지럽게 만들어 사흘이 지나도 그치지 않았다.
남백자기가 말하였다. "이는 과연 재목감이 되지 못하는 나무라서 이
렇게까지 크게 되었구나. 아아, 신인(神人)은 이렇게 재목이 되지 못
하는 이치를 이용하는구나."

---

11 남백자기(南伯子綦): 「제물론」에 보이는 남곽자기(南郭子綦)로, 장자가 가탁한
    인물이다.
12 결사(結駟): 네 필의 말을 맨 수레, 또는 그런 수레를 타는 높은 사람을 가리킨다.

해설 '쓸모없음'의 '진정한 쓸모'를 말하기 위하여 큰 나무를 비유로 든 우언이다. 크게 자라고 오래 살 수 있었던 것은 쓸모가 없어서 사람들로부터 피해를 입지 않았기 때문이다. 바로 '쓸모없음의 쓸모[무용지용(無用之用)]', 즉 '큰 쓸모[대용(大用)]'를 제시한 것이다.

한자 隱 숨을 은·숨길 은·가릴 은, 駟 사마 사, 芘 풀이름 비·가릴 비(庇와 같은 자), 藾 맑은대쑥 뢰·덮을 뢰, 拳 주먹 권·굽을 권, 棟 마룻대 동, 樑 들보 량, 軸 굴대 축·중심 축, 咶 핥을 지(舐와 같은 자), 爛 문드러질 란·헐 란, 嗅 냄새맡을 후, 酲 숙취 정

04.
상서롭지 못한 것의 상서로움

宋有荊氏[13]者, 宜楸柏桑. 其拱把[14]而上者, 求狙猴之杙者斬之, 三圍四圍, 求高名之麗者斬之, 七圍八圍, 貴人富商之家, 求樿傍[15]者斬之. 故未終其天年, 而中道之[16]夭於斧斤, 此材之患也. 故解[17]之[18], 以

---

13 형지(荊氏): 지명이다.

14 공파(拱把): '공(拱)'은 두 손의 엄지와 검지를 둥글게 모은 길이로 '위(圍)'와 같고, '파(把)'는 한 손으로 움켜쥔 길이이다.

15 전방(樿傍): 널의 좌우에 대는 통관의 목재를 가리킨다.

16 지(之): 연사로, '이(而)'의 용법이다.

17 해(解): 신(神)에게 제사를 지내 재앙을 없애는 행위로, 뒤에는 주로 '해제(解除)'로 썼다.

18 지(之): 앞 글자를 동사화(動詞化)시키는 기능이다.

牛之白顙者, 與豚之亢鼻者, 與人有痔病者, 不可以適河. 此皆巫祝
以[19]知之矣, 所以爲不祥也, 此乃神人之所以爲大祥也.

송나라에 '형지'라는 곳이 있는데, 가래나무·잣나무·뽕나무가 잘 자랐
다. 그것들이 한두 줌 이상이 되는 것은 원숭이를 매는 말뚝을 찾는
자가 베어 가고, 3, 4위(圍)가 되는 것은 높고 큰 집의 마룻대를 찾는
자가 베어 가며, 7, 8위가 되는 것은 귀족이나 부유한 장사꾼의 집에
서 널감을 찾는 자가 베어 간다. 그러므로 천수를 다하지 못하고 중
도에서 도끼에 의해 잘리니, 이것이 재목의 근심이다. 그러므로 푸닥
거리를 할 때에 소 가운데 이마가 흰 놈, 돼지 가운데 코가 위로 향한
놈, 사람 중에 치질이 있는 자로는 황하에 (제물로) 던질 수 없다. 이는
제사를 주관하는 자들이 모두 잘 아는 것으로, 상서롭지 못하다고 여
기는 것이지만 이것이 바로 신인들이 가장 상서롭게 여기는 것이다.

해설 쓸모 있음으로 인하여 피해를 당하는 나무들과 쓸모없음으로
인하여 자신을 보존하는 예들을 비유로, 세속에서 상서롭지 못
하다고 여기는 것들이 신인(神人)에게는 가장 상서로운 것[대상
(大祥)]임을 밝힌 우언이다. 쓸모 있음의 재앙과 쓸모 없음의 축
복이다.

낱말 荊 가시나무 형·땅이름 형, 氏 씨 씨·나라이름 지, 楸 가래나무 추, 拱
두 손 맞잡을 공, 把 잡을 파·한줌 파, 狙 원숭이 저, 猴 원숭이 후, 杙 말

---

19 이(以): '이(已)'와 통하여, '잘', '너무'의 뜻이다.

뚝 익, 麗 고울 려·마룻대 려(欐와 통용), 櫏 회양목 전(선)·널감 전(선), 解
풀 해·(재앙을)없앨 해, 顙 이마 상, 亢 목 항·오를 항, 痔 치질 치, 祥 복
상·재앙 상·조짐 상

05.
자신의 덕을 불구로 한 자

支離疏²⁰者, 頤隱於臍, 肩高於頂, 會撮²¹指天, 五管在上, 兩髀爲脇.
挫鍼治繲, 足以餬口, 鼓筴播精, 足以食十人. 上徵武士, 則支離攘
臂, 而遊於其間. 上有大役, 則支離以有常疾不受功. 上與病者粟,
則受三鍾與十束薪. 夫支離其形者, 猶足以養其身, 終其天年, 又況
支離其德者乎.

지리소라는 사람은 턱이 배꼽에 숨어 있고 어깨가 정수리보다 높으
며, 상투는 하늘을 가리키고 오장(五臟)은 위에 있으며, 두 넓적다리
가 겨드랑이까지 올라와 있다. (그러나) 바느질을 하고 헌옷을 빨아
생계를 꾸려갈 수가 있었고, 키질을 하여 쌀을 골라 열 식구를 먹여
살릴 수 있었다. 나라에서 병사를 징집해도 지리소는 팔을 걷어올리
고 그 사이를 돌아다녔다. 나라에 큰 부역이 있어도 지리소는 지병이
있다는 이유로 일을 받지 않았다. 나라에서 병자에게 곡식을 내릴 때

---

20 지리소(支離疏): 장자가 가탁해낸 인물로, 사지(四肢)가 제대로 갖추어지지 못
했다는 뜻에서 곱추를 가리킨다.
21 괄촬(會撮): 상투, 또는 목뼈를 가리킨다. 여기서는 '상투'의 뜻을 취했다.

에는 곡식 3종(鍾)²²과 땔감 열 단을 받았다. 그 몸을 불구로 한 자도 오히려 몸을 보양하고 천수를 다 할 수 있는데 하물며 자신의 덕을 불구로 한 자이겠는가.

[해설] 지리소가 불구자인 이유로 국가의 혜택을 받으면서 자신의 생명을 보전할 수 있듯이, 잘난 체하면서 덕을 내세우는 짓을 하지 않는 겸손함이 자신을 온전히 할 수 있음을 가르친 우언이다. '자신의 덕을 불구로 한 자'는 자신의 덕이 온전하지 못하다고 여기는 자를 가리킨다.

[한자] 頤 턱 이, 臍 배꼽 제, 頂 쥐독 정·꼭대기 정, 會 모일 회·목뼈 괄, 撮 취할 촬·모을 촬, 管 관 관·붓대 관·맡을 관, 髀 넓적다리 비, 脇 겨드랑이 협(脅과 같은 자), 挫 꺾을 좌·묶을 좌, 鍼 침 침·바늘 침, 綷 헌옷 해, 餬 죽 호·풀칠할 호, 筴 낄 협·점대 책·작은키 책, 播 뿌릴 파·까불 파(簸와 같은 자), 徵 부를 징·구할 징·증거 징, 攘 물리칠 양·걷을 양, 鍾 술병 종·되이름 종·모을 종·쇠북 종(鐘과 통용), 薪 섶나무 신

06.
덕으로 사람 대하기를 그만둘 것이다

孔子適楚, 楚狂接輿, 遊其門曰. 鳳兮鳳兮, 何如德之衰也. 來世不可待, 往世不可追也. 天下有道, 聖人成焉, 天下無道, 聖人生焉. 方

---

22 종(鍾): 용량의 단위로, 6곡(斛) 4두(斗)를 가리킨다. [1곡(斛)은 10두이니, 1종은 모두 64두이다.]

今之時, 僅免刑焉. 福輕乎羽, 莫之知載, 禍重乎地, 莫之知避. 已乎
已乎, 臨人以德. 殆乎殆乎, 畫地而趨. 迷陽[23]迷陽, 無傷吾行. 吾行
郤曲[24], 無傷吾足. 山木自寇也, 膏火自煎也. 桂可食, 故伐之, 漆可
用, 故割之. 人皆知有用之用而莫知無用之用也.

공자가 초(楚)나라에 갔는데, 초나라의 기인(奇人)인 접여가 (공자가 묵
는 집의) 문에서 서성이며 노래하였다. "봉이여, 봉이여, 어찌하여 덕
이 쇠했는가. 다가올 세상은 기대할 수 없고, 지난 세상은 추구할 수
없다. 천하에 도가 있다면 성인은 그것을 이루지만, 천하에 도가 없
으니 성인은 살아갈 뿐이다. 지금 세상에서는 겨우 형벌이나 면할 뿐
이다. 복은 깃털보다 가벼운데도 이를 실어 지닐 줄 아는 이가 없고,
화는 땅보다 무거운데도 이를 피할 줄 아는 이가 없다. 그만두고 그
만둘 것이니, 덕으로 사람을 대하는 짓을. 위태롭고 위태로우니, 땅
에 선을 긋고 따르는구나.[25] 가시나무여 가시나무여, 내 가는 길을 해
치지 마라. 내 가는 길은 구불구불하니 내 발을 다치게 하지 마라. 산
의 나무는 스스로를 해치게 하고 등불은 스스로를 타게 한다. 계수나
무는 먹을 수 있어 그 때문에 베어지고 옻나무는 쓸 만하여 그 때문
에 갈라진다. 사람들은 모두 쓸모 있음의 쓸모는 알지만 쓸모없음의
쓸모를 아는 이가 없구나."

---

23 미양(迷陽): 가시나무[형극(荊棘)]를 가리킨다.
24 극곡(郤曲): 길이 구불구불한 것을 가리킨다.
25 인위적인 규범을 만들어 사람들을 구속하는 것을 가리킨다.

해설 초나라 기인인 접여를 등장시켜 인위적 성취와 쓸모 있음을 주장하는 공자를 비판한 우언이다. 공자에게 복을 지닐 줄 모르고 화를 피할 줄 모르는 자라고 하면서, 자신의 가는 길을 방해하는 가시나무라고까지 비유하고 있다. 나아가 산의 나무, 등잔의 기름, 계수나무, 옻나무 등 쓸모 있음으로 인하여 피해를 입는 여러 가지 예를 들어 쓸모없음의 쓸모를 강조하고 있다.

한자 載 실을 재·탈 재·비로소 재·책 재, 趨 달릴 추, 郤 고을 이름 극·틈 극, 寇 도적 구·해칠 구, 膏 기름 고·기름질 고, 煎 달일 전·졸일 전, 割 가를 할·빼앗을 할

5. 덕이 충만하여 드러남

| 덕충부德充符 |

이 편은 내면의 덕이 충만하여 외적으로 발현되는 예를 통하여 덕의 가치를 강조한 내용이다. 덕이 충만된 상태가 '충(充)'이고, 현실에 적용되고 부합되는 것이 '부(符)'이다. 덕(德)은 '초월의 마음 상태'로서, 거기에는 형체, 피아, 생사 등의 구별을 넘어서는 '형체의 초월[망형(忘形)]'과 귀천, 호오(好惡), 시비 등에서 벗어나는 '감정의 초월[망정(忘情)]'이 있다.

장자는 이런 경지에 이른 사람들로, 몸은 불구이지만 덕이 뛰어난 자들인 왕태(王駘), 신도가(申徒嘉), 숙산무지(叔山無趾), 애태타(哀駘它) 등의 예를 들어 우언화함으로써, '덕충부'의 본질을 생동감 있게 부각시키고 있다.

01.

간과 쓸개도 초나라와 월나라의 거리이다

自其異者視之, 肝膽楚越也, 自其同者視之, 萬物皆一也. 夫若然
者, 且不知耳目之所宜, 而遊心乎德之和, 物視其所一, 而不見其所
喪, 視喪其足, 猶遺土也.

다르다는 점에서 본다면 간과 쓸개도 초나라와 월나라의 거리지만,
같다는 점에서 본다면 만물은 모두 하나이다. 그런 자는 또한 귀와
눈에 맞는 바를 알지 못하고[1] 덕의 조화에 마음을 노닐며, 만물에 대
해 그것이 하나인 바를 보고 자신이 발을 잃은 것을 알지 못하니, 자
기 발을 잃은 것 보기를 마치 흙덩어리를 버린 듯이 하였다."

해설 노나라에 올자(兀者)[2]인 왕태(王駘)[3]라는 이가 있었는데, 그를 좇
아 배우는 자들이 공자와 비슷하였다고 한다. 다리가 하나 없지
만 덕이 갖추어진 왕태는 육체의 한계를 초월한 지인(至人)이다.
그 때문에 사람들은 앞다투어 찾아가 그에게 가르침을 받았다.

---

1 이목(耳目) 등의 지각을 초월한 상태를 가리킨다.
2 올자(兀者): 발꿈치를 베는 형벌[월형(刖刑)]을 받은 사람이다.
3 왕태(王駘): 장자가 설정한 허구적 인물이다.

02.
멈추어 있는 물

人莫鑑於流水, 而鑑於止水. 唯止能止, 衆止. 受命於地, 唯松柏獨
也正, 在冬夏靑靑. 受命於天, 唯堯舜獨也正, 在萬物之首[4], 幸能正
生, 而正衆生.

사람은 흐르는 물에는 비춰보지 못하고 멈추어 있는 물에 비춰본다.
오직 멈추어 있는 것만이 제대로 멈출 수 있어 모든 것이 와서 멈춘
다. 땅에서 목숨을 받은 것 가운데 소나무와 잣나무만이 홀로 반듯하
여 겨울이나 여름이나 푸르고 푸르다. 하늘에서 목숨을 받은 것 가운
데 오직 요임금과 순임금만이 홀로 반듯하여 뭇사람의 우두머리에
위치하고, 다행히 삶을 바르게 할 수 있었기에 뭇사람의 삶을 바로잡
아 주었다.

해설 올자(兀者)인 왕태(王駘)는 덕이 갖추어져 있어 말 없는 가르침
을 베푸니 많은 사람들이 자발적으로 찾아가 가르침을 구한다.
이를 '멈추어 있는 물[지수(止水)]'에 자신을 비춰보기 위해 와서
멈추는 것으로 비유하고 있다. 그러므로 왕태의 덕은 유가에서
성군으로 받드는 요순에 비견될 수 있다는 것이다.

---

4 "唯松柏獨也正." 이하의 몇 구절은 판본에 따라 글자에 출입이 있는데, 『장자
집석(莊子集釋)』 교감본의 교감[p. 196.]에 따랐다.

한자 鑑 거울 감·비추어 볼 감, 徵 부를 징·증거 징, 懼 두려워할 구·으를 구, 雄 수컷 웅·굳셀 웅·뛰어날 웅, 府 곳집 부·도읍 부·구부릴 부, 寓 부쳐살 우·부칠 우·맡길 우, 骸 뼈 해·해골 해

03.
새끼 돼지와 죽은 어미 돼지

仲尼曰. 丘也嘗使於楚矣, 適見独子食於其死母者, 少焉眴若,[5] 皆棄之而走. 不見己焉爾, 不得類焉爾. 所愛其母者, 非愛其形也, 愛使其形者也.

공자가 말하였다. "제가 일찍이 초나라에 사신으로 갔다가 마침 새끼 돼지들이 죽은 어미의 젖을 먹는 것을 보았는데, 조금 있다가 놀라며 모두 어미를 버리고 달아났습니다. 자기들을 보지 않고 다른 모양이 되었기 때문입니다. (새끼 돼지들이) 그 어미를 사랑한 것은 그 몸을 사랑한 것이 아니고 그 몸을 움직이게 하는 것[정신]을 사랑한 것입니다."

해설 노(魯)나라에 애태타(哀駘它)[6]라고 하는 추남이 있었는데 그를 좋아하는 사람들이 많았다. 애공(哀公)이 공자에게 그 이유를 묻

---

5   순약(眴若): 놀라는 모습이다.

6   애태타(哀駘它): 장자가 설정한 가공의 인물이다.

자, 새끼 돼지의 비유를 들어 대답한 우언이다. 그 이유는 외모나 형체가 아닌 덕성[정신]에 있다고 하였다. 애태타는 자기를 내세우지 않고 남들과 잘 화합하는 덕성을 지녔기 때문에 추남인데도 사람들이 그를 좋아한다는 것이다.

한자 豘 돼지 새끼 돈(豚과 같은 자), 眴 눈깜박일 현·아찔할 현·눈깜작할 순·놀라는 모습 순,

04.
덕이 뛰어나면 형체를 잊는다

闉跂[7]支離無脤, 說衛靈公, 靈公說之, 而視全人, 其脰肩肩[8]. 甕瓷大癭, 說齊桓公, 桓公說之, 而視全人, 其脰肩肩. 故德有所長, 而形有所忘. 人不忘其所忘, 而忘其所不忘, 此謂誠忘.

절름발이에다 꼽추이자 언청이인 사람이 위나라 영공에게 유세를 하자 영공은 그를 좋아하여, 온전한 사람을 보면 그 목이 가늘고 작다고 여겼다. 항아리처럼 (목에) 큰 혹이 나 있는 사람이 제나라 환공에게 유세를 하자 환공은 그를 좋아하여 온전한 사람을 보면 그 목이 가늘고 작다고 여겼다. 그러므로 덕에 뛰어난 점이 있으면 형체에서는 잊는 것이 있다. 그런데 사람들은 잊어야 할 것을 잊지 않고

---

7 인기(闉跂): 다리가 굽어 발끝으로 땅을 딛고 다니는 사람이다.
8 견견(肩肩): 가늘고 작은 모습이다.

잊지 않을 것을 잊으니, 이것을 일컬어 '진짜 잊는 것[성망(誠忘)]'이라고 한다.

해설 일반 사람들이 아름다움과 추함, 크고 작음, 형체 등 외적인 것을 중시하여 도의, 덕성 등 내적인 가치를 도외시한다. 외모로 사람을 평가하는 속인들의 행태를 비판한 우언이다.

한자 闉 성곽문 인·막을 인·굽을 인, 跂 육발 기·길 기·발돋움할 기, 脤 제육(祭肉) 신·입술 순(脣과 통용), 脰 목 두, 肩 어깨 견·견딜 견, 甕 항아리 옹, 甖 장군 앙, 癭 혹 영

6. 가장 높은 스승

| 대종사大宗師 |

'대종사'는 '가장 높은 스승'이라는 뜻으로, 도(道), 나아가 도를 체득한 진인(眞人)을 가리킨다.

이 편에서 장자는 '순응자연'의 이치를 밝혔는데, 그것은 도를 따르는 것이고 도를 따름으로써 형체, 생사 등의 차별과 변화를 초월할 수 있다고 하였다. 이런 경지에 이른 사람이 바로 진인, 즉 가장 높은 스승이라는 주장이다.

01.

인위로 자연을 조장하지 않는다

古之眞人, 不知說生, 不知惡死, 其出不訴, 其入不距, 翛然[1]而往, 翛
然而來而已矣. 不忘其所始, 不求其所終. 受而喜之, 忘而復之. 是之
謂不以心捐道, 不以人助天, 是之謂眞人. 若然者, 其心志, 其容寂,
其顙頯. 凄然似秋, 煖然似春, 喜怒通四時, 與物有宜, 而莫知其極.

옛날의 진인은 삶을 좋아할 줄 모르고 죽음을 싫어할 줄 몰라, 태어
나는 것을 기뻐하지 않고 죽는 것을 거부하지 않았으니, 매이는 것
없이 가고 매이는 것 없이 올 뿐이었다. 삶이 시작하는 바를 잊지 않
지만 그 끝나는 바를 추구하지 않는다. 삶을 받은 채 기꺼워하지만
(생사를) 잊은 채 (자연으로) 돌아간다. 이를 일러 "마음으로 도를 없애
지 않고, 인위로 자연을 조장하지 않는다."라고 하니, 이런 사람을 일
러 진인이라고 한다. 그와 같은 자는 그 마음은 향하는 바가 있고 그
모습은 고요하며, 그 이마는 드러나 있다. 서늘하기는 가을과 같고
따뜻하기는 봄과 같으며, 기뻐하고 성내는 것이 사계절과 통하여 상
대와 잘 맞으면서 그 끝을 알지 못한다.

해설 도를 체득한 진인의 경지를 계절의 운행에 비유하여 설명한 우
언이다. 진인은 생사를 초월하여 마음에 변화가 없고, 감정은

---

1   유연(翛然): 거리낌없는 모습이다.

사계절의 운행처럼 자연스러우니 이것이 순응자연의 경지이다. 생사는 자연의 법칙으로 도가 발현되는 하나의 현상이다. 따라서 생사를 포함한 일체의 여건에서 자연의 이치에 따르는 것이 진인이라는 설명이다. "삶이 시작하는 바를 잊지 않지만 그 끝나는 바를 추구하지 않는다."는 말이 죽음에 대한 염려와 두려움에서 벗어난 경지이다.

한자 說 말씀 설·기뻐할 열, 訢 기뻐할 흔(欣과 같은 자)·화평할 은, 距 떨어질 거·막을 거(拒와 통용), 傃 날개 찢어질 소·빠를 유, 捐 버릴 연·없앨 연, 顙 이마 상, 頯 광대뼈 규·쑥내밀 괴, 淒 쓸쓸할 처·서늘할 처, 煖 따뜻할 난·따뜻할 훤(煊과 같은 자)

02.
강이나 호수에서 서로를 잊다

泉涸, 魚相與處於陸, 相呴以濕, 相濡以沫, 不如相忘於江湖. 與其譽堯而非桀也, 不如兩忘而化其道. 夫大塊載我以形, 勞我以生, 佚我以老, 息我以死. 故善吾生者, 乃所以善吾死也.

샘이 마르자 고기들이 함께 땅 위에 있으면서 서로 습기로 불어주고 서로 거품으로 적셔주지만, 강이나 호수에서 서로를 잊는 게 낫다. 요임금을 칭찬하고 걸왕을 비난하기보다는, 둘 다 잊고 도와 융화되는 것이 낫다. 대자연은 (나의) 육체로 나를 실어주고 삶으로 나를 수고롭게 하며, 늙음으로 나를 편안하게 하고 죽음으로 나를 쉬게 한다. 그러므로 나의 삶을 좋게 여기는 자는 나의 죽음도 좋게 여기는 것이다.

해설 시비와 생사를 초월한 진인의 경지를 제시하였다. 유가에서 중시하는 인의를, 물고기들이 서로 습기로 불어주고 서로 거품으로 적셔주는 것에 비유하여 도의 세계에서 서로를 잊고, 자유자재의 상태로 머무는 이상적 경지를 제시하였다. 불가에서는 생노병사를 사고(四苦)라고 하여 극복의 대상으로 삼지만, 장자는 자연의 질서, 즉 도의 운행으로 여기고 순순히 받아들일 것을 가르쳤다.

한자 涸 마를 학·말릴 학, 呴 숨내쉴 구·꾸짖을 구, 濡 젖을 유·적실 유, 沫 거품 말·땀흘릴 말, 塊 흙덩이 괴, 載 실을 재, 佚 편안할 일

03.
한결같은 만물의 큰 실상

夫藏舟於壑, 藏山²於澤, 謂之固矣. 然而夜半有力者, 負之而走, 昧者不知也. 藏小大有宜, 猶有所遯. 若夫藏天下於天下, 而不得所遯, 是恒物之大情也. 特犯人之形, 而猶喜之, 若人之形者, 萬化而未始有極也, 其爲樂可勝計邪. 故聖人將遊於物之所不得遯, 而皆存. 善妖³善老, 善始善終, 人猶效之. 又況萬物之所係, 而一化之所待乎.

배를 골짜기에 숨기고 어망을 못에 숨기고서 견고하다고 한다. 그러나 한밤중에 힘 있는 자가 둘러매고 달아나도 우매한 자들은 모른다. 작고 큰 것을 감추는 데에 마땅한 곳이 있더라도 가지고 달아날 데는

2　산(山): '산(汕)'과 통하여, '어망'을 가리킨다.
3　요(妖): '요(夭)'와 통하여, '일찍 죽다'의 뜻이다.

있다. 만약 천하를 천하 속에 감추어, 가지고 달아날 데가 없다면 이 것이 한결같은 만물의 큰 실상이다. 단지 인간의 모습을 갖게 되었다고 오히려 그것을 기뻐하는데 그 인간의 모습 같은 것은 만 가지로 변화하여 애당초 표준이 없으니, 그 즐거워함을 이루 다 헤아릴 수 있겠는가.[4] 그러므로 성인은 가지고 달아날 수 없는 만물의 경지[도(道)의 경지]에서 노닐고 모두 그대로 둔다. 일찍 죽는 것도 좋게 여기고 오래 사는 것도 좋게 여기며, 삶이 시작되는 것도 좋게 여기고 삶이 끝나는 것도 좋게 여기니,[5] 사람들은 그를 본받으려고 한다. 하물며 만물이 (거기에) 매여 있고 한결같은 변화가 의지하는 것[도(道)]이겠는가.

해설 '힘 있는 자'는 자연이자 도를 비유한 것으로, 변화의 주체이다. 변화의 힘을 거스를 수 있는 자가 없는데, 우매한 자들은 현상이 견고하여 그대로일 것이라고 믿는다. 일체의 사물과 일체의 변화는 도에서 벗어날 수 없으므로, 그것을 따르고 거기에 맡길 것이다. '한결같은 만물의 큰 실상'은 도를 가리킨다. 인간으로 태어난 것도 죽는 것도 도의 변화상 가운데 하나이니, 그것을 깨달으면 생사에 한결같이 대할 수 있다.

한자 藏 감출 장·숨을 장·곳집 장, 壑 구렁 학·골 학·강 학, 昧 새벽 매·어두울 매, 遯 달아날 둔(遁과 같은 자)·속일 둔, 恒 항구 항·항상 항·반달 긍·뻗칠 긍, 妖 아리따울 요·괴이할 요·일찍 죽을 요, 係 걸릴 계

---

4   변화무쌍한 현상에 일일이 대응하지 않는 초월을 강조한 것이다.
5   장수와 요절, 삶과 죽음을 초월한 경지이다.

04.
천지의 근원: 도

夫道有情有信, 無爲無形, 可傳而不可受, 可得而不可見. 自本自根, 未有天地, 自古以固存. 神鬼神帝, 生天生地. 在太極之上而不爲高, 在六極⁶之下而不爲深. 先天地生而不爲久, 長於上古而不爲老.

무릇 도는 실정이 있고 믿을 만한 실재가 있지만 행위가 없고 형체가 없으니, (마음으로) 전할 수 있지 (손으로) 받을 수 없고, (마음으로) 터득할 수 있지 (눈으로) 볼 수 없다. 스스로 근본이 되고 스스로 뿌리가 되어, 아직 천지가 있기 전에 옛날부터 원래 존재했다. 귀신보다도 신령하고 상제보다도 신령하며, 하늘을 낳고 땅을 낳았다. 태극의 위에 있으면서도 높지 않고 육극의 아래에 있으면서도 깊지 않다. 천지보다 먼저 생겨났으면서도 오래 되지 않았고 옛날보다 나이가 많으면서도 늙지 않았다.

해설 다양한 비유를 통해 도의 본질을 드러낸 우언이다. 도는 인위적 행위와 형체가 없지만, 실정이 있고 믿을 만한 실재가 있어 마음으로 전할 수 있고 터득할 수 있다고 하였다. 천지의 근원이 되니 천지가 있기 전부터 존재하여 천지를 낳았다고 하였다. 영원한 원리이기 때문에 시공을 초월하여 작용한다는 주장이다.

---

6 육극(六極): 「제물론」에 보이는 '육합(六合)'으로, 상하와 동서남북을 가리킨다.

05.
매달린 데에서 풀어 주다: 현해(縣解)

浸假⁷而化予之左臂以爲雞, 予因以求時夜, 浸假而化予之右臂以
爲彈, 予因以求鴞炙, 浸假而化予之尻以爲輪, 以神爲馬, 予因以
乘之, 豈更駕哉. 且夫得者時也, 失者順也. 安時而處順, 哀樂不能
入也, 此古之所謂縣解也.

가령 나의 왼팔을 변화시켜 닭으로 만든다면 나는 그에 따라 밤을 알
리기를 바랄 것이고, 가령 내 오른팔을 변화시켜 탄환으로 만든다면
나는 그에 따라 올빼미 구이를 얻으려고 할 것이며, 가령 나의 엉덩
이를 변화시켜 수레바퀴로 만든다면 정신을 말[馬]로 삼아 나는 그에
따라 그것을 탈 것이니 어찌 다시 다른 수레를 타겠는가. 무릇 (삶을)
얻은 것은 (올) 때가 된 것이고 잃는 것은 (천명을) 따르는 것이다. 올
때를 편안히 여기고 따름에 맡기면 슬픔과 기쁨이 끼어들 수 없으니,
이것이 옛날에 일컬었던, '매달린 데에서 풀어주는 것[현해(縣解)]'이
라는 것이다.

해설 꼽추인 자여(子輿)의 말을 통해 , 형체와 생사 등의 외적인 차별
과 변화를 초월한 진인의 경지를 보인 우언이다. 자여의 굽은
모습도 자연에서 비롯된 것이니 순응할 것이고 죽음에 다다른

---

7   침가(浸假): '가령(假令)', '가사(假使)'의 뜻이다.

현실도 담담히 받아들이는 순응자연의 이치를 설명하였다.

🔴한자 浸 담글 침·점차 침·가령 침, 臂 팔 비, 鴞 부엉이 효, 炙 고기구울 자(적)
·구운고기 자(적), 尻 꽁무니 고·엉덩이 고

06.
불길한 사람

夫大塊載我以形, 勞我以生, 佚我以老, 息我以死. 故善吾生者, 乃
所以善吾死也. 今大冶鑄金, 金踊躍曰, 我且必爲鏌鋣[8], 大冶必以
爲不祥之金. 今一犯人之形而曰, 人耳. 人耳, 夫造化者必以爲不祥
之人. 今一以天地爲大鑪, 以造化爲大冶, 惡乎往而不可哉. 成然[9]
寐, 蘧然[10]覺.

대자연은 (나의) 육체로 나를 실어주고 삶으로 나를 수고롭게 하며,
늙음으로 나를 편안하게 하고 죽음으로 나를 쉬게 한다. 그러므로 나
의 삶을 좋게 여기는 자는 나의 죽음도 좋게 여기는 것이다. 지금 대
장장이가 쇠를 불리는데 쇠가 날뛰면서 말하기를, "나는 장차 반드시
(명검인) 막야가 되겠다."라고 한다면 대장장이는 반드시 불길한 쇠라

---

8   막야(鏌鋣): 명검의 이름으로, '막야(莫邪)'로도 쓴다. 춘추시대에 간장(干將)과
    막야(鏌鋣)라는 부부가 있었는데, 초나라 왕을 위하여 칼을 만들었다. 삼 년
    만에 완성하고는 웅검(雄劍)을 '간장(干將)'이라 하고, 자검(雌劍)을 '막야(鏌鋣)'
    라고 하였다고 한다.
9   성연(成然): 편안한 모습이다.
10 거연(蘧然): 놀라는 모습이다.

고 여길 것이다. 지금 한번 인간의 모습을 갖게 되었다고 해서 말하기를, "사람만 되겠다. 사람만 되겠다."라고 한다면 저 조물주는 반드시 불길한 사람이라고 여길 것이다. 지금 만일 천지를 큰 화로라고 하고 조물주를 대장장이라고 한다면 어디에 가든 안 될 것인가. 편안히 잠들고[죽고] 갑자기 깨어나는[태어나는] 것이다."

해설 대장장이와 쇠의 비유로 조물주와 인간을 상정한 우언으로, 삶과 죽음은 자연의 변화 과정임을 깨닫고 '순응자연'해야 하는 이치를 설명하고 있다. 쇠로 만드는 도구 중에 최고의 가치가 있는 명검이 되고 싶은 쇠는 뭇 생명체 중에 최고의 가치가 있는 사람이 되고 싶은 자를 빗댄 것이다. 사람이 될지 다른 것이 될지는 자연의 선택이다. 그에 따르는 것이 순응자연이다. 마음의 평화를 얻는 길이 여기에 있다. 사람으로서 가장 큰 고비인 죽음의 문제에 있어 더욱 그렇다.

한자 佚 편안할 일, 冶 쇠불릴 야, 鑄 쇠 부어만들 주, 踊 뛸 용, 躍 뛸 약, 鏌 칼 이름 막, 鋣 칼 이름 야, 鑪 화로 로

07.
육체를 떠나고 지식을 버리다: 좌망(坐忘)

(顔回曰.) 回坐忘矣. 仲尼蹴然[11]曰. 何謂坐忘? 顔回曰. 墮肢體, 黜聰明, 離形去知, 同於大通[12]. 此謂坐忘. 仲尼曰. 同則無好也, 化則無常也. 而果其賢乎. 丘也請從而後也.

(안회가 말하였다.) "저는 좌망(坐忘)을 하게 되었습니다." 공자가 놀라며 물었다. "좌망이란 무엇을 말하는 것인가?" 안회가 대답하였다. "사지(四肢)와 몸체를 잊어버리고 눈과 귀의 작용을 몰아내었으니 육체를 떠나고 지식을 버림으로써 대도(大道)와 일체가 되었습니다. 이것을 좌망이라고 합니다." 공자가 말하였다. "도와 일체가 되면 좋아함이 없어지고 변화를 따르면 한결같음도 없어진다. 너는 과연 훌륭하구나. 나도 너를 따라 배워야 하겠다."

해설 도를 추구하는 안회와 스승인 공자를 등장시켜 수양의 최고 경지인 '좌망(坐忘)'의 상태를 설명한 우언이다. 좌망은 인의나 예악 등의 규범, 육체나 지식 등의 한계를 초월하여 도와 혼연일체가 된 경지이다. 좋아하고 싫어하는 차별의 마음이 없어지고, 상리(常理)라고 하여 한결같음에 집착하는 마음도 없어진다. 공자가 강조한 '무적무막(無敵無莫)'의 경지이다.

한자 蹙 찰 축·밟을 축·삼갈 축·얼굴빛 변할 축, 墮 떨어질 타·무너뜨릴 휴, 肢 사지 지, 黜 물리칠 출·내몰 출

---

11 축연(蹙然): 놀라는 모습이다.
12 대통(大通): 대도(大道)를 가리킨다.

7. 제왕에 상응하는 도리

| 응제왕應帝王 |

이 편에서 장자는 도가의 이상적 정치관인 '무위이치(無爲而治)'를 제시하였다. 이상적인 정치는 상대와 나라는 구분을 초월하여 자신을 비움으로써 사사로움이 배제된 무위의 다스림이다. 편의 말미에서는 혼돈(混沌)의 죽음이라는 우언을 통해 무위와 반대되는 인위적 조작이 순수를 훼손시키는 것임을 부각시키고 있다.

지극한 다스림: 무위이치

陽子居¹見老聃曰. 有人於此, 嚮²疾强梁, 物徹疏明, 學道不勌, 如是
者, 可比明王乎? 老聃曰. 是於聖人也, 胥易³技係, 勞形怵心者也.
且也虎豹之⁴文來田, 猨狙之便, 執斄之狗來藉⁵. 如是者, 可比明王
乎. 陽子居蹵然曰. 敢問明王之治. 老聃曰. 明王之治. 功蓋天下,
而似不自己, 化貸⁶萬物, 而民弗恃. 有莫擧名, 使物自喜, 立乎不測,
而遊於无有者也.

양자거가 노자를 만나 말하였다. "여기 한 사람이 있는데 민첩하고 굳
세며 만물의 이치에 투철하여 밝게 알고 도를 배우기를 게을리하지
않는다면 이와 같은 사람은 훌륭한 성왕(聖王)과 비교할 수 있을까요?"
노자가 대답하였다. "이는 성인에 있어서는 하급관리가 자신의 기예
에 얽매어 몸을 괴롭히고 마음을 두렵게 하는 격이다. 또한 호랑이와
표범은 문채나는 모피 때문에 사냥을 당하고, 원숭이는 민첩함 때문
에, 개는 살쾡이를 잡는 것 때문에 줄에 묶인다. 이런 사람을 훌륭한

---

1 양자거(陽子居): '위아(爲我)'를 제기했던 양주(楊朱)라고 전해진다.

2 향(嚮): '향(響)'과 통하여, '빠르다'의 뜻이다.

3 서역(胥易): '서(胥)'는 악무(樂舞)를 담당하고, '역(易)'은 점복(占卜)을 담당하는
   하급관리이다.

4 지(之): 개사로, '이(以)'의 기능이다.

5 적(藉): '계(繫)'와 통하여, '매다', '가두다'의 뜻이다.

6 대(貸): '시(施)'와 통하여, '베풀다'의 뜻이다.

성왕에 비유할 수 있겠는가." 양자거가 놀라며 물었다. "감히 훌륭한 성왕의 다스림을 여쭙겠습니다." 노자가 대답하였다. "훌륭한 성왕의 다스림은 공덕이 천하를 뒤덮지만 자신으로부터 말미암지 않은 듯이 여기며, 교화가 만물에 미치지만 백성들은 덕으로 믿지(여기지) 않는다. (공이) 있어도 이름을 드러냄이 없고 만물로 하여금 저마다 기쁘게 하며, 헤아릴 수 없는 경지에 서서 무(無)의 세계에서 노니는 자이다."

해설 양주와 노자를 등장시켜, 지극한 다스림은 뛰어난 재능과 명성이 아니라 드러나지 않는 무위로 가능한 것임을 비유한 우언이다. '무위이치'는 인위적 조작이 없는 다스림이다. 뛰어난 재능과 명성 등은 호랑이와 표범의 문채나는 모피, 원숭이의 민첩함, 개가 살쾡이를 잡는 능력과 같아 자신을 구속시키는 인위적인 것일 뿐이다.

한자 冊 귓바퀴없을 담, 嚮 접때 향·향할 향·메아리 향(響과 같은 자), 梁 들보 량·강할 량, 徹 통할 철, 疏 트일 소·통할 소, 怵 두려워할 출, 豹 표범 표, 猨 원숭이 원(猿과 같은 자), 狙 원숭이 저, 藝 땅이름 태·살쾡이 리, 藉 깔개 자·노끈 적, 貸 빌려줄 대·줄 대·빌릴 특, 恃 믿을 시

02.
만물을 받아들이고 소유하지 않는 거울

無爲名尸, 無爲謀府, 無爲事任, 無爲知主. 體盡無窮, 而遊無朕, 盡其所受乎天, 而無見得, 亦7虛而已. 至人之用心若鏡, 不將不迎, 應而不藏. 故能勝物而不傷.

명성의 주인이 되지 말고 계획의 중심이 되지 말며, 일의 책임이 되지 말고 지혜의 주인이 되지 말라. 무궁한 도를 모두 체득하고 자취 없는 경지에서 노닐며, 하늘로부터 받은 것[천성(天性)]을 다하고 얻은 바의 덕을 드러내지 말며, 오로지 비울 뿐이다. 지인(至人)의 마음 씀은 거울과 같아 보내지도 않고 맞아들이지도 않으며, 호응하면서도 간직하지 않는다. 그러므로 만물을 감당해낼 수 있으면서 (자신은) 상하지 않는다.

해설 지인(至人)의 경지에 이르는 과정을 제시한 뒤에, 그 경지를 거울에 비유한 우언이다. 거울은 상대가 오면 비추고 상대가 가면 비운다. 만물을 받아들이면서 끝내 소유하지 않는다. 무심과 무위로 자신의 역할을 다하는 거울의 특징이 바로 지인의 모습이다.

한자 尸 주검 시·시동 시·주장할 시, 府 곳집 부·마을 부·도읍 부, 朕 나 짐·조짐 짐, 將 장수 장·거느릴 장·보낼 장, 藏 감출 장·오장 장(臟과 통용)

03.
혼돈과 일곱 개의 구멍

南海之帝爲儵, 北海之帝爲忽, 中央之帝爲渾沌. 儵與忽時相與遇

---

7   역(亦): '유(唯)'의 뜻이다.

於渾沌之地, 渾沌待之甚善. 儵與忽謀報渾沌之德曰. 人皆有七竅,
以視聽食息, 此獨無有, 嘗試鑿之. 日鑿一竅, 七日而渾沌死.

남해의 임금이 숙(儵)이고 북해의 임금이 홀(忽)이며, 중앙의 임금이
혼돈(渾沌)이다. 숙과 홀이 수시로 함께 혼돈의 땅에서 만났는데, 혼
돈이 그들을 잘 대접하였다. 숙과 홀은 혼돈의 덕에 보답할 것을 의
논하면서 말하였다. "사람에겐 모두 일곱 개의 구멍이 있어 보고 듣
고 먹고 숨을 쉬는데 혼돈만이 (이것을) 가지고 있지 않으니, 시험 삼
아 구멍을 뚫어 주기로 하자." 하루에 한 구멍씩 뚫어 7일이 되자 혼
돈이 죽었다.

해설 서두름을 상징하는 숙(儵)과 조바심을 상징하는 홀(忽)은 인위와
조작을 비유한 것이고, 순수와 순박을 상징하는 혼돈(渾沌)은 무
위를 비유한 것이다. 나라를 다스리는 데에 있어 서두름은 발전
과 진보를, 조바심은 공을 이루고자 하는 욕심을 의미한다. 인
위와 조작이 순박을 훼손하게 됨을 비유를 들어 설명한 것이다.
유가에서 인의와 예악을 앞세워 서두르고 강요하는 행위가 지
극한 다스림인 무위를 망치는 것을 경고한 우언이다.

한자 儵 빠를 숙, 忽 소홀히 할 홀·갑자기 홀, 渾 섞을 혼, 沌 어두울 돈, 竅 구
멍 규, 鑿 뚫을 착

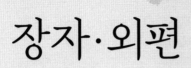

장자·외편

莊子·外篇

8. 붙은 발가락

| 변무駢拇 |

이 편에는 '붙은 발가락[변무(駢拇)]', '육손[지지(枝指)]', '혹[췌(贅)]', '사마귀[우(疣)]' 등을 비유로 들어 유가의 인의와 예악이 군더더기임을 비판한 우언이 많다. 지혜, 인의, 변설 등은 붙은 발가락이나 육손과 같은 것으로 천하를 어지럽히는 화근이다. 이런 외적인 것을 추구하면서 자신의 몸을 망친다는 점에서는 군자나 소인 모두 어리석기는 마찬가지이다. 결국 자연을 따르고 인정에 맞게 살라는 것이 이 편의 중심 내용으로, 장자의 '복귀자연'의 인생관과 '무위이치'의 정치관을 드러내고 있다.

본래 긴 것과 본래 짧은 것

彼正正[1]者, 不失其性命之情[2]. 故合者不爲騈, 而枝者不爲跂, 長者
不爲有餘, 短者不爲不足. 是故鳧脛雖短, 續之則憂, 鶴脛雖長, 斷
之則悲. 故性長, 非所斷, 性短, 非所續, 無所去憂也. 意[3]. 仁義其非
人情乎. 彼仁人何其多憂也.

저 지극히 바른 도(道)라는 것은 타고난 실상을 잃지 않는 것이다. 그
러므로 발가락이 붙어 있는 것을 붙은 발가락이라 여기지 않고 손가
락이 더 난 것을 육손이라 여기지 않으며, 긴 것을 남는다고 여기지
않고 짧은 것을 부족하다고 여기지 않는다. 이런 까닭에 물오리의 다
리가 비록 짧지만 그것을 길게 이으면 걱정하고 학의 다리가 비록 길
지만 그것을 짧게 자르면 슬퍼한다. 그러므로 본래 긴 것은 자를 것
이 아니고 본래 짧은 것은 이을 것이 아니니, 근심을 없애려 할 것이
없다.[4] 아! 인의란 아마도 사람의 실정이 아닌가 보다. 저 인자(仁者)
들은 어쩌면 그리도 근심이 많은가.

---

1 정정(正正) : 유월(兪樾)은 '正正'은 '至正'의 잘못이라고 하였다[곽경번(郭慶藩),
   『장자집석(莊子集釋)』, 타이베이(臺北): 중화서국(中華書局), 1959, p.317].
2 성명지정(性命之情) : 자연으로부터 타고난 본질이다.
3 희(意) : 감탄사로, '희(噫)'와 통한다.
4 본래 그러한 것들이 근심거리가 되지 않는다는 의미이다.

해설 물오리의 다리와 학의 다리를 비유로 들어, 태어난 그대로의 본질을 인정하고 조작하지 말 것을 깨우친 우언이다. 유가에서 내세우는 인의와 예악 등이 짧다고 길게 이어주고 길다고 짧게 잘라주는 억지라는 주장이다. 따라서 강요하는 입장이나 강요를 당하는 입장에서 모두 많은 근심과 걱정이 생길 수밖에 없다는 것이다.

한자 跂 육발 기·길 기·발돋움할 기, 鳧 물오리 부, 脛 정강이 경·정강이뼈 경, 意 뜻 의·한숨 쉴 희

02.
천하에는 본래의 모습이 있다

夫待⁵鉤⁶繩規矩而正者, 是削其性者也, 待繩約膠漆, 而固者, 是侵其德者也. 屈折禮樂, 呴兪⁷仁義, 以慰天下之心者, 此失其常然⁸也. 天下有常然, 常然者, 曲者不以鉤, 直者不以繩, 圓者不以規, 方者不以矩, 附離不以膠漆, 約束不以纆索. 故天下誘然⁹皆生, 而不知其所以生, 同焉皆得, 而不知其所以得.

---

5 대(待): '의(依)'의 뜻이다.
6 구(鉤): 활의 곡선을 바로잡는 도구이다.
7 구유(呴兪): '돌보다', '깨우치다'의 뜻이다.
8 상연(常然): 본래의 모습[상태(常態)]을 가리킨다.
9 유연(誘然): 자연스러운 모습이다.

갈고리와 먹줄, 곱자와 그림쇠에 의지하여 바로잡는 것은 그 본성을 손상시키는 것이고, 노끈과 새끼, 갖풀과 옻에 의지하여 단단하게 하는 것은 그 덕을 해치는 것이다. 예악에 따라 굽히고 꺾으며 인의로 교화하여 천하 사람들의 마음을 기쁘게 하는 것은 그 본래의 모습을 잃는 것이다. 천하에는 본래의 모습이 있으니, 본래의 모습이란 굽은 것은 갈고리를 쓰지 않고 곧은 것은 먹줄을 쓰지 않으며, 둥근 것은 그림쇠를 쓰지 않고 네모난 것은 곱자를 쓰지 않으며, 붙이는 것은 갖풀과 옻을 쓰지 않고 묶는 것은 노끈과 새끼를 쓰지 않는다. 그러므로 천하에는 자연스럽게 모든 것이 생겨나지만 그것이 생겨나는 이유를 모르고, 함께 모두가 각자의 형편을 얻지만 그것이 얻어지는 방법을 모른다.

해설 규구준승(規矩準繩) 등의 도구를 비유로 들어 예악과 인의가 사람들의 본성을 해침을 깨우친 우언이다. '본래의 모습[상연(常然)]'을 유지하는 것이 각각의 본성을 지키는 것임을 밝힘으로써 '무위자연'을 강조하고 있다.

한자 鉤 띠쇠 구·갈고리 구, 規 그림쇠 규, 矩 곱자 구, 削 깎을 삭·빼앗을 삭·약해질 삭, 膠 갖풀 교·굳을 교, 漆 옻나무 칠·옷 칠, 呴 숨 후 내쉴 구·꾸짖을 구·기뻐할 구, 兪 그러할 유·응답할 유·더욱 유(愈와 같은 자)·나아갈 유, 繩 노 묵, 索 노 삭·새끼 삭·찾을 색

03.
본성을 해치면서 자신을 희생시키다

自虞氏招仁義, 以撓天下也, 天下莫不奔命於仁義, 是非以仁義易
其性與. 故嘗試論之, 自三代以下者, 天下莫不以物易其性矣. 小人
則以身殉利, 士則以身殉名, 大夫則以身殉家, 聖人則以身殉天下.
故此數子者, 事業不同, 名聲異號, 其於傷性以身爲殉, 一也.

순임금이 인의를 드러내어 천하를 어지럽히면서부터 천하 사람들은
인의에 목숨 걸지 않은 이가 없으니, 이것이 인의로 그 본성을 바꾸
는 것이 아니겠는가. 그러므로 시험 삼아 논의해 보자면, 하·은·주 삼
대 이후로부터 천하에 외물(外物)로 그 본성을 바꾸지 않은 이가 없
었다. 백성들은 이익을 위해 자신을 희생시키고 선비는 명예를 위해
자신을 희생시키며, 대부는 가문을 위해 자신을 희생시키고 성인은
천하를 위해 자신을 희생시킨다. 그러므로 이 몇 사람들은 한 일이
같지 않고 명성도 다르게 불리지만 그들이 본성을 해치면서 자신을
희생시킨 점은 똑같다.

해설 순임금이 인의를 내세우면서 본성을 해쳤듯이, 사람들은 각자
추구하는 바를 위해 자신을 희생한다. 순임금이 인의와 예악으
로 천하를 다스린 것은 물오리의 다리를 길게 이어주고 학의 다
리를 잘라준 억지로, 사람들의 본성을 해친 것이다. 그 극단적
인 예가 자신이 추구하는 바를 위하여 목숨을 희생시키는 행위

라는 것이다.

한자 虞 생각할 우·근심할 우·순임금 성 우, 招 부를 초·구할 초·들 교·걸
교·별이름 소, 撓 휠 뇨·꺾일 뇨·어지러울 뇨, 奔 달릴 분·달아날 분·패
주할 분, 殉 따라 죽을 순·바칠 순·구할 순

04.
명예를 위해 죽은 백이와 이익을 위해서 죽은 도척

臧與穀[10]二人相與牧羊, 而俱亡其羊. 問臧奚事, 則挾筴讀書, 問穀
奚事, 則博塞[11]以遊. 二人者, 事業不同, 其於亡羊均也. 伯夷死名於
首陽之下, 盜跖[12]死利於東陵之上. 二人者, 所死不同, 其於殘生傷
性均也, 奚必伯夷之是, 而盜跖之非乎. 天下盡殉也, 彼其所殉仁義
也, 則俗謂之君子, 其所殉貨財也, 則俗謂之小人. 其殉一也, 則有
君子焉, 有小人焉. 若其殘生損性, 則盜跖亦伯夷已, 又惡取君子小
人於其間哉.

장(臧)과 구(穀) 두 사람이 함께 양을 치다가 모두가 양을 잃었다. 장
에게 무슨 일인가를 물으니 죽간을 가지고 글을 읽었다 하고, 구에게
무슨 일인가를 물으니 노름을 하면서 놀았다고 하였다. 두 사람의 경
우가 한 일은 같지 않지만 그들이 양을 잃어버린 점에서는 마찬가지

---

10 장(臧), 구(穀): 장자가 설정한 허구적 인물이다.
11 박새(博塞): 쌍륙(雙六), 즉 주사위 놀이의 일종이다.
12 도척(盜跖): 춘추 말기의 유명한 대도(大盜)이다.

이다. 백이는 수양산 아래에서 명예를 위해 죽었고, 도척은 동릉 가에서 이익을 위해서 죽었다. 두 사람의 경우가 죽은 이유는 같지 않지만 그들이 목숨을 해치고 본성을 손상시킨 점에서는 마찬가지이니, 어찌 반드시 백이를 옳다 하고 도척을 그르다고 하겠는가. 천하 사람들이 모두 자신을 희생시키는데, 그들이 목숨을 바친 것이 인의라면 세속에서 그들을 군자라 부르고, 목숨을 바친 것이 재물이라면 세속에서 그들을 소인이라 부른다. 그들이 목숨을 바친 것은 똑같은데, 거기에는 군자도 있고 소인도 있다. 목숨을 해치고 본성을 손상시킨 점으로는 도척 역시 백이와 마찬가지인데, 또 어찌 그 사이에서 군자와 소인을 구별하는가.

해설 장과 구, 두 양치기가 양을 잃은 이유에는 구분이 있지만 양을 잃은 잘못은 마찬가지라는 비유를 통해, 백이나 도척이 모두 외물 때문에 본성을 해쳤다는 점에서는 같다고 하였다. 따라서 모두가 진정한 지혜를 터득한 자들이 아니라는 주장이다. 그러나 장자의 비유는 결과만을 가치 판단의 기준으로 삼았다는 점에서 문제가 있다고 하겠다.

한자 臧 착할 장·종 장[사내종, 노복(奴僕)]·감출 장(藏과 통용), 穀 곡식 곡·좋을 곡·복 곡·어린아이 구[계집종, 구(穀)와 통용)], 冥 어두울 명, 挾 낄 협·돌 협, 筴 점대 책·대쪽 책·꾀 책(策과 통용), 博 너를 박·많을 박·쌍륙 박, 塞 변방 새·요새 새·주사위 새·막을 색, 跖 발바닥 척·밟을 척

9. 말의 발굽

| 마제馬蹄 |

이 편에서 장자는 백락(伯樂)[1], 도공(陶工), 목수를 등장시켜, 속박과 구속을 반대하고 복귀자연의 정치관을 제시하였다. 백락은 말을 잘 다루지만 말의 입장에서 보면 구속당하는 것이고, 도공이나 목수가 흙과 나무를 잘 다루지만 흙과 나무의 입장에서 보면 모두가 본연의 상태를 해치는 것이다.

마찬가지로 성인이 인의와 예악을 내세워 천하를 다스리는 것은 사람과 사물의 자연스런 본성을 해치는 것이다. 그들이 내세우는 인의와 예악은 사람을 구속하는 도구이다. 무위이치로 다스려 지덕지세(至德之世)[2]를 이루어야 한다는 주장이다.

당시 위정자들의 잔혹하고 구속적인 다스림에 대한 비판은 의미가 있다. 그러나 사회의 진보와 문명에 대한 지나친 부정은 재고의 여지가 있다고 하겠다.

---

1   백락(伯樂): 진(秦) 목공(穆公) 시대 사람인 손양(孫陽)으로, 백락(伯樂)은 그의 자이다. 말을 잘 알아보고 잘 훈련시켰다고 한다.
2   지덕지세(至德之世): 사람들이 타고난 본성을 그대로 유지했던 원시사회를 가리킨다.

01.
자연 그대로 내버려 두다: 천방(天放)

馬, 蹄可以踐霜雪, 毛可以禦風寒, 齕草飮水, 翹足而陸[3], 此馬之眞
性也. 雖有義[4]臺路[5]寢, 無所用之. 及至伯樂曰, 我善治馬. 燒之剔
之, 刻之雒[6]之, 連之以羈縶, 編之以皁棧[7], 馬之死者, 十二三矣. 飢
之渴之, 馳之驟之, 整之齊之. 前有橛飾之患, 而後有鞭筴之威, 而
馬之死者, 已過半矣. 陶者曰, 我善治埴, 圓者中規, 方者中矩. 匠人
曰, 我善治木, 曲者中鉤, 直者應繩. 夫埴木之性, 豈欲中規矩鉤繩
哉. 然且世世稱之曰, 伯樂善治馬, 而陶匠善治埴木, 此亦治天下者
之過也. 吾意, 善治天下者不然. 彼民有常性. 織而衣, 耕而食, 是謂
同德, 一而不黨, 命曰天放.

말은 발굽으로는 서리나 눈을 밟을 수 있고 털로는 바람과 추위를 막
을 수 있으며, 풀을 뜯고 물을 마시며 발을 들어 뛰니, 이것이 말의 참
된 본성이다. 비록 높은 누대나 큰 방이 있더라도 그것을 쓸 데가 없
다. 그런데 백락이 말하기를, "나는 말을 잘 다룬다."라고 하면서 털
을 태우고 자르며, 발굽을 깎고 낙인을 찍으며, 굴레와 고삐로 얽어

---

3 류(陸): '륙(踛)'과 통하여, '도약하다'의 뜻이다.

4 의(義): '외(巍)'와 통하여, '높다'의 뜻이다.

5 로(路): '대(大)'와 통한다.

6 락(雒): '락(烙)'과 통하여, '낙인을 찍다'의 뜻이다.

7 조잔(皁棧): '조(皁)'는 말에게 먹이를 먹이는 구유이고, '잔(棧)'은 마판(馬板: 마
구간 바닥에 깐 널빤지)이다.

매고 마판과 구유에 묶어 놓으니, 말 가운데 죽는 놈이 열에 두셋은 되었다. 굶주리게 하고 목마르게 하며, 달리게 하고 뛰게 하며, 정돈하고 나란하게 하였다. 앞에는 재갈과 가슴장식의 번거로움이 있고 뒤에는 가죽과 대나무 채찍의 위협이 있으니, 말 가운데 죽는 놈이 벌써 반을 넘어섰다. 도공이 말하기를, "나는 찰흙을 잘 다루어 둥근 것은 그림쇠에 맞고 네모난 것은 곱자에 맞는다."라고 하며, 목수가 말하기를, "나는 나무를 잘 다루어 굽은 것은 갈고리에 맞고 곧은 것은 먹줄에 맞는다."라고 한다. 저 찰흙이나 나무의 본성이 어찌 그림쇠, 곱자, 갈고리, 먹줄에 맞기를 바라겠는가. 그런데도 대대로 그들을 칭송하기를, "백락은 말을 잘 다루었고 도공과 목수는 찰흙과 나무를 잘 다루었다."라고 하니, 이 역시 천하를 다스리는 자의 잘못이다. 내가 생각하기에 천하를 잘 다스리는 것은 그렇지 않다. 저 백성들이란 한결같은 본성을 지니고 있다. 길쌈하여 옷 입고 밭 갈아 먹고 사니 이것을 일컬어 '공통적인 본성[동덕(同德)]'이라 이르고, 한 덩어리가 되어 치우치지 않으니 '자연 그대로 내버려 두는 것[천방(天放)]'이라고 부른다.

해설 백락이 말을 잘 다루었다고 소문나 있지만 말의 입장에서 보면 구속일 뿐이고, 도공이나 목수가 흙과 나무를 다루는 것도 원래의 상태를 파괴하여 본성을 해치는 것이다. 천하를 다스리는 일도 백성들의 한결같은 본성을 해치지 않아 자신들의 본업에 충실하도록 맡겨 둘 것을 충고한 우언이다.

한자 蹄 굽 제·밟을 제, 踐 밟을 천·걸을 천, 齕 깨물 흘·씹을 흘, 翹 꼬리 긴 깃털 교·꼬리 교·들 교, 燒 사를 소·태울 소, 剔 바를 척·깎을 척, 刻 새길 각, 雒 수리부엉이 락·지질 락, 羈 굴레 기·고삐 기, 縶 맬 칩, 皁 하인 조·말 구유 조, 棧 잔도 잔·마판(馬板) 잔, 驟 달릴 취·빠를 취, 橛말뚝 궐, 재갈 궐, 埴 찰흙 치(식)

02.

만물과 무리 지어 함께 존재하다

夫至德之世, 同與禽獸居, 族與萬物並, 惡乎知君子小人哉. 同乎無知, 其德不離, 同乎無欲, 是謂素樸. 素樸而民性得矣.

무릇 지극한 덕이 이루어진 세상에서는 (사람들이) 새와 짐승과 더불어 함께 살았고 만물과 무리 지어 함께 존재했으니, 어찌 군자나 소인을 알았겠는가. 다 같이 무지하였으니 그 덕이 떠나지 않았고, 다같이 욕심이 없었으니 이를 일러 '소박(素樸)'이라고 하였다. 소박하여 백성의 본성이 유지되었다.

해설 인위와 구속이 없는 세상에는 백성들이 순박함과 본성을 유지할 수 있었다. 그러므로 새와 짐승과 더불어 살았고 만물과 무리 지어 존재하면서 군자와 소인의 구분도 없었다. 이것이 바로 지극한 덕이 이루어진 세상이라는 것이다. 따라서 백성들은 무지와 무욕의 상태로 소박하게 살았다. 장자가 추구한 이상 사회의 전형이다.

한자 樸 통나무 박

03.
통나무의 손상과 백옥의 훼손

純樸不殘, 孰爲犧尊, 白玉不毀, 孰爲珪璋[8]. 道德不廢, 安取仁義,
性情不離, 安用禮樂. 五色不亂, 孰爲文采, 五聲不亂, 孰應六律. 夫
殘樸以爲器, 工匠之罪也, 毀道德以爲仁義, 聖人之過也.

통나무가 손상되지 않고서 누가 술통을 만들 수 있겠으며, 백옥이 훼
손되지 않고서 누가 규장을 만들 수 있겠는가. 도덕이 없어지지 않는
다면 어찌 인의를 취하겠으며, 본성과 실상이 떠나지 않는다면 어찌
예악을 사용하겠는가. 오색(五色)이 어지러워지지 않는다면 누가 무
늬를 만들고, 오성(五聲)이 어지러워지지 않는다면 누가 육률(六律)을
맞추겠는가. 통나무를 손상시켜 기물을 만든 것은 목수의 잘못이고,
도덕을 훼손시켜 인의를 만든 것은 성인의 허물이다.

해설 통나무의 비유로, 인의를 추구하고 예악을 만들어 도덕과 본성
을 훼손시킨 성인의 잘못을 질타한 우언이다. '순박(純樸)'은 베
어낸 그대로의 원목, 즉 통나무이다. 그것으로 기물을 만들면
순박이 훼손된다. 이와 똑같이 성인(聖人)이 나타나 인의를 추구
하면서 사람들을 혼란하게 하고 예악을 만들어 사람들을 구분
함으로써 순수가 훼손되었다는 것이다.

8　규장(珪璋): 옥으로 만들어 조빙(朝聘)이나 제사 등에 쓰던 예기(禮器)이다.

한자 殘 해칠 잔·죽일 잔, 犧 희생 희·술통 희(소의 형상을 새기거나 소의 형상을 한 술통), 尊 높을 존·술통 준(樽과 같은 자), 珪 홀 규(圭의 옛 글자(古字)), 璋 반쪽 홀 장·구기 장

04.
백락의 잘못

夫馬陸居則食草飮水, 喜則交頸相靡, 怒則分背相踶. 馬知已此矣, 夫加之以衡扼, 齊之以月題[9], 而馬知介倪闉扼鷙曼詭銜竊[10]轡. 故馬之知, 而態至盜[11]者, 伯樂之罪也.

무릇 말은 언덕에 있으면 풀을 먹고 물을 마시며, 기쁘면 목을 맞대어 서로 비비고 성이 나면 등을 돌려 서로 뒷발질한다. 말의 지혜는 이 정도에서 그치지만 가로대와 멍에를 씌우고 월제를 붙이면 말은 멍에걸이를 부수고 멍에를 구부리며 재갈을 뱉어내고 고삐를 물어뜯을 줄 안다. 그러므로 말의 지혜로도 하는 짓이 (사람에) 대항하기까지 이르게 되는 것은 백락의 잘못이다.

해설 말을 구속하고 통제하는 것이 인위적인 행위의 대표적인 예이다. 말도 본성을 거스르면 사람에게 덤비고 저항하듯이, 통제와

---

9 월제(月題): 말의 이마에 붙이는 달 모양의 장식품이다.
10 절(竊): '설(齧)'과 통하여, '물어뜯다'의 뜻이다.
11 도(盜): '범(犯)'과 통하여, '덤비다'의 뜻이다.

구속으로 백성들의 본성을 거스르면 저항에 부딪칠 것임을 경
고하여 유가의 통치관을 비판한 우언이다.

한자 頸 목 경, 靡 쓰러질 미·쏠릴 미·갈 마(摩와 같은 자), 衡 저울대 형·뿔나무
형, 扼 누를 액·멍에 액, 介 끼일 개·단단한 껍질 개·갑옷 개, 倪 어린이
예·흘겨볼 예·끝 예·나눌 예, 闉 성곽 문 인·구부릴 인, 鷙 맹금 지·공격
할 지·사나울 지, 曼 끌 만, 詭 속일 궤·어길 궤

10. 상자를 열다

이 편은 인의의 허구성과 그로 인해 비롯되는 혼란을 설파한 것이다. 위정자는 인의라는 '성(聖)'과 문명이라는 '지(知)'를 도둑질하여 정치의 도구로 삼고 자신의 부도덕을 포장한다. 따라서 '성을 없애고 지를 버림[절성기지(絶聖棄知)]'으로써 본질을 회복해야 한다는 주장이다. 이것이 하·은·주 삼대 이전의 '지덕지세'를 이루는 방법이라고 강조하고 있다.

사람들이 인의를 가장하여 권세와 이득을 얻고, 지혜를 추구하여 자신을 치장하는 것에 대한 비판은 참고할 만하지만, 앞의 「마제」편과 마찬가지로 문명을 부정하고 원시 상태를 추구하는 등의 부정적인 면도 있음을 주시해야 한다.

01.
큰 도둑을 위한 준비

將爲胠篋探囊發匱之盜, 而爲守備, 則必攝緘縢固扃鐍, 此世俗之
所謂知也. 然而巨盜至, 則負匱揭篋擔囊而趨, 唯恐緘縢扃鐍之不
固也. 然則鄕之所謂知者, 不乃爲大盜積者也.

상자를 열고 자루를 뒤지며 궤짝을 열려는 도둑을 대비하려 한다면
반드시 묶은 노끈을 잘 잡아매고 빗장과 자물쇠를 건고하게 할 것이
니, 이것이 세속에서 말하는 지혜롭다는 것이다. 그러나 큰 도둑이
오면 궤짝을 짊어지거나 상자를 들거나 자루째 메고 달아나면서 오
직 묶은 끈, 빗장, 자물쇠가 건고하지 않을까를 염려할 것이다. 그렇
다면 아까 말한 지혜롭다는 것은 바로 큰 도둑을 위해 준비한 것이
아니겠는가.

해설 나라를 차지한 자가 인의나 지혜를 가지고 자신을 치장하는 것
을 지적하기 위해 도둑의 비유를 들어 전개한 우언이다. 도둑
에 대비하기 위해 기울인 지혜라는 것이 사실은 도둑을 위해 준
비한 것이 되는 아이러니를 제시하고 있다. 장자는 위의 문단에
이어 그 실례로 전성자(田成子)[1]가 제나라를 찬탈하고서 성지(聖

---

1 전성자(田成子) : 전상(田常)으로 원래 진(陳)나라 사람이다. 그의 선조인 전완
(田完)이 진(陳)에서 제(齊)로 건너와 제의 대부가 되었다. 전상이 노나라 애공
(哀公) 14년에 제 간공(簡公)을 시해하고 제나라의 대권을 잡았으며 그의 증손
이 제위에 올랐는데 국명은 그대로 '제(齊)'라고 하였다.

知)의 도덕으로 가장함으로써 대대로 제나라 군주 노릇한 사실을 들어 다음과 같이 비판하였다. "전성자가 하루아침에 제나라 임금을 죽이고 그 나라를 도둑질하였는데, 도둑질한 것이 어찌 그 나라뿐이었겠는가. 성스러운 이와 지혜로운 자의 법도도 아울러 도둑질하였다. 그래서 전성자는 도둑이라는 이름을 가지고도 몸은 요순과 같은 편안함을 누렸다.(田成子一旦殺齊君, 而盜其國, 所盜者豈獨其國邪. 並與其聖知之法而盜之. 故田成子有乎盜賊之名, 而身處堯舜之安.)"

한자 胠 겨드랑이 거·열 거, 篋 상자 협, 探 찾을 탐, 囊 주머니 낭, 匱 함 궤·마태기 궤, 攝 당길 섭, 緘 봉할 함·끈 함, 縢 봉할 등, 扃 빗장 경, 鐍 걸쇠 휼, 擔 멜 담·들 담, 趨 달릴 추,

02.
큰 도둑의 다섯 가지 덕목

跖之徒問於跖曰. 盜亦有道乎? 跖曰. 何適而無有道邪. 夫妄意室中之藏, 聖也, 入先, 勇也, 出後, 義也, 知可否, 知也, 分均, 仁也. 五者不備, 而能成大盜者, 天下未之有也. 由是觀之, 善人不得聖人之道, 不立, 跖不得聖人之道, 不行.

도척의 부하가 도척에게 물었다. "도둑에게도 역시 도가 있습니까?" 도척이 대답하였다. "어디에 간들 도가 없겠는가. 무릇 방 안에 감춰둔 것을 대강 추측하는 것은 성(聖)이고 먼저 들어가는 것은 용(勇)이

며, 뒤에 나오는 것은 의(義)이고 가부를 아는 것은 지(知)이며, 고르게 나누는 것은 인(仁)이다. 이 다섯 가지가 갖추어지지 않고서 큰 도둑이 될 수 있었던 자는 천하에 아직 없었다." 이것으로 보건대 착한 사람이 성인의 도를 얻지 못하면 (스스로) 서지 못하고, 도척이 성인의 도를 얻지 못하면 (세력이) 행해지지 않는다.

해설 큰 도둑인 도척이 인의 등의 덕목을 가져다 자신을 합리화하는 우언을 통해, 유가에서 높이는 성인을 추앙할수록 나라를 훔친 큰 도적들이 구실로 삼을 것이 많아짐을 경고하고 있다. 장자는 그 결과로 "허리띠 고리를 훔친 자는 처형되고 나라를 훔친 자는 제후가 된다. (이런) 제후의 문 안에 인의가 있다면, 이는 인의와 성지를 훔친 것이 아니겠는가.(竊鉤者誅, 竊國者爲諸侯. 諸侯之門, 而仁義存焉, 則是非竊仁義聖知邪.)"라고 하였다. 도척 같은 큰 도둑을 이롭게 해 주는 것은 바로 성인이 내세운 인의라는 비판이다.

한자 藏 감출 장

03.
장자의 이상향: 소국과민(小國寡民)

民結繩而用之, 甘其食, 美其服, 樂其俗, 安其居. 鄰國相望, 雞狗之音相聞, 民至老死, 而不相往來. 若此之時, 則至治已.

백성들은 새끼를 묶어서 글자로 썼고 자신들의 음식을 달게 여겼으며, 자신들의 옷을 아름답게 여겼고 자신들의 풍속을 즐겼으며, 자신들의 거처를 편안하게 여겼다. 이웃 나라가 서로 바라보이고 개와 닭의 울음소리가 서로 들려도 백성들은 늙어 죽을 때까지 서로 왕래하지 않았다. 이와 같은 시대가 바로 지극히 잘 다스려진 시대이다.

해설 나라를 훔친 큰 도적들이 인의를 가져다 자신의 치장으로 삼는 현실에 대한 대안으로, 장자는 위와 같은 자신의 이상 세계를 그렸다. 그것이 지덕지세, 즉 '지치(至治)'라는 것이다.

11. 있는 대로 인정하고 받아들이다

| 재유在宥 |

편명인 '재유(在宥)'의 '재(在)'는 '자재(自在)'의 뜻으로 '자체로 존재
하게 함'이고 , '유(宥)'는 '관용(寬容)'의 뜻으로 '포용하는 것'이다.
이 편도 역시 인의를 반대하고 무위자연을 내세움으로써 도가의
정치관인 '무위이치'를 강조한 내용이다. 총명, 인의, 예악, 성지(聖
知) 등을 내세우는 유가의 다스림은 사람의 자연스런 본성을 파괴
하고 사람의 마음을 혼란하게 한다는 것이다.

후반부에서는 '무위'의 천도가 주가 되고 '유위'의 인도(人道)가 보
조가 되어야 함을 강조함으로써, 유위를 철저히 배격한 장자의 주
장과 다른 면도 보인다. 장자의 후학 가운데 유가 계열 학자들의
기록으로 보인다.

01.

고요하지 않게 하고 즐겁지 않게 하는 다스림

昔堯之治天下也, 使天下欣欣焉[1], 人樂其性, 是不恬也. 桀之治天下也, 使天下瘁瘁焉[2], 人苦其性, 是不愉也. 夫不恬不愉, 非德也. 非德也而可長久者, 天下無之.

옛날 요임금이 천하를 다스릴 때에는 천하 사람들을 기쁘게 하여 사람들이 본성을 즐기도록 하였으니, 이는 고요하지 않게 한 것이었다. 걸왕이 천하를 다스릴 때에는 천하 사람들을 고달프게 하여 사람들이 그 본성을 힘들어하게 하였으니, 이는 즐겁지 않게 한 것이었다. 무릇 고요하지 않게 하고 즐겁지 않게 하는 것은 덕이 아니다. 덕이 아니면서 오래갈 수 있는 것은 천하에 없다.

해설 천하의 성군인 요임금과 폭군인 걸왕을 비유로 들어 천하를 다스리는 것은 무위로 할 것이지 인위를 개입시키면 안 됨을 주장한 우언이다. 요임금이 천하 사람들을 기쁘게 한 것은 요란스럽게 한 것이고 걸왕이 천하 사람들을 고달프게 한 것은 괴롭힌 것이다. 모두가 작위적이어서 자연스럽지 못하기 때문에 오래갈 수가 없다는 주장이다.

---

1   흔흔언(欣欣焉): 기뻐하는 모습이다.
2   췌췌언(瘁瘁焉): 시름에 잠긴 모습이다.

한자 宥 놓을 유·용서할 유·도울 유, 欣 기뻐할 흔·즐길 흔, 恬 편안할 념·조용할 념, 瘁 병들 췌·고달플 췌, 愉 즐거울 유·기뻐할 유

02.
본성을 편안하게 하는 다스림

擧天下以賞其善者不足, 擧天下以罰其惡者不給. 故天下之大, 不足以賞罰. 自三代以下者, 匈匈焉³終以賞罰爲事, 彼何暇安其性命之情哉.

천하를 가지고 착한 자에게 상을 주어도 (상 주기에) 모자라고, 천하를 가지고 악한 자에게 벌을 주어도 (벌주기에) 모자란다. 그러므로 큰 천하로도 상을 주고 벌을 주기에는 부족한 것이다. 저 하·은·주 삼대 이후로 떠들썩하게 결국은 상벌을 일삼고 있으니, 그것이 어느 겨를에 본성의 실상을 편안하게 하겠는가.

해설 요임금처럼 백성들을 지나치게 기뻐하게 하는 것이 상을 주는 것이고, 걸왕처럼 백성들을 지나치게 힘들게 하는 것이 벌을 주는 것이다. 두 가지 모두 자연스런 조화를 얻지 못하는 것은 마찬가지이다. 따라서 상과 벌이라는 수단으로 천하를 다스릴 수는 없다. 무위로 다스리는 것이 백성들의 본성을 편안하게 해

---

3   흉흉(匈匈): 시끄러운 모습이다.

줄 수 있는 지극한 다스림이라는 주장이다.

한자 匈 오랑캐 흉·떠들썩할 흉

03.
무위의 다스림

君子不得已而臨莅天下, 莫若無爲. 無爲也而後, 安其性命之情. 故
貴以身於爲天下, 則可以託天下, 愛以身於爲天下, 則可以寄天下.
故君子苟能無解其五藏, 無擢其聰明, 尸居而龍見, 淵默而雷聲, 神
動而天隨, 從容無爲, 而萬物炊累[4]焉.

군자가 부득이하여 천하를 다스린다면 무위(無爲)만한 것이 없다.
무위한 뒤에야 본성의 실상을 편안하게 할 수 있다. 그러므로 천하
를 다스리는 것보다 자기의 몸을 귀하게 여겨야[5] 천하를 부탁할 수
있고, 천하를 다스리는 것보다 자기의 몸을 사랑해야[6] 천하를 맡길
수 있다. 그러므로 군자가 만일 (안으로) 그 오장(五藏)을 풀어내지 않
고[7] (밖으로) 그 총명함을 드러내지 않을 수 있다면, 시동처럼 있어도
용처럼 드러나고 연못처럼 고요해도 우레처럼 울리며, 정신이 움직
임에 자연은 따르고 조용히 작위가 없음에 만물은 (바람이) 쌓인 먼지

---

4 취루(炊累): '취(炊)'는 '취(吹)'와 통하고, '루(累)'는 '진(塵)'의 뜻이다.
5 자신의 본성을 중시할 줄 알아야 함을 가리킨다.
6 자신을 사랑할 줄 알아야 남을 사랑할 수 있다는 뜻이다.
7 마음속의 욕구나 감정을 가라앉히는 것을 가리킨다.

를 불어대듯 한다.[8]

해설 무위를 구체적으로 내세워 천하 다스리는 이치를 제시하였다. 사람의 마음은 변화무쌍하기 때문에 천하를 통치하려 하는 것은 사람의 마음을 어지럽게 하는 것이다. 따라서 자신의 본성을 중시하고 사랑해야 백성들의 본성을 중시하고 사랑할 수 있고, 감정을 발산하지 않고 총명을 드러내지 않아야 무위가 가능하다. 이 무위를 바탕으로 자연스러운 다스림이 이루어진다는 주장이다.

한자 莅 임할 리·다다를 리, 託 부탁할 탁, 寄 부칠 기·맡길 기, 擢 뽑을 탁, 炊 불 땔 취·불 취(吹와 통용), 累 묶을 루·포갤 루·누끼칠 루

04.
없음을 보는 자는 천지자연의 벗이다

大人之敎, 若形之於影, 聲之於響, 有問而應之, 盡其所懷, 爲天下配. 處乎無響, 行乎無方, 挈汝適復之撓撓[9], 以遊無端, 出入無旁, 與日無始. 頌[10]論形軀, 合乎大同, 大同而無己. 無己, 惡乎得有有. 覩有者, 昔之君子, 覩無者, 天地之友.

---

8 만물의 상태가 자연스러워지는 것을 가리킨다.

9 뇨뇨(撓撓): 어지러운 모습이다.

10 용(頌): '용(容)'과 통하여, '용모'의 뜻이다.

대인(大人)의 가르침은 형체가 그림자에 대한 것과 같고 소리가 메아리에 대한 것과 같아, 물음이 있으면 대답해 주고 그들이 생각하는 것을 모두 풀어주어 천하 사람들의 짝이 된다. 가만히 있을 때는 아무 소리도 없고 움직일 때는 일정한 방향이 없으니, 어지럽게 오가는 그대들을 이끌어 끝없는 경지에 노닐고, 가없는 경지를 드나들며 해와 더불어 시작도 (끝도) 없다.[11] 모습과 담론, 형체와 몸이 (대자연과) 합해져 하나가 되고, 하나가 되니 자기가 없다. 자기가 없으니 어찌 있음이 있을 수 있겠는가. 있음을 보는 자는 옛날의 군자이고 없음을 보는 자는 천지자연의 벗이다.

해설 대자연과 하나가 된 대인의 물아일체의 경지를 제시한 우언이다. 장자가 제시한 대인은 도가에서 추구하는 최고 경지의 성인을 가리킨다. 그림자와 메아리는 형체와 소리에 따라 자연스럽게 생겨난다. 성인은 대자연의 현상처럼 상대에 따라 호응하고 대응한다. 따라서 무위가 가능할 수 있으니 바로 천지자연의 벗이 되는 것이다.

한자 挈 끌 설·가지런히 할 설, 撓 휠 뇨·꺾일 뇨·어지러울 뇨, 軀 몸 구

---

11 영원한 모습이다.

12. 하늘과 땅

| 천지天地 |

이 편에서는 먼저 다양한 우언으로 천지의 도에 대한 정의를 시도하였고, 이어서 '무위이치'의 정치관을 제시하였다. 사물의 변화는 자연스러운 것이니 천하를 다스리는 것은 '무위'로 해야 한다. 따라서 일체의 인위적인 것은, "사마귀가 수레바퀴에 맞서는 것[당랑거철(螳螂拒轍)]"처럼 대도(大道)에 어긋나 근심을 남긴다. 무위하면 '상대를 이용하려는 마음[기심(機心)]을 잊게 되어 본진(本眞)에 돌아가게 된다는 것이다.

01.
지각, 시각, 변설을 넘어서는 대도의 경지

黃帝遊乎赤水之北. 登乎崑崙之丘而南望, 還歸, 遺其玄珠[1]. 使知[2]
索之而不得, 使離朱[3]索之而不得, 使喫詬[4]索之而不得也. 乃使象罔,
象罔得之, 黃帝曰. 異哉. 象罔乃可以得之乎.

황제(黃帝)가 적수(赤水)[5]의 북쪽을 유람하였다. 곤륜산에 올라 남쪽
을 바라보고 돌아오는 길에 그의 현주(玄珠)를 잃어버렸다. 지(知)에
게 찾게 했으나 찾지 못했고 이주에게 찾게 했으나 찾지 못했으며,
개후에게 찾게 했으나 찾지 못했다. 그래서 상망을 시켰더니 상망이
그것을 찾자 황제가 말하였다. "비범하구나. 상망이 마침내 그것을
찾을 수 있었도다."

해설 현주는 '현묘하고도 현묘한 도(道)'라는 뜻에서 자연의 도, 대도
를 가리킨다. 현주를 잃었다는 것은 무위이치를 행하던 황제가
그 도를 잃었음을 상정한 것이다. 지각을 대변하는 '지(知)', 시각
을 대변하는 '이주', 변설을 대변하는 '개후'를 등장시켜 구체적
인 기능, 즉 '유위(有爲)'의 한계를 지적한 뒤에 그 한계를 초월한

---

1   현주(玄珠): 도(道)를 가리킨다.
2   지(知): 지혜로운 사람을 상징한다.
3   이주(離朱): 눈이 밝은 사람을 상징한다.
4   개후(喫詬): 말을 잘하는 사람을 상징한다.
5   적수(赤水): 장자가 설정한 허구적 명칭이다.

경지인 무지(無知), 무시(無視), 무변(無辯)의 상태에서만 현주를
찾을 수 있었다는 말이다. 상망(象罔)은 '형상이 없다'라는 뜻에
서 구체적인 형상을 초월한 사람을 상징한다.

한자 崑 산 이름 곤, 崙 산 이름 륜, 喫 마실 끽·논쟁할 개, 詬 꾸짖을 후

02.
군자의 세 가지 근심

堯觀乎華, 華封人曰. 意. 聖人. 請祝聖人, 使聖人壽. 堯曰. 辭. 使聖
人富. 堯曰. 辭. 使聖人多男子. 堯曰. 辭. 封人曰. 壽富多男子, 人
之所欲也, 女獨不欲, 何邪? 堯曰. 多男子則多懼, 富則多事, 壽則多
辱. 是三者, 非所以養德也, 故辭. 封人曰. 始也, 我以女爲聖人邪,
今然[6]君子也. 天生萬民, 必授之職. 多男子而授之職, 則何懼之有.
富而使人分之, 則何事之有. 夫聖人, 鶉居而鷇食, 鳥行而無彰. 天
下有道, 則與物皆昌, 天下無道, 則脩德就閒, 千歲厭世, 去而上僊,
乘彼白雲, 至於帝鄉. 三患莫至, 身常無殃, 則何辱之有. 封人去之.

요임금이 화(華)지방을 순행하는데 화지방의 국경 관리인이 말하였
다. "아! 성인이시여. 성인께 기원을 드리고자 하오니 성인께서 장수
하도록 해 주소서." 요임금이 말하였다. "사양하겠소." "성인께서 부
자 되도록 해 주소서." 요임금이 말하였다. "사양하겠소." "성인께서

---

6 연(然): '내(乃)'와 통하여, '바로'의 뜻이다.

아들이 많도록 해 주소서." 요임금이 말하였다. "사양하겠소." 국경 관리인이 말하였다. "장수와 부유함과 아들이 많은 것은 사람들이 바라는 것인데, 그대만이 유독 바라지 않으니 어째서입니까?" 요임금이 말하였다. "아들이 많으면 근심이 많아지고, 부유하면 일이 많아지며, 장수하면 치욕이 많아집니다. 이 세 가지는 덕을 기르는 것이 아니니, 그래서 사양하는 것이오." 국경 관리인이 말하였다. "처음에 나는 그대를 성인으로 생각했는데, 이제 보니 바로 군자이군요. 하늘이 만민을 낳으면 반드시 그들에게 직분을 내려줍니다. 아들이 많아도 그들에게 직분을 주게 되니, 무슨 근심이 있겠습니까. 부유하여도 이를 남들에게 나눠 갖게 한다면 무슨 일이 많겠소. 무릇 성인은 메추라기처럼 살고[7] 새 새끼처럼 먹으며[8] 새처럼 다니면서 자취를 남기지 않소. 천하에 도가 있으면 만물과 더불어 함께 번창하고 천하에 도가 없으면 덕을 닦으면서 한가롭게 지내다가 천년이 지나 세상이 싫어지면 떠나서 신선이 되어 올라가니, 저 흰 구름을 타고서 천제(天帝)가 사는 곳에 이릅니다. 세 가지 근심[9]이 닥쳐오지 않고 몸에는 늘 재앙이 없는데, 무슨 치욕이 있겠습니까."라 하고 국경 관리인이 떠났다.

해설 태평성대를 이룬 요임금이 국경을 관리하는 사람에게 깨우침을 받은 우언이다. 성인(聖人)은 주어진 상황에 따라 편안하여 집착

---

7 일정한 거처가 없이 어디든 잘 적응해 사는 것을 비유한다.
8 먹을 것에 대해 추구하지 않고 주는 대로 먹는 것을 비유한다.
9 장수와 부유함과 아들 많은 것에 따르는 세 가지 근심, 즉 근심이 많아지고 일이 많아지고 치욕이 많아지는 것을 가리킨다.

과 분별심을 갖지 않는다. 이런 상태라야 세속의 근심, 잡다한 일, 치욕 등이 적용되지 않는다. 국경관리인의 가르침은 요임금 의 분별심을 깨우쳐 준 것이다.

한자 祝 빌 축·기원할 축, 鶉 메추라기 순, 穀 새 새끼 구, 厭 싫을 염

03.
상대를 이용하려는 마음

子貢南遊於楚, 反於晉, 過漢陰, 見一丈人方將爲圃畦. 鑿隧而入 井, 抱甕而出灌, 搰搰然[10]用力甚多, 而見功寡. 子貢曰. 有械於此, 一日浸百畦, 用力甚寡, 而見功多. 夫子不欲乎? 爲圃者, 卬[11]而視之 曰. 奈何? 曰. 鑿木爲機, 後重前輕, 挈水若抽, 數如泆[12]湯. 其名爲 槹. 爲圃者, 忿然作色而笑曰. 吾聞之吾師, 有機械者, 必有機事, 有 機事者, 必有機心. 機心存於胸中, 則純白不備, 純白不備, 則神生[13] 不定. 神生不定者, 道之所不載也. 吾非不知, 羞而不爲也. 子貢瞞 然[14]慙, 俯而不對. 有閒爲圃者曰. 子奚爲者邪? 曰. 孔丘之徒也. 爲 圃者曰. 子非夫博學以擬聖, 於于[15]以蓋衆, 獨弦哀歌以賣名聲於天 下者乎? 女方將忘女神氣, 墮汝形骸, 而庶幾乎. 而身之不能治, 而

---

10 골골연(搰搰然): 힘쓰는 모습, 노력하는 모습이다.

11 앙(卬): '앙(仰)'과 통하여, '올려다보다'의 뜻이다.

12 일(泆): '일(溢)'과 통하여, '넘치다'의 뜻이다.

13 생(生): '성(性)'과 통하여, '본성'의 뜻이다.

14 문연(瞞然): 부끄러워하는 모습이다.

15 어우(於于): 과장되고 황당한 모습이다. '唹吁'로도 쓴다.

何暇治天下乎. 子往矣, 無乏吾事.

자공이 남쪽으로 초나라를 유람하고 진(晉)나라로 돌아오는 길에, 한
수(漢水)의 남쪽을 지나다가 한 노인이 한창 채소밭을 가꾸고 있는
것을 보았다. 땅굴을 파고 우물에 들어갔다가 물동이를 안고 나와 물
을 주는데 끙끙대며 힘쓰는 것이 매우 많았지만 효과를 보는 것은 적
었다. 자공이 말하였다. "여기에 기계가 있는데 하루 백 고랑에 물을
댈 수 있어, 힘쓰는 것이 매우 적으면서도 효과를 보는 것은 많습니
다. 어르신께서는 해 보고 싶지 않으십니까?" 밭을 가꾸는 이가 고개
를 들어 그를 쳐다보고 말하였다. "어떻게 하는데요?" 자공이 대답하
였다. "나무를 깎아 기계를 만들었는데, 뒤는 무겁고 앞은 가볍게 하
여 물을 끌어올리는 것이 빨아 당기는 것 같아, 빠르기가 물이 넘치
듯 합니다. 그 이름을 용두레라고 합니다." 밭을 가꾸는 이가 불끈 낯
빛을 붉혔다가 웃으면서 말하였다. "내가 우리 스승에게 들었는데,
기계가 있으면 반드시 기계를 쓸 일이 있게 되고, 기계를 쓸 일이 있
게 되면 반드시 '상대를 이용하려는 마음[기심(機心)]'이 있게 된다고
하였소. 기심이 가슴속에 있게 되면 순수하고 결백한 마음이 갖추어
지지 않고, 순수하고 결백한 마음이 갖추어지지 않으면 정신과 본성
이 안정되지 못한다오. 정신과 본성이 안정되지 않은 자에게는 도
가 실리지 않는다고 하오. 내가 알지 못하는 것이 아니고 부끄러워
서 쓰지 않는 것이오." 자공이 망연히 부끄러워 고개를 숙이고 대답
하지 못하였다. 잠시 후에 밭을 가꾸는 이가 말하였다. "그대는 무엇
하는 사람이오?" 자공이 대답하였다. "공자의 제자입니다." 밭을 가

꾸는 이가 말하였다. "그대는 박학(博學)으로 성인을 흉내 내고 과장으로 사람들을 압도하며, 홀로 거문고를 타고 슬픈 노래를 불러 천하에 명성을 파는 자가 아니오? 그대가 이제 그대의 기세를 잊어버리고 그대의 육체를 버린다면 (도에) 가까워질 것이오. 자기 자신도 다스리지 못하면서 어느 겨를에 천하를 다스리겠소. 그대는 어서 떠나 내 일을 그르치지 마시오."

해설 자공이 채마밭 가꾸는 노인을 만나 기심(機心)에 대한 가르침을 들은 우언이다. 기심은 기계를 이용하는 마음, 즉 상대를 교묘하게 이용하려는 마음이다. 장자는 밭을 가꾸는 노인을 통해 유학자들이 박학과 허세로 세상 사람들을 속인다고 비판하면서, 상대를 이용하려는 마음을 버려야 도에 다다를 수 있음을 가르치고 있다.

한자 圃 밭 포, 畦 밭두둑 휴, 鑿 뚫을 착, 隧 길 수·굴 수, 甕 독 옹, 搰 팔 골·힘 쓰는 모습 골, 浸 가라앉을 침·빠질 침·물댈 침, 卬 나 앙·오를 앙·우러러볼 앙, 挈 끌 설·가지런히 할 설, 抽 뺄 추·뽑을 추, 泆 끓을 일·넘칠 일, 湯 끓인 물 탕·끓일 탕·솟구칠 탕, 橰 두레박 고, 忿 성낼 분, 胸 가슴 흉, 瞞 속일 만·부끄러워할 문, 擬 헤아릴 의·모방할 의, 墮 떨어질 타, 乏 떨어질 핍·모자랄 핍·폐할 핍

04.
병이 나자 의사를 찾다

門無鬼[16]與赤張滿稽[17]觀於武王之師, 赤張滿稽曰. 不及有虞氏乎. 故離此患也. 門無鬼曰. 天下均治, 而有虞氏治之邪? 其亂而後治之

與? 赤張滿稽曰. 天下均治之爲願, 而[18]何計以[19]有虞氏爲. 有虞氏
之藥瘍也, 禿而施髢, 病而求醫. 孝子操藥以脩慈父, 其色燋然. 聖
人羞之. 至德之世, 不尙賢, 不使能, 上如標枝, 民如野鹿. 端正而不
知以爲義, 相愛而不知以爲仁, 實而不知以爲忠, 當而不知以爲信,
蠢動而相使, 不以爲賜. 是故行而無迹, 事而無傳.

문무귀가 적장만계와 함께 무왕의 군대를 구경하였는데 적장만계가
말하였다. "순임금에게 미치지 못하는구나. 그래서 이런 병난의 근
심을 만났구나." 문무귀가 말하였다. "천하가 고르게 다스려지자 순
임금이 다스린 것입니까? 아니면 어지러워지자 다스린 것입니까?"
적장만계가 말하였다. "천하가 고르게 다스려지는 것이 바람대로 되
었다면, 어찌 순임금으로 하여금 다스리게 할 것을 생각하였겠는가.
순임금은 부스럼에 약을 쓰고 머리가 빠지자 가발을 씌웠으며, 병이
나자 의사를 찾은 격이지. 효자는 약을 가지고 부모를 조섭해 드릴
때 그 안색이 초췌하지.[20] 성인도 이것[21]을 부끄러워한다네. 덕이 지
극한 세상은 현자를 숭상하지 않고 능력 있는 자를 쓰지 않으며, 윗
사람은 나무의 끝가지 같고[22] 백성들은 들판의 사슴과 같다네.[23] 단정

---

16 문무귀(門無鬼): 장자가 설정한 허구적 인물이다.

17 적장만계(赤張滿稽): 역시 장자가 설정한 허구적 인물이다.

18 이(而): '즉(則)'과 통하는 연사이다.

19 이(以): '사(使)'와 통하는 사역동사이다.

20 사전에 봉양을 잘하여 병이 나지 않게 했어야 한다는 마음으로 초췌해진 것
    이다.

21 어지러워진 뒤에 다스리는 것을 가리킨다.

하면서도 의(義)라고 여길 줄 모르고 서로 사랑하면서도 인(仁)이라고 여길 줄 모르며, 진실하면서도 충(忠)이라고 여길 줄 모르고 합당하면서도 신(信)이라고 여길 줄 모르며, 벌레처럼 움직여[24] 상대에게 일해 주면서도 은혜라고 여기지 않는다. 이런 까닭으로, 길을 가도 자취가 없고 일을 해도 전해지는 것이 없다."

해설 무력으로 천자가 된 무왕과 양위로 천자가 된 순임금의 다스림을 예로 들고, 나아가 덕이 지극한 세상[지덕지세]의 다스림을 비유한 우언이다. 바로 인의나 충신(忠信)의 개념이 없었던 무위의 다스림을 가리킨다.

한자 稽 상고할 계·머무를 계·조아릴 계, 虞 헤아릴 우, 瘍 종기 양, 禿 대머리 독, 髢 다리 체·가발 체, 燋 그슬릴 초·횃불 초, 蠢 꿈틀거릴 준

05.
모두가 미혹된 세상

知其愚者, 非大愚也, 知其惑者, 非大惑也. 大惑者, 終身不解, 大愚者, 終身不靈. 三人行而一人惑, 所適者猶可致也, 惑者少也. 二人惑則勞而不至, 惑者勝也. 而今也以天下惑, 予雖有祈嚮, 不可得也, 不亦悲乎.

---

22 윗자리에 있음을 마음에 두지 않는 모습을 비유한다.
23 여유롭고 자득한 모습을 비유한다.
24 의식적이 아니고 자연스러운 모습이다.

자신이 어리석다는 것을 아는 자는 크게 어리석은 것이 아니고 자신이 미혹되었다는 것을 아는 자는 크게 미혹된 것이 아니다. 크게 미혹된 자는 죽을 때까지 깨닫지 못하고 크게 어리석은 자는 죽을 때까지 알지 못한다. 세 사람이 길을 가는데 한 사람이 미혹되면 가려는 곳에 이를 수 있으니 미혹된 자가 적기 때문이다. 두 사람이 미혹되면 힘만 들고 이르지 못하니 미혹된 자가 이기기 때문이다. 그런데 지금 온 천하가 미혹되어 있어 내가 비록 바라고 향하는 바가 있어도 이룰 수 없으니 또한 슬프지 않겠는가.

해설 세 사람이 길을 가는 것을 비유로 들어 미혹된 자들의 착오를 밝힌 우언이다. 세 사람 중에 두 사람이 미혹되었어도 목적지에 이를 수 없는데 세 사람 모두 미혹되었다면 그 결과는 어떻겠는가. 지금 세상은 세 사람만이 아니라 모두가 미혹되었음을 개탄한 것이다.

한자 靈 신령 령·알 령·통달할 령, 適 갈 적·만날 적, 祈 빌 기·구할 기, 嚮 향할 향

06.
속된 말이 이기다

大聲不入於里²⁵耳, 折楊皇荂²⁶, 則嗑然²⁷而笑. 是故高言不止於衆人

---

25 리(里): 이항(里巷:마을의 골목)을 가리킨다.
26 절양(折楊), 황과(皇荂): 모두 하층민들이 좋아하는 통속 음악이다.
27 합연(嗑然): 웃음소리를 형용한 의성어이다.

之心, 至言不出, 俗言勝也. 以二缶鍾惑, 而所適不得矣, 而今也以
天下惑, 予雖有祈嚮, 其庸可得邪. 知其不可得而強之, 又一惑也.
故莫若釋之而不推. 不推, 誰其比憂. 厲之人夜半生其子, 遽取火而
視之. 汲汲然[28]唯恐其似己也.

훌륭한 음악은 골목통의 속인의 귀에는 들어가지 않지만, 절양이나
황과와 같은 세속의 음악은 "하하" 하고 웃는다. 이런 까닭으로 고상
한 말은 보통 사람의 마음에 머물지 않고 지극한 말은 드러나지 않으
니, 속된 말이 이기기 때문이다. 2부(缶)[29]와 1종(鍾)[30]으로도 미혹되
어[31] 마땅한 바를 얻지 못하게 되는데 지금은 천하 사람들이 미혹되
어 있으니, 내가 비록 바라고 향하는 바가 있어도 어찌 이룰 수 있겠
는가. 이룰 수 없음을 알면서도 억지로 한다면 역시 또 하나의 미혹
이다. 그러므로 그것을 놓아둔 채 밀어붙이지 않음만한 것이 없다.
밀어붙이지 않으면 누가 장차 근심에 이르겠는가. 문둥이가 한밤중
에 자기 자식을 낳고서 급히 불을 가져다 비춰 본다. 급한 마음에 자
기를 닮았을까 두렵기 때문이다.

해설 훌륭한 음악과 세속의 음악을 비유로 들어 고상하고 지극한 말

---

28 급급연(汲汲然): 서두르는 모습이다.
29 부(缶): 4곡(斛)의 용량이다.
30 종(鍾): 8곡(斛)의 용량이다.
31 2부는 8곡이 되어 1종과 같은 용량인데, 단위가 다른 까닭에 미혹됨을 가리
   킨다.

이 속된 말에 밀려 세상 사람들에게 적용되지 않는 현실을 개탄하고 있다. 그러나 장자는 또한 드러나지 않는다고 조바심을 낼 필요가 없다고 하였다. 그 또한 하나의 미혹이고 집착이기 때문이다. 문둥이의 비유는 속인들이 자신의 추악함을 깨닫도록 깨우치기 위한 우언이다.

한자 夸 꽃 과, 嗑 말 많을 합·웃음소리 합, 缶 장군 부·용량 단위 부(4斛), 鍾 종 종·용량 단위 종(8斛), 厲 숫돌 려·갈 려·문둥병 려, 遽 갑자기 거, 汲 (물) 길을 급·분주할 급·이끌 급·당길 급

07.
본성을 해치는 것들

百年之木, 破爲犧尊, 靑黃而文之, 其斷在溝中. 比犧尊於溝中之斷, 則美惡有間矣, 其於失性一也. 跖與曾史, 行義有間矣, 然其失性均也. 且夫失性有五, 一曰五色亂目, 使目不明, 二曰五聲亂耳, 使耳不聰, 三曰五臭薰鼻, 困惾中顙, 四曰五味濁口, 使口厲爽, 五曰趣舍滑心, 使性飛揚. 此五者, 皆生³²之害也. 而楊墨乃始離跂³³, 自以爲得, 非吾所謂得也.

백 년 된 나무를 쪼개어 제사용 술그릇을 만들고 거기에 청황색을 칠해서 문양을 하면 그 잘라낸 것은 도랑에 버려진다. 제사용 술그릇을

---

32 생(生): '성(性)'과 통하여, '본성'의 뜻이다.
33 리기(離跂): '발돋움하다', '애쓰다'의 뜻이다.

도랑의 잘라낸 것과 비교해 보면 아름답고 추함에 있어서는 차이가 있지만 그것들이 본성을 잃었다는 점에서는 똑같다. 도척과 증삼사추는 의(義)를 행함에 있어서는 차이가 있지만, 그러나 그들이 본성을 잃었다는 점에서는 똑같다. 그리고 본성을 잃는 데는 다섯 가지가 있는데, 하나는 오색(五色)이 눈을 어지럽혀 눈을 밝지 못하게 하는 것이고 둘째는 오성(五聲)이 귀를 어지럽혀 귀를 밝지 못하게 하는 것이며, 셋째는 오취(五臭)가 코를 마비시켜 코를 찌르고 머리를 아프게 하는 것이고 넷째는 오미(五味)가 입을 탁하게 하여 입을 병나고 상하게 하는 것이며, 다섯째는 취사의 결정이 마음을 어지럽혀 본성을 날려 흩어지게 하는 것이다. 이 다섯 가지는 모두 본성을 해치는 것들이다. 그런데 양주(楊朱)나 묵적(墨翟)은 애써 가며 스스로 본성을 얻었다고 하지만, 내가 말하는 얻음이 아니다.

해설 잘 만들어진 제사 그릇과 깎여 버려진 나무를 대비시켜 본성의 문제를 제기한 우언이다. 그것들의 가치와 용도가 천양지차이지만 모두 본성을 잃은 점에서는 같다고 하였다. 오색(五色), 오성(五聲), 오취(五臭), 오미(五味), 취사(取捨) 등의 지나친 추구가 본래의 기능을 훼손시키듯이 인위가 본성을 잃게 하는 것을 경계한 내용이다.

한자 犧 희생 희, 尊 높을 존·술통 준(樽과 같은 자), 溝 봇도랑 구, 薰 향풀 훈·향기 훈, 慅 막힐 수(종)·냄새가 코를 찌를 수(종), 顙 이마 상, 滑 미끄러울 활·어지러울 골, 離 떼놓을 리, 跂 육발 기·길 기·발돋움할 기

13. 하늘의 도

| 천도天道 |

'천도(天道)'는 자연의 규율이니 그 성격은 무위이다. 장자는 이를 인간사에 적용하여 '인의를 물리치고 예악을 내침으로써, 그 근본을 지키고 만물을 잊을 것'을 제시하였다. 천하를 다스리는 것도 응당 천지의 자연법칙, 즉 천도를 따라야 함을 역설하였는데, 이것이 '무위이치(無爲而治)'이다.

끝에서는 윤편(輪扁)의 우언을 통하여, 만물의 본질인 도는 말로 전할 수 없고 마음으로 터득해야 함을 깨우치고 있다.

01.

물처럼 고요한 성인의 마음

聖人之靜也, 非曰靜也善, 故靜也, 萬物無足以鐃¹心者, 故靜也. 水
靜則明燭鬚眉, 平中準, 大匠取法焉. 水靜猶明, 而況精神. 聖人之
心靜乎, 天地之鑑也, 萬物之鏡也.

성인이 고요한 것은 고요함이 좋다고 여겨서 고요한 것이 아니고 만
물이 그의 마음을 어지럽게 할 수 없는 자이기 때문이니 그래서 고요
하다. 물이 고요하면 수염과 눈썹까지 밝게 비추고 평평하기는 수준
기에 들어맞아, 대목(大木)이 거기에서 본보기를 취한다. 물이 고요
해도 오히려 밝게 비추는데 하물며 정신이겠는가. 성인의 마음은 고
요하니 천지의 거울이고 만물의 거울이다.

해설 물을 비유로 들어 성인의 명경지수(明鏡止水)와 같은 마음 상태
를 칭송한 우언이다. 물은 고요함으로 상대를 비춰주고 평평함
으로 수평의 기준이 되는 점을 들어 성인의 마음을 비유하고 있
다. 성인은 외물에 구애되지 않기 때문에 고요하여, 맑은 물이
사물을 비추듯이 세상의 거울이 되고 본보기가 된다.

한자 鐃 징 뇨·어지럽힐 뇨(撓와 통용), 鬚 수염 수, 鑑 거울 감

---

1 뇨(鐃): '뇨(撓)'와 통하여, '어지럽히다'의 뜻이다.

02.
고요하고 담백한 천도

夫虛靜恬淡寂漠無爲者, 萬物之本也. 明此以南鄕, 堯之爲君也, 明此以北面, 舜之爲臣也. 以此處上, 帝王天子之德也, 以此處下, 玄聖²素王³之道也. 以此退居而閒游, 江海山林之士服, 以此進爲而撫世, 則功大名顯而天下一也. 靜而⁴聖, 動而王, 無爲也而尊, 樸素而天下莫能與之爭美.

빔, 고요함, 담백함, 적막함, 무위라는 것은 만물의 근원이다. 이것을 잘 알아 천하를 다스린 것이 요(堯)가 임금 노릇 한 것이고, 이것을 잘 알아 신하로 따른 것이 순(舜)이 신하 노릇 한 것이다. 이것을 지닌 채 윗자리에 있는 것이 제왕과 천자의 덕이고, 이것을 지닌 채 아랫자리에 있는 것이 현성(玄聖)과 소왕(素王)의 도이다. 이것을 지닌 채 물러나 있으면서 한가하게 노닐면 강과 바다, 산림에 은거하는 선비들이 따르고, 이것을 지닌 채 나아가 벼슬하면서 세상을 다스리면 공이 커지고 이름이 드러나 천하가 한결같아진다. 고요히 있으면 성인이 되고 움직이면 천자가 되며, 무위하면 존귀해지고 소박하면 천하

---

2 현성(玄聖): 큰 덕을 지니고도 작위가 없는 성인으로, 노자나 공자를 가리킨다.
3 소왕(素王): 제왕의 자리에 있지 않지만, 제왕이 될 만한 덕을 갖춘 사람을 가리킨다.
4 이(而): '즉(則)'과 통하여, 조건의 연사이다.

에 능히 그와 아름다움을 다툴 수 있는 것이 없다.

해설 천도는 고요함과 담백함을 특징으로 하는 무위이기 때문에 만물의 근원이 된다. 천하를 잘 다스린 제왕과 세상의 본보기가 된 성인도 이런 도리를 깨달아 무위하게 된 이들이다. 그 대표적인 예가 요순, 문왕, 공자 등이다. 이런 내용으로 볼 때, 이편은 장자의 후학 가운데에서 유가 계열의 인사가 쓴 글이라고 하겠다.

한자 恬 편안할 념·고요할 념, 淡 묽을 담, 寂 고요할 적, 漠 사막 막·조용할 막, 愈 그러할 유·더욱 유, , 撫 어루만질 무·누를 무·두드릴 무, 樸, 통나무 박·소박할 박

03.
대도의 질서

宗庙尚亲, 朝廷尚尊, 乡党尚齿, 行事尚贤, 大道之序也. 语道而非其序者, 非其道也, 语道而非其道者, 安取道.

종묘에서는 친척을 높이고 조정에서는 지위를 높이며, 마을에서는 나이를 높이고 일의 처리에서는 현명한 사람을 높이니, 대도의 질서이다. 도를 말하면서 그 질서를 비난하면 올바른 도가 아니고, 도를 말하면서 그 도를 비난하면 어디에서 도를 취하겠는가.

해설 종묘와 조정, 향당과 일의 처리 등 모든 면에서 질서가 있는 것이 천도이다. 이 질서를 본받아 천하를 다스려야 함을 제시한 우언이다.

한자 尊 높을 존·술통 준(樽과 같은 자)

04.

구름이 지나고 비가 내리듯이 하다

昔者舜問於堯曰. 天王之用心何如? 堯曰. 吾不敖無告, 不廢窮民, 苦死者, 嘉孺子, 而哀婦人, 此吾所以用心已. 舜曰. 美則美矣, 而未大也. 堯曰. 然則何如? 舜曰. 天德而出寧, 日月照而四時行, 若晝夜之有經, 雲行而雨施矣. 堯曰. 膠膠5擾擾6乎. 子, 天之合也, 我, 人之合也.

옛날에 순(舜)이 요임금에게 물었다. "천자의 마음 씀씀이는 어떠하십니까?" 요임금이 대답하였다. "나는 하소연할 곳 없는 백성을 업신여기지 않고 곤궁한 백성을 버리지 않으며, 죽은 자를 안타까워하고 어린아이들을 예뻐하며, 과부를 가련히 여기니 이것이 내가 마음 쓰는 바이다." 순이 말하였다. "좋기는 좋으나 아직 위대하지는 못합니다." 요임금이 물었다. "그러면 어찌해야 하는가?" 순이 말하였다. "하늘같은 덕으로 편안함을 내고 해와 달이 비치어 사계절이 운행되

---

5   교교(膠膠): 날짐승이 우는 소리를 형용한다.

6   요요(擾擾): 어수선하고 소란스러운 모습이다.

는 것과 같으며, 낮과 밤이 한결같음이 있고 구름이 지나면서 비가
내리듯이 해야 합니다." 요임금이 말하였다. "(나는) 시끄럽고 요란했
구나. 그대는 하늘의 도에 맞고,[7] 나는 사람의 일에 맞는구나."

해설 요임금과 순의 문답을 빌려 무위로 천하를 다스려야 하는 도리
를 설명한 우언이다. 요임금처럼 은혜를 베푸는 인애로 천하를
다스리는 상황과 순의 말처럼 자연의 운행과 같이 무위로 다스
리는 상황을 대비시킴으로써 무위의 본질을 밝히고 있다.

한자 敖 놀 오·거만할 오(傲와 같은 자), 孺 젖먹이 유, 膠 아교 교·붙일 교, 擾 어
지러울 요

05.
나무가 본래 서 있듯이 하다

老耼曰. 請問何謂仁義? 孔子曰. 中心物愷, 兼愛無私, 此仁義之情
也. 老耼曰. 意. 幾乎後言. 夫兼愛, 不亦迂乎? 無私焉, 乃私也. 夫
子若欲使天下無失其牧乎, 則天地固有常矣, 日月固有明矣, 星辰
固有列矣, 禽獸固有羣矣, 樹木固有立矣. 夫子亦放德而行, 循道而
趨, 已至矣. 又何偈偈乎[8]揭仁義, 若擊鼓而求亡子焉. 意. 夫子亂人
之性也.

---

7   무위자연(無爲自然)을 가리킨다.
8   걸걸호(偈偈乎): 힘쓰는 모습이다.

노자가 말하였다. "묻건대 무엇을 일러 인의라 합니까?" 공자가 말하였다. "마음을 바르게 하여 상대가 기뻐하고 두루 사랑하여 사심이 없는 것이 인의의 실상입니다." 노자가 말하였다. "아! 뒤에 한 말은 위험하오. 두루 사랑한다는 말은 또한 실정에 멀지 않소? 사심이 없다는 것이 바로 사심이오. 그대가 만약 천하 사람들로 하여금 그들의 수양을 잃지 않기를 바란다면, 천지가 본래 일정함이 있고 해와 달이 본래 밝음이 있으며, 별들이 본래 질서가 있고 새와 짐승이 본래 무리가 있으며, 나무가 본래 서 있듯이 하시오. 그대는 역시 덕을 따라 행동하고 도를 좇아 나아갈 것이니, (그렇게 하면) 지극하게 될 것이오. 다시 어찌 힘써 인의를 내걸고 북을 치면서 도망간 자를 찾듯이 하겠소. 아! 그대는 인간의 본성을 어지럽히고 있소."

[해설] 노자는 공자의 말을 뒤집어, 모든 사람을 두루 사랑하는 것, 즉 인의가 바로 사심임을 지적하였다. 세상 사람들을 교화하는 수단은 인의가 아니라, 일월·성신·금수·수목의 자연스러움처럼 자연의 본디 법칙인 도와 그것이 드러난 모습인 덕을 따라야 함을 밝히고 있다.

[한자] 愷 즐거울 개, 迂 멀 우, 牧 칠 목·기를 목, 偈 쉴 게·힘쓸 걸, 揭 들 게

06.
옛사람의 찌꺼기

桓公讀書於堂上, 輪扁⁹斲輪於堂下, 釋椎鑿而上, 問桓公曰. 敢問.

公之所讀者, 何言邪? 公曰. 聖人之言也. 曰. 聖人在乎. 公曰. 已死矣. 曰. 然則君之所讀者, 故人之糟魄[10]已夫. 桓公曰. 寡人讀書, 輪人安得議乎. 有說則可, 無說則死. 輪扁曰. 臣也以臣之事觀之, 斲輪, 徐則甘而不固, 疾則苦而不入. 不徐不疾, 得之於手, 而應於心, 口不能言, 有數存焉於其間. 臣不能以喩臣之子, 臣之子亦不能受之於臣, 是以行年七十, 而老斲輪. 古之人, 與其不可傳也死矣. 然則君之所讀者, 故人之糟魄已夫.

[제(齊)나라] 환공이 대청 위에서 책을 읽는데, 윤편이 대청 아래서 수레바퀴를 깎고 있다가 망치와 끌을 놓고 올라와 환공에게 물었다. "감히 묻겠습니다. 임금께서 읽고 계신 것은 무슨 말씀입니까?" 환공이 대답하였다. "성인의 말씀이다." 윤편이 물었다. "성인은 살아 계십니까." 환공이 대답하였다. "이미 돌아가셨다." 윤편이 말하였다. "그렇다면 임금님께서 읽고 계시는 것은 옛사람의 찌꺼기일 뿐입니다." 환공이 말하였다. "과인이 책을 읽는데 수레바퀴를 깎는 자가 어찌 의견을 낼 수 있는가. 말이 되면 괜찮겠지만, 말이 되지 못하면 죽음을 당할 것이다." 윤편이 말하였다. "신이 신의 일로 살피건대, 수레바퀴를 깎을 때 느슨하게 하면 헐거워서 단단하지 못하고, 빡빡하게 하면 조여서 들어가지 않습니다. 헐겁지도 않고 조이지도 않게 하는 것은 손으로 터득되고 마음으로 접하여 입으로는 말할 수 없으니

---

9 윤편(輪扁): 수레바퀴를 깎는 장인[윤인(輪人)]으로, 이름이 '편(扁)'이다.

10 박(魄): '粕'과 통하여, '지게미'의 뜻이다.

그 사이에 이치가 들어 있습니다. 신은 신의 자식에게 깨우쳐 줄 수 없고 신의 자식 역시 신에게서 그것을 받을 수 없으니, 이 때문에 나이 일흔이 되도록 내내 수레바퀴를 깎고 있습니다. 옛날 사람은 그 전할 수 없는 것[도(道)]과 함께 죽었습니다. 그렇다면 임금께서 읽고 계시는 것은 옛사람의 찌꺼기일 뿐입니다."

해설 윤편이 수레바퀴를 깎는 기술을 비유로 도의 진수는 몸으로 체득하고 뜻으로 깨달아야지 말이나 글로 전할 수 없음을 깨우친 우언이다. 외적이고 유형적인 것으로는 추상적인 도의 본질을 알 수 없다. 그 전형적인 예로 책을 들고 있다. 말이나 글의 본질에 대해 장자는 이 우언의 앞부분에서 다음과 같이 단언하였다. "형체와 색깔, 이름과 소리로써는 결국 저 도의 실상을 터득할 수가 없으니, 아는 자는 말하지 않고 말하는 자는 알지 못하는데[11] 세상 사람들이 어찌 그것을 알겠는가. (夫形色名聲, 果不足以得彼之情, 則知者不言, 言者不知, 而世豈識之哉.)

한자 扁 납작할 편·낮을 편·액자 편, 斲 연장 착·깎을 착, 椎 몽치 추, 鑿 뚫을 착·끌 착, 糟 지게미 조, 魄 넋 백·찌끼 박·영락할 탁

---

11 『노자·제56장』, "아는 자는 말하지 않고, 말하는 자는 알지 못한다. (知者不言, 言者不知.)"

14. 천도天道의 운행

| 천운天運 |

'천운'은 천도의 운행, 자연의 운행이라는 뜻으로 「천지」편, 「천도」 편과 마찬가지로 무위의 이치를 말하고 있다. 즉 천도의 운행 이치를 빌려 천하의 치도(治道)를 논의한 내용이다.

해, 달, 구름, 비 등 자연현상은 스스로 운행되는 것으로 누가 주재하는 것이 아니다. 이 운행처럼 무위하고 순응하는 것이 지극한 다스림이다. 인의, 효제, 충신 등은 무위를 해치는 것으로, "지인(至仁)은 친애함이 없다.(至仁無親)"라고 하였다.

요약하자면 인의, 예악 등에 집착하지 말고 자연의 변화, 고금의 변화에 따라야 한다는 순응자연의 이치를 설파한 것이다.

01.

짚으로 만들어 제사에 썼던 개

孔子西遊於衛, 顔淵問師金曰. 以夫子之行爲奚如? 師金曰. 惜乎.
而夫子其窮哉. 顔淵曰. 何也? 師金曰. 夫芻狗之未陳也, 盛以篋衍[1],
巾以文繡, 尸祝齊戒以將之, 及其已陳也, 行者踐其首脊,
蘇者取而
爨之而已. 將[2]復取, 而盛以篋衍. 巾以文繡, 遊居寢臥其下, 彼不得
夢, 必且數眯焉. 今而夫子亦取先王已陳芻狗, 聚弟子游居寢臥其
下. 故伐樹於宋, 削迹於衛, 窮於商周, 是非其夢邪, 圍於陳蔡之間,
七日不火食, 死生相與鄰, 是非其眯邪.

공자가 서쪽으로 위(衛)나라에 유세를 가게 되자 안연이 태사인 금
(金)에게 물었다. "선생님의 이번 행차가 어떠리라고 여기십니까?"
태사 금이 말하였다. "안타깝습니다. 그대의 선생님은 아마 곤궁해
질 것이오." 안연이 말하였다. "어째서입니까?" 태사 금이 말하였다.
"(제사에 쓰는) 짚으로 만든 개는 진설되기 전에는 대바구니에 담기고
아름답게 수놓은 천에 덮인 채 제사를 주관하는 사람이 목욕재계하
고 받들어 올리지만, 그것이 진설된 뒤에는 길 가는 사람이 머리와
등을 밟고 나무하는 이는 가져가 불을 때고 맙니다. 만약 다시 가져
다가 대바구니에 담고 아름답게 수놓은 천에 덮은 채 그 밑에서 머물

---

1 협연(篋衍): 대로 만든 상자이다.
2 장(將): '여(如)'와 같이 가정을 나타내는 연사(連詞)이다.

거나 누워 잔다면, 그는 (좋은) 꿈도 제대로 꾸지 못하고 반드시 자주 가위눌리게 될 것이오. 지금 그대의 선생님은 역시 옛 성왕들이 이미 (제사에) 썼던 짚으로 만든 개를 가져다 제자들을 모아놓고 그 아래서 머물거나 누워 잡니다. 그래서 송(宋)나라에서는 나무가 잘리고[3] 위(衛)나라에서는 자취가 끊겼으며[4] 상(商)나라의 옛터와 주(周)나라에서는 곤궁을 겪었으니 이것이 그런 꿈이 아니겠으며, 진(陳)나라와 채(蔡)나라 사이에서 포위되어 이레 동안 불 땐 음식을 먹지 못하여 삶과 죽음이 서로 가까웠으니 이것이 그 가위눌림이 아니겠소."

해설 공자가 위나라에 가서 인의의 도리와 선왕의 치적을 가지고 유세하려는 것에 대해 태사인 금(金)이 염려한 내용이다. 인의의 도리는 성인들이 쓰고 버린 것인데 공자가 이를 다시 선양하는 것을, 짚으로 만들어 이미 제사에 쓰고 버린 개에 비유하여 깨우치고 있다.

한자 芻 꼴 추·건초 추, 篋 상자 협, 衍 넘칠 연·퍼질 연·넓을 연, 繡 수 수, 脊 등골뼈 척·등성마루 척, 蘇 차조기 소·깎을 소, 爨 불 땔 찬, 眯 가위눌릴 미·눈에 티 들어갈 미·눈 잘못 뜰 미

---

3 공자가 송나라에 있을 때 큰 나무 밑에서 제자들과 예를 강론하고 있었는데, 사마환퇴(司馬桓魋)가 공자를 죽이려고 하였다. 공자가 도망가자 그 나무를 잘라버렸다고 한다.
4 공자가 위나라에 있다가 떠났는데, 위 영공(靈公)이 위나라에 다시 오지 말도록 경고하였다고 한다.

02.
얼굴을 찡그리고 다닌 추녀

夫水行莫如用舟, 而陸行莫如用車. 以舟之可行於水也, 而求推之於
陸, 則沒世不行尋常[5]. 古今非水陸與, 周魯非舟車與. 今蘄行周於魯,
是猶推舟於陸也, 勞而無功, 身必有殃. 彼未知夫無方之傳, 應物而
不窮者也. 且子獨不見夫桔槹者乎. 引之則俯, 舍之則仰, 彼, 人之
所引, 非引人也. 故俯仰而不得罪於人. 故夫三皇五帝之禮義法度
不矜於同, 而矜於治. 故譬三皇五帝之禮義法度, 其猶柤[6]梨橘柚邪.
其味相反, 而皆可於口. 故禮義法度者, 應時而變者也. 今取猨狙而
衣以周公之服, 彼必齕齧挽裂, 盡去而後慊. 觀古今之異, 猶猨狙之
異乎周公也. 故西施病心, 而矉其里, 其里之醜人見之, 而美之, 歸
亦捧心, 而矉其里. 其里之富人見之, 堅閉門而不出, 貧人見之, 挈
妻子而去走. 彼知矉美, 而不知矉之所以美. 惜乎. 而夫子其窮哉.

"물로 가는 것은 배를 이용하는 것만 한 것이 없고 육지로 가는 것은
수레를 이용하는 것만 한 것이 없소. 배는 물에서 갈 수 있는데 이를
육지에서 밀고 가기를 추구한다면, 평생토록 얼마를 가지 못하오. 옛
날과 지금은 물과 육지의 차이가 아니겠으며, 주나라와 노나라는 배
와 수레의 차이가 아니겠소. 지금 노나라에 주나라의 도리를 시행하
고자 한다면 이것은 육지에서 배를 미는 것과 같으니, 힘들기만 하고

---

5   심상(尋常): 심(尋)은 8척이고 상(常) 16척으로, 짧은 거리를 비유한다.
6   사(柤): '사(樝)'와 같은 자로, 풀명자나무이다.

공은 없으며 자신에게 반드시 재앙이 있을 것이오. 그는 정해진 방향이 없는 움직임으로 상대에 응하면서 막힘이 없는 이치를 모릅니다. 또 그대는 어찌 저 두레박을 보지 못하였소. 당기면 아래로 향하고 놓으면 위로 향하는데, 그것은 사람이 당기는 것이지 사람을 당기는 것이 아니오. 그러므로 아래로 향하거나 위로 향해도 사람에게 죄를 받지는 않습니다. 그래서 저 삼황(三皇)과 오제(五帝)의 예의와 법도는 같은 것을 좋게 여긴 것이 아니고, 다스려진 것을 좋게 여긴 것이오. 그러므로 삼황과 오제의 예의와 법도를 비유하자면 아마도 그것은 풀명자나무, 배, 귤, 유자와 같을 것이오. 그 맛은 서로 다르지만 모두가 입에 맞소. 그러므로 예의와 법도라는 것은 때에 따라 변하는 것이오. 지금 원숭이를 잡아다가 주공(周公)의 옷을 입힌다면, 그놈은 반드시 물어뜯고 잡아당겨 찢어서 다 없애버린 뒤에야 만족할 것이오. 옛날과 지금의 차이를 살펴보면, 원숭이가 주공과 다른 것과 같습니다. 그러므로 서시가 속병을 앓아 마을에서 얼굴을 찡그리고 다녔는데, 그 마을의 추녀[동시(東施)]가 그것을 보고 아름답게 여겨 돌아가 역시 가슴을 움켜쥐고 마을에서 얼굴을 찡그리고 다녔다오. 그 마을의 부자는 이를 보고 굳게 문을 닫고 나오지 않았으며, 가난한 사람은 이를 보고 처자를 데리고 떠나갔다오. 그녀는 얼굴을 찡그리는 것이 아름다운 것만 알고 얼굴을 찡그리는 것이 아름다운 이유를 알지 못했소. 안타깝습니다. 그대의 선생님은 아마 곤궁해질 것이오."

해설 두레박의 비유를 들어 상황의 변화에 맞게 따를 것을 깨우친 우언이다. 두레박은 오르내림이 사람의 동작에 따르는 것이라 비난받을 거리가 없다. 공자도 두레박처럼 상대의 움직임에 따라 응할 것을 당부하고 있다. 성인(聖人)이 남긴 법은 그 시대의 상황에 맞았기 때문에 훌륭했던 것인데, 공자는 상황이 바뀐 지금도 성인의 유법을 가지고 적용하려 한다는 비판이다. 또 원숭이와 추녀의 비유를 통해 고정된 틀에 집착하지 말 것을 깨우치고 있다. 그것은 원숭이에게 예의를 강요하는 것이고 추녀가 서시의 외모를 본받고자 했던 어리석음이라는 비유이다.

한자 蘄 풀이름 기·재갈 기·바랄 기·당귀 근, 殃 재앙 앙, 桔 도라지 길·두레박틀 길, 槔 두레박 고, 俯 숙일 부·드러누울 부, 柤 난간 사·풀명자나무 사, 猨 원숭이 원, 狙 원숭이 저, 齕 깨물 흘, 齧 물 설, 挽 당길 만, 裂 찢을 렬, 慊 찐덥지 않을 겸·만족할 협, 矉 찌푸릴 빈(顰과 같은 자), 捧 받들 봉, 挈 이끌 설·가지런히 할 설

03.
참됨을 취하는 노닒: 채진지유(采眞之遊)

古之至人, 假道於仁, 託宿於義, 以遊逍遙之虛, 食於苟簡之田, 立於不貸之圃. 逍遙無爲也, 苟簡易養也, 不貸無出也, 古者謂是采眞之遊.

옛날의 지인(至人)은 인(仁)에서 길을 빌리고 의(義)를 잠시 머물 곳으로 의탁하여[7] 소요의 경지에서 노닐었으며, 소박한 밭작물을 먹고 베풂[8]이 없는 터전에 섰다. 소요하면 작위함이 없고 소박하면 봉양이

---

7 인의(仁義)에 집착하지 않고 형편에 따라 이용함을 가리킨다.

쉬우며, 베풀지 않으면 나가는 것이 없으니, 옛날에 이를 일러 '참됨을 취하는 노닒[채진지유(采眞之遊)]'이라고 하였다.

[해설] 옛날의 지인(至人)은 인의를 이용하기는 하였지만 집착하지 않아 참됨을 취할 수 있었다. 따라서 부귀, 명예, 권세를 초월하여 변화에 순응함으로써 무위를 이룰 수 있었다는 설명이다.

[한자] 貸 빌릴 대·베풀 대

04.
강이나 호수에서 서로를 잊는 것이 낫다

孔子見老聃, 而語仁義, 老聃曰. 夫播穅眯目, 則天地四方易位矣, 蚊虻噆膚, 則通昔[9]不寐矣. 夫仁義憯然[10]乃憤吾心, 亂莫大焉. 吾子使天下無失其朴, 吾子亦放[11]風而動, 總[12]德而立矣. 又奚傑傑然[13]若負建鼓[14], 而求亡子者邪. 夫鵠不日浴而白, 烏不日黔而黑. 黑白之朴不足以爲辯, 名譽之觀不足以爲廣. 泉涸, 魚相與處於陸, 相呴以溼, 相濡以沫, 不若相忘於江湖.

---

8   자기를 덜어 남에게 주는 것을 가리킨다.
9   석(昔): '석(夕)'과 통하여, '밤'의 뜻이다.
10 참연(憯然): 절실한 모습이다.
11 방(放): '의(依)'와 통하여, '따르다'의 뜻이다.
12 총(總): '집(執)'과 통하여, '잡다'의 뜻이다.
13 걸걸연(傑傑然): 힘쓰는 모습이다.
14 건고(建鼓): '대고(大鼓)'의 뜻이다.

공자가 노자를 만나 인의에 대해서 말하자, 노자가 말하였다. "겨를 키질하다가 눈에 들어가면 천지와 사방이 위치가 바뀌고, 모기나 등에가 살갗을 물면 밤새 잠을 자지 못하게 되지요. 저 인의는 심하게 내 마음을 괴롭히니, 어지러움이 이보다 더 큰 것이 없소. 그대가 천하 사람들로 하여금 그들의 소박함을 잃지 않도록 하고, 그대도 역시 바람을 따라서 움직이며 덕을 잡고 서도록 하시오. 또 어찌 힘쓰며 마치 큰 북을 지고서 도망간 자식을 찾듯이 하시오. 저 고니는 날마다 목욕하지 않아도 희고, 까마귀는 날마다 물들이지 않아도 검소. 흑백의 본질은 구분할 것이 못 되고 명예의 과시는 넓힐 것이 되지 못합니다. 샘물이 마르자 물고기들이 함께 육지에 있으면서 서로 습기를 뿜어주고 서로 거품으로 적셔 주시만, 강이나 호수에서 서로를 잊는 것만 못하오."

해설 노자가 공자에게 인의의 폐해를 겨와 모기, 등에에 비유하여 깨우친 우언이다. 나아가 고니는 희고 까마귀는 검은 것이 천성이니 그대로를 인정한 채 바꾸려고 하거나 우열을 따지지 말 것이며, 물고기들이 습기와 거품으로 상대를 위함과 같은, 인의라는 작은 덕보다 도덕의 큰 덕에 머물 것을 가르치고 있다.

한자 播 뿌릴 파·까부를 파(簸와 통용), 穅 겨 강, 眯 가위눌릴 미·눈에 티 들어갈 미·눈 잘못 뜰 미, 蚊 모기 문, 蝱 등에 맹, 噆 깨물 참, 憯 슬퍼할 참, 憤 성낼 분·괴롭힐 분, 鵠 고니 곡, 黔 검을 검, 涸 마를 학, 呴 숨을 내쉴 구, 溼 축축할 습·습기 습, 濡 젖을 유, 沫 거품 말

15. 뜻을 가다듬다

| 각의刻意 |

이 편의 주제는 정신 수양이다. 정신을 수양하는 방법으로 여섯 가지를 제시하고 있는데 그 중에서 가장 중요한 것이 '담박한 상태가 끝이 없음[담연무극(澹然無極)]'이다. 이것이 바로 '천지지도(天地之道)'이고 성인(聖人)이 덕을 이루는 길이며, 그 방법이 '무위'이고 그런 사람이 진인(眞人)이다. 진인은 '정신을 귀하게 여김[귀정(貴精)]'으로써 '순수함과 소박함[순소(純素)]'을 지닌 사람으로, 정신 수양이 완성된 경지임을 밝히고 있다.

01.
태어남은 자연의 운행이고 죽음은 사물의 변화이다

聖人之生也天行, 其死也物化, 靜而與陰同德, 動而與陽同波. 不爲
福先, 不爲禍始, 感而後應, 迫而後動, 不得已而後起.

성인의 태어남은 자연의 운행이고 그의 죽음은 사물의 변화이니, 고
요하면 음(陰)과 덕을 같이하고 움직이면 양(陽)과 물결을 같이한다.
복의 선구가 되지 않고 화의 발단이 되지 않으며, 감응한 뒤에 응하
고 닥친 뒤에 움직이며, 부득이한 뒤에 일어난다.

해설 수양이 최고의 경지에 이른 성인(聖人)의 상태를 묘사한 우언이
다. 성인은 태어남과 죽음이 천도임을 안다. 그러므로 덕이 온
전하여 세속적인 우환이나 사악한 기운이 작용하지 못하고, 음
양이라는 자연의 이치와 하나가 되어 순응자연하게 됨을 제시
하였다.

02.
순수하고 소박한 도로 정신을 간직하다

夫有干越[1]之劍者, 柙而藏之, 不敢用也, 寶之至也. 精神四達並流,
無所不極. 上際於天, 下蟠於地, 化育萬物, 不可爲象, 其名爲同帝.
純素之道, 唯神是守. 守而勿失, 與神爲一, 一之精通, 合於天倫.

(오나라의) 간계와 월나라에서 만든 칼을 가진 자는 그것을 상자 속에 넣어 보관하고 함부로 쓰지 않으니, 지극히 보배로운 것이기 때문이다. 정신은 사방으로 통하여 두루 흐르면서 끝까지 가지 않는 곳이 없다. 위로는 하늘에 닿고 아래로는 땅에 서리며 만물을 변화시키고 육성시키지만, 형상을 파악할 수 없어 그 이름을 '천제와 같음[동제(同帝)]'이라고 한다. 순수하고 소박한 도만이 오직 정신을 지킨다. (순수하고 소박한 도를) 지키고 잃지 않는다면 정신과 하나가 되니, 하나 됨에 정밀하게 통하면 자연의 이치와 합치된다.

> **해설** 사람의 정신에 대한 중요성을 명검에 비유하여 잘 간직할 것을 가르친 우언이다. 순수하고 소박한 도로 정신을 잘 간직하여 도와 통하면 하늘의 질서와 일체가 된다. 그런 사람이 진인(眞人)이라는 설명이다.

> **한자** 柙 우리 합·궤 갑, 蟠 서릴 반

---

1   간월(干越): 간(干)은 오(吳)나라의 간계(干谿) 지방으로 명검을 만들던 곳이었고, 월(越)나라는 약야(若耶)라는 곳에서 명검을 만들었다고 한다.

16. 본성을 닦다

| 선성繕性 |

이 편에서는 본성을 닦는 수양의 문제를 다루고 있다. '선(繕)'은 '다스리다[치(治)]'의 뜻이다.

장자는 유가, 묵가 등의 가르침으로는 본성을 회복할 수 없다고 하였다. '고요함으로 지혜를 기르는 것[이념양지(以恬養知)]'만 한 것이 없고 순박함만이 본진(本眞)으로 돌아가는 방법이라고 하였다.

본말이 뒤집힌 백성: 도치지민(倒置之民)

古之所謂得志者, 非軒冕之謂也, 謂其无以益其樂而已矣, 今之所
謂得志者, 軒冕之謂也. 軒冕在身, 非性命也, 物之儻來, 寄者也. 寄
之, 其來不可圉¹, 其去不可止. 故不爲軒冕肆志, 不爲窮約趨俗, 其
樂彼與此同. 故無憂而已矣, 今寄去則不樂. 由是觀之, 雖樂, 未嘗
不荒也. 故曰, 喪己於物, 失性於俗者, 謂之倒置之民.

옛날의 이른바 뜻을 얻었다고 하는 것은 높은 벼슬을 일컬은 것이 아
니고 그 즐거움에 더할 것이 없었던 것을 일컬을 뿐이었는데, 지금의
이른바 뜻을 얻었다고 하는 것은 높은 벼슬을 일컫는다. 높은 벼슬이
자신에게 있는 것은 본성과 천명이 아니고 대상이 우연히 다가와 깃
든 것이다. 깃드는 것은 그것이 오는 것을 막을 수 없고 그것이 가는
것을 머물게 할 수 없다. 그러므로 높은 벼슬 때문에 제멋대로 하지
않고 곤궁함 때문에 세속을 따르지도 않으니, 그가 그것[높은 벼슬]을
즐기는 것은 이것[곤궁함]과 똑같았다.² 그러므로 걱정이 없을 뿐이었
는데, 지금은 깃들었던 것이 떠나면 즐거워하지 않는다. 이로 보건
대 비록 (높은 벼슬로) 즐겁더라도 (본성이) 거칠어지지 않는 적은 없다.
그래서 말하기를, "외물 때문에 자기를 상실하고 세속 때문에 본성을

---

1   어(圉): '어(御)'와 통하여, '막다'의 뜻이다.
2   곤궁과 영달에 한결같음을 가리킨다.

잃는 자는 '본말이 뒤집힌 백성'이다."라고 하는 것이다.

해설 지금 사람들은 부귀를 갈망한다. 그러나 도를 깨달은 사람은 도덕을 즐거움으로 삼지 부귀를 즐거움으로 삼지 않는다. 심성을 해치기 때문이다. 사람들이 그 가치를 거꾸로 알고 있기 때문에 '본말이 뒤집힌 백성'이라고 하였다.

한자 軒 추녀 헌·수레 헌, 冕 면류관 면, 儻 빼어날 당·갑자기 당, 圉 마부 어·막을 어, 肆 방자할 사

17. 가을비

이 편의 대지는 한계의 초월, 상대주의관 등을 통한 '제물론'이다. 북해(北海)의 신(神)인 약(若)과 하수(河水)의 신인 하백(河伯)의 우언을 통해 제시한 상대주의관은 만물에 대한 인식의 문제를 다루고 있다.

이외에 여섯 가지의 우언을 통하여 「제물론」과 「소요유」에서 제시한 내용을 부연하고 있는데 '공자가 위(衛)나라에서 곤경에 처한 일', '우물 안 개구리', '한단(邯鄲)의 걸음걸이' 등은 '제물론'의 내용이고, '장자가 재상의 자리를 사양한 일', '올빼미와 썩은 쥐의 우화', '물고기의 즐거움' 등은 '소요유'의 내용이다.

01.
치우친 선비에게는 도에 대해 말해 줄 수 없다

秋水時至, 百川灌河, 涇¹流之大, 兩涘渚崖之間, 不辯牛馬. 於是焉
河伯²欣然自喜, 以天下之美爲盡在己. 順流而東行, 至於北海, 東
面而視, 不見水端. 於是焉河伯始旋其面目, 望洋³向若⁴而歎曰. 野
語有之曰, 聞道百以爲莫己若者, 我之謂也. 且夫我嘗聞少仲尼之
聞, 而輕伯夷之義者, 始吾弗信, 今我睹子之難窮也. 吾非至於子之
門, 則殆矣, 吾長見笑於大方之家.
北海若曰. 井䲡不可以語於海者, 拘於虛⁵也, 夏蟲不可以語於冰者,
篤於時也, 曲士不可以語於道者, 束於敎也. 今爾出於崖涘, 觀於大
海, 乃知爾醜, 爾將可與語大理矣.

가을비가 때마침 내려 모든 냇물이 황하로 흘러드니 물길의 흐름이
커져서 양쪽 언덕과 모래톱 사이에서 말과 소를 구분할 수 없었다.
이에 하백은 매우 기뻐하면서 천하의 아름다움이 모두 자기에게 있
다고 여겼다. 물결을 따라 동쪽으로 가서 북해에 이르러 동쪽으로 향
하여 바라보니 물의 끝이 보이지 않았다. 이에 하백은 비로소 안색을

---

1 경(涇): '경(經)'과 통하여, '큰 물줄기'의 뜻이다.
2 하백(河伯): 황하(黃河)의 신(神)이다.
3 망양(望洋): 우러러보는 모습이다.
4 약(若): 북해(北海)의 신(神)이다.
5 허(虛): '허(墟)'와 통하여, '터', '장소'의 뜻이다.

바꾸고 약(若)을 향해 우러러보면서 탄식하였다. "속담에 이런 말이 있으니, '도(道) 백 개를 듣고서 자기만 한 자가 없다고 여긴다'라고 하였는데 저를 일컬은 말이군요. 또한 저는 일찍이 공자의 견문을 하찮게 여기고 백이의 의리를 가볍게 여긴다는 말을 듣고서 처음에 저는 믿지 않았지만, 지금 저는 그대를 다 알기가 어려움을 알았습니다. 제가 그대의 영역에 오지 않았더라면 위태롭게 되었을 것이니 저는 내내 위대한 도를 깨달은 사람들에게 비웃음을 당했을 것입니다."

북해의 약이 말하였다. "우물 안 개구리에게 바다에 대해 말해 줄 수 없는 것은 장소에 구애되어 있기 때문이고, 여름 벌레에게 얼음에 대해 말해 줄 수 없는 것은 시간에 고정되어 있기 때문이며, 치우친 선비에게 도에 대해 말해 줄 수 없는 것은 유가의 가르침에 묶여 있기 때문이오. 지금 그대는 (황하의) 물가에서 나와 큰 바다를 보고 비로소 그대의 모자람을 알았으니, 그대에게 장차 큰 이치를 말해 줄 수 있겠소.

해설 황하가 큰 것만 알고 바다가 큰 것을 몰랐던 하백이, 바다를 보고 자신의 부족함을 깨달았다는 우언이다. 자신을 대단하게 여기는 속인들에게, 깨달은 자의 태도를 대비시켜 깨우치고 있다. 지역적 한계에 갇힌 개구리와 시간적 한계에 갇힌 여름 벌레의 예를 들어 유가와 묵가 등이 자신들의 학설을 확신하고 맹종하는 편견을 지적함으로써 그 좁은 틀에서 벗어날 것을 깨우쳐 준 것이다.

한자 灌 물 댈 관·흘러들어갈 관, 涇 통할 경·물이름 경, 涘 물가 사, 渚 물가 저, 旋 돌 선, 睹 볼 도, 黿 개구리 와

02.
요임금과 걸왕 모두 자신을 옳다 하고
상대를 그르다고 했다

以差觀之, 因其所大而大之, 則萬物莫不大, 因其所小而小之, 則萬
物莫不小. 知天地之爲稊米也, 知豪[6]末之爲丘山也, 則差數覩矣.
以功觀之, 因其所有而有之, 則萬物莫不有, 因其所無而無之, 則萬
物莫不無. 知東西之相反, 而不可以相無, 則功分定矣. 以趣觀之,
因其所然而然之, 則萬物莫不然, 因其所非而非之, 則萬物莫不非.
知堯桀之自然而相非, 則趣操覩矣.

차이의 입장에서 보아 자기가 크다고 여기는 것에 따라 크다고 한다
면 만물은 크지 않은 것이 없고, 자기가 작다고 여기는 것에 따라 작
다고 한다면 만물은 작지 않은 것이 없다. 천지도 돌피가 됨을 알고
털끝도 산이나 언덕이 됨을 안다면 차별의 이치가 보이게 된다. 공능
(功能)의 입장에서 보아 자기가 있다고 여기는 것에 따라 있다고 한
다면 만물은 있지 않은 것이 없고, 자기가 없다고 여기는 것에 따라
없다고 한다면 만물은 없지 않은 것이 없다. 동쪽과 서쪽은 상반되
지만 서로 없어서는 안 되는 것임을 알면 공능의 분량이 정해지게 된
다. 취향의 입장에서 보아 자기가 옳다고 여기는 것에 따라 옳다고
한다면 만물은 옳지 않은 것이 없고, 자기가 그르다고 여기는 것에

---

6   호(豪): '호(毫)'와 통하여, '터럭'의 뜻이다.

따라 그르다고 한다면 만물은 그르지 않은 것이 없다. 요임금과 걸왕이 자신을 옳다고 여기고 상대를 그르다고 여겼음을 안다면 취향과 지조가 보이게 된다.

해설 귀천, 대소, 유무, 동서, 시비 등의 가치판단을 비유로 들어 상대주의관을 제시한 우언이다. 즉 아무리 큰 것이라도 그보다 더 큰 것이 있고 아무리 작은 것이라도 그보다 더 작은 것이 있다. 크고 작은 것, 오래 살고 일찍 죽는 것, 귀하고 천한 것, 옳고 그른 것 등이 모두 보는 관점에 따른 차이일 뿐이지 고정된 기준이 있는 것이 아니라는 것이다. 여기에서 각각의 다름을 인정하고 주관적 판단을 초월하는 지혜가 나온다.

한자 稊 돌피 제, 豪 호걸 호·터럭 호(毫와 통용)

03.
천리마는 쥐를 잡지 못한다

梁麗可以衝城, 而不可以窒穴, 言殊器也. 騏驥驊騮[7], 一日而馳千里, 捕鼠不如狸狌, 言殊技也. 鴟鵂夜撮蚤, 察毫末, 晝出瞋目, 而不見丘山, 言殊性也.

들보는 성벽을 뚫을 수 있지만 쥐구멍을 막을 수 없으니, 도구가 다

---

7   기기(騏驥), 화류(驊騮): 모두 준마(駿馬)의 이름이다.

름을 말하는 것이다. 기기와 화류는 하루에 천 리를 달릴 수 있지만
쥐를 잡는 데는 너구리나 살쾡이만 못하니, 재주가 다름을 말하는 것
이다. 올빼미는 밤에 벼룩을 잡고 털끝을 살필 수 있지만 낮에 나오
면 눈을 부릅떠도 산을 보지 못하니, 본성이 다름을 말하는 것이다.

해설 들보와 준마, 올빼미 등의 비유를 들어 세속적 가치 판단의 편향
성을 지적한 우언이다. 현상 속에서는 상황, 용도, 기능에 따라
서 귀천과 대소 등의 가치가 정해진다. 그러나 본성이 다를 뿐
이니 상대주의적 관점에서만이 보편성을 지닐 수 있음을 지적
하고 있다.

한자 梁 들보 량, 麗 고울 려·마룻대 려(欐와 통용), 窒 막을 질, 騏 검푸른 말
기·천리마 기·준마 기, 驥 천리마 기·준마 기, 驊 준마 화, 駵 월따
말 류·준마 류, 狸 살쾡이 리, 狌 성성이 성, 鴟 솔개 치·올빼미 치, 鵂 수
리부엉이 휴, 撮 취할 촬·잡을 촬, 蚤 벼룩 조, 瞋 부릅뜰 진

04.
천연(天然)과 인위(人爲)

牛馬四足, 是謂天, 落[8]馬首, 穿牛鼻, 是謂人. 故曰, 無以人滅天, 無
以故滅命, 無以得[9]殉名. 謹守而勿失, 是謂反其眞.

---

8 락(落): '락(絡)'과 통하여, '묶다'의 뜻이다.
9 득(得): '덕(德)'의 뜻이다.

소와 말이 네 개의 발인 것을 '천연'이라 하고 말의 머리를 결박하고 소의 코를 뚫는 것을 '인위'라고 한다. 그래서 말하기를, "인위로 천연을 손상시키지 말고 조작으로 천명을 손상시키지 말며, 덕을 명성에 희생시키지 말라."고 하는 것이다. 삼가 지켜서 잃지 않는 것, 이를 일러 '참된 본성으로 돌아간다'고 하는 것이다."

해설 소와 말의 비유로 천연과 인위의 특징을 부각시킨 우언이다. 천연을 지키는 사람은 덕성이 하늘의 이치와 부합하여 참된 본성을 회복한 사람이라는 설명이다.

05.
타고난 대로 살아라

夔[10]憐蚿, 蚿憐蛇. 蛇憐風, 風憐目, 目憐心. 夔謂蚿曰. 吾以一足趻踔[11]而行, 予無如矣[12]. 今子之使萬足, 獨奈何. 蚿曰. 不然. 子不見夫唾者乎. 噴則大者如珠, 小者如霧, 雜而下者, 不可勝數也. 今予動吾天機, 而不知其所以然. 蚿謂蛇曰. 吾以衆足行, 而不及子之無足, 何也? 蛇曰. 夫天機之所動, 何可易邪. 吾安用足哉. 蛇謂風曰. 予動吾脊脅而行, 則有似[13]也, 今子蓬蓬然[14]起於北海, 蓬蓬然入於

---

10 기(夔): 전설에 나오는 기이한 짐승의 이름이다. 『산해경(山海經)』「대황동경(大荒東經)」에 보인다.

11 침탁(趻踔): 절뚝거리는 모습이다.

12 여무여의(予無如矣): '無如予矣'의 도치이다.

南海, 而似無有, 何也? 風曰. 然. 予蓬蓬然起於北海, 而入於南海
也. 然而指我則勝我, 鰌[15]我亦勝我. 雖然, 夫折大木, 蜚大屋者, 唯
我能也. 故以衆小不勝, 爲大勝也. 爲大勝者, 唯聖人能之.

외발인 기(夔)는 노래기를 부러워하고[16] 노래기는 뱀을 부러워한다.[17]
뱀은 바람을 부러워하고[18] 바람은 눈을 부러워하며,[19] 눈은 마음을 부
러워한다.[20] 기가 노래기에게 말하였다. "나는 발 하나로 절뚝거리며
다니니 나와 같은 것은 없을 것이다. 지금 그대는 많은 발을 사용하
니 유독 어떻게 하는 것인가?" 노래기가 말하였다. "그렇지가 않네.
그대는 저 침 뱉는 사람을 보지 못했는가. 뱉으면 큰 것은 마치 구슬
같고 작은 것은 안개 같아, 뒤섞여 떨어지는 것이 이루 다 헤아릴 수
없지.[21] 지금 나는 타고난 것을 움직이면서도 그것이 그러한 까닭을
모른다네." 노래기가 뱀에게 말하였다. "나는 많은 발을 가지고 다니
지만 그대가 발이 없는 것에도 미치지 못하니, 어째서일까?" 뱀이 말
하였다. "저 타고난 것이 움직이는 것을 어찌 바꿀 수 있겠는가. 내가

---

13 사(似): '상(像)'과 통한다.
14 봉봉연(蓬蓬然): 바람 소리를 형용한다.
15 추(鰌): '추(踰)'와 같은 자로, '밟다'의 뜻이다.
16 기(夔)는 외발이기 때문에 발이 많은 노래기를 부러워한다.
17 발이 많은 노래기는 아예 발이 없이도 잘 다니는 뱀을 부러워한다.
18 뱀은 작은 동물이라 자유자재로 움직이는 바람을 부러워한다.
19 눈이 없는 바람은 밝게 볼 수 있는 눈을 부러워한다.
20 눈은 외적인 것이라 내면에서 작용하는 마음을 부러워한다.
21 자연현상 가운데 우연적인 것을 비유한 듯하다.

어찌 발을 쓰리오." 뱀이 바람에게 말하였다. "나는 나의 척추와 옆구리를 움직여서 다니니 형상이 있지만, 지금 그대는 휙하고 북해에서 일어나 휙하고 남해로 가면서 형상이 없으니, 어째서인가?" 바람이 말하였다. "그렇소. 나는 휙하고 북해에서 일어나 남해로 들어가지. 그러나 (사람들이) 나를 손가락만 가지고도 나를 이길 수 있고 나를 발로 밟아도 역시 나를 이길 수 있소. 비록 그러하나 큰 나무를 부러뜨리고 큰 집을 날려버리는 것은 오로지 나만이 할 수 있을 뿐이오. 그러므로 많은 작은 것에 이기지 못함으로써 큰 것에 이기기를 추구하는 것이오. 큰 것에 이기를 추구하는 것은 오직 성인만이 할 수 있는 것이라오."

해설 이 단락은 내용상 논리적이지 못한 부분도 있고 다르게 해석하는 경우도 많지만, 요지는 만물은 각기 본연의 모습과 기능을 타고났기 때문에 자기에게 없는 것을 부러워할 필요가 없다는 우언이다. 자연무위, 즉 타고난 대로 사는 것이 지혜로운 것이라는 주장이다.

한자 夔 조심할 기·외발 짐승 기, 蚿 노래기 현, 跰 앙감질할 침(절뚝거리며 가는 모습), 踔 뛰어날 탁·절뚝거릴 탁·달릴 초, 唾 침 타, 噴 뿜을 분, 脊 등골뼈 척·등성마루 척, 脅 옆구리 협, 蓬 쑥 봉, 鰌 미꾸라지 추·밟을 추(蹂와 같은 자), 蜚 바퀴 비 날 비(飛와 같은 자)

06.

우물 안 개구리

子獨不聞夫埳井之䵷乎. 謂東海之鼈曰. 吾樂與. 出跳梁乎井幹之
上, 入休乎缺甃之崖, 赴水則接腋持頤, 蹶泥則沒足滅跗. 還虷蟹與
科斗, 莫吾能若也. 且夫擅一壑之水, 而跨跱²²埳井之樂, 此亦至矣.
夫子奚不時來入觀乎. 東海之鼈, 左足未入, 而右膝已縶矣. 於是逡
巡²³而卻, 告之海曰. 夫千里之遠不足以擧其大, 千仞之高不足以極
其深. 禹之時十年九潦, 而水弗爲加益, 湯之時八年七旱, 而崖不爲
加損. 夫不爲頃久推移, 不以多少進退者, 此亦東海之大樂也. 於是
埳井之䵷聞之, 適適然²⁴驚, 規規然²⁵自失也.

[위모(魏牟)²⁶가 공손룡(公孫龍)²⁷에게 말하였다.] 그대는 어찌 우물 안 개
구리에 대해 듣지 못했는가. (개구리가) 동해의 자라에게 말하였다네.
"나는 즐겁구나. 나와서 우물의 난간 위에서 뛰고 들어가 깨진 벽돌
의 가장자리에 쉬며, 물에 들어가면 겨드랑이를 붙이고 턱을 들어올
리며, 진흙에 빠지면 발이 잠겨 발등까지 보이지 않지. 역시 장구벌

---

22 과치(跨跱): '점거하다', '차지하다'의 뜻이다.

23 준순(逡巡): 뒷걸음질 치는 모습이다.

24 적적연(適適然): 놀라서 안색이 변하는 모습이다.

25 규규연(規規然): 놀라서 얼이 빠진 모습이다.

26 위모(魏牟): 위(衛)나라 공자(公子)이다.

27 공손룡(公孫龍): 전국(戰國) 시기 조(趙)나라 사람으로, 명가(名家)의 대표 인물
    이다.

레와 게와 올챙이도 나만 할 놈이 없지. 더구나 웅덩이의 물을 내 마음대로 하며 우물 안의 즐거움을 독차지하고 있으니, 이것은 정말 지극한 경지라네. 그대는 어찌 가끔 들어와서 구경하지 않는가." 동해의 자라가 왼쪽 발을 아직 넣지도 않았는데 오른쪽 무릎이 벌써 끼어버렸다. 이에 엉금엉금 물러나서 개구리에게 바다에 대해 말해 주었지. "천리의 먼 곳도 그 크기를 형용하기에 부족하고, 천 길의 높이도 그 깊이를 다 표현하기에 부족하다네. 우임금 때에 10년 동안 아홉 차례 홍수가 났지만 바닷물은 더 불어나지 않았고, 탕임금 때에 8년 동안 일곱 차례 가뭄이 들었지만 바닷가는 더 줄어들지도 않았다네. 시간의 길고 짧음에 의해 바뀌지 않고 물의 많고 적음에 따라 줄고 늘지 않으니, 이것이 진정 동해의 큰 즐거움이라네." 이에 우물 안 개구리는 그 말을 듣고 깜짝 놀라서 멍하니 얼이 빠졌다네.

해설 명가(名家)로 이름을 날렸던 공손룡이 견백론(堅白論)[28]을 주장하며 스스로 사리에 통달했다고 여기다가 장자의 학설을 듣고 크게 깨달았다. 위모가 이것을 우물 안 개구리가 동해의 자라로부터 바다에 대해 듣고 놀란 것에 비유한 우언이다.

한자 鱉 자라 별(鼈과 같은 자), 跳 뛸 도, 腋 겨드랑이 액, 持 가질 지, 頤 턱 이, 蹷 넘어질 궐·밟을 궐, 跗 발등 부, 衦 장구벌레 간, 蟹 게 해, 擅 멋대로 천, 跨 넘을 과·걸터앉을 과, 峙 그칠 치·머뭇거릴 치·설 치, 縶 맬 칩·잡을 칩·굴레 칩, 逡 뒷걸음질 칠 준·머뭇거릴 준, 巡 돌 순, 卻 물리칠 각·틈 극, 潦 큰비 료

---

28 견백론(堅白論): 돌의 재질과 색깔로 돌의 본질을 논한 주장이다.

07

한단(邯鄲)의 걸음걸이

夫知不知是非之竟, 而猶欲觀於莊子之言, 是猶使蚊負山, 商蚷²⁹馳
河也, 必不勝任矣. 且夫知不知論極妙之言, 而自適一時之利者, 是
非埳井之䵷與. 且彼方跐黃泉³⁰, 而登大皇³¹, 無南無北, 奭然³²四解,
淪於不測, 無東無西, 始於玄冥, 反於大通, 子乃規規然而求之以察,
索之以辯, 是直用管窺天, 用錐指地也, 不亦小乎. 子往矣. 且子獨
不聞夫壽陵³³餘子³⁴之學行於邯鄲³⁵與. 未得國能, 又失其故行矣, 直
匍匐而歸耳. 今子不去, 將忘子之故, 失子之業. 公孫龍口呿而不
合, 舌擧而不下, 乃逸而走.

[위모가 공손룡에게 말하였다.] 그 지혜가 시비의 경계를 알지 못하면서
오히려 장자의 말을 살피려 하니, 이것은 모기에게 산을 짊어지게 하
고 노래기에게 황하를 달리게 하는 것과 같아서, 반드시 감당하지 못
할 걸세. 또 그 지혜가 지극히 오묘한 말을 논할 줄 모르면서 한때의

---

29 상거(商蚷): 노래기로, 물에서는 살 수 없는 곤충이다. 마현(馬蚿), 또는 마륙
(馬陸)이라고도 한다.

30 황천(黃泉): 지극히 깊은 곳을 가리킨다.

31 태황(大皇): '하늘'이라는 뜻에서, 지극히 높은 곳을 가리킨다.

32 석연(奭然): '석연(釋然)'과 통하여, 풀리는 모습이다.

33 수릉(壽陵): 연(燕)나라의 지명이다.

34 여자(餘子): '젊은이'의 뜻이다.

35 한단(邯鄲): 조(趙)나라의 수도이다.

이익에 자적하는 것은 우물 안 개구리가 아니겠는가. 또 저 사람[장재]은 바야흐로 황천을 딛고서 하늘에 올라, 남쪽도 북쪽도 없이 구애받지 않은 채 사방으로 통하고 있으니 헤아릴 수 없는 경지에 빠져 있으며, 동쪽도 서쪽도 없이 오묘하고 아득한 곳에서 시작하여 위대한 도로 돌아와 있는데, 자네는 그런데도 멍한 채 살피는 것으로 그를 추구하려 하고 변설로 그를 찾으려 하니, 이것은 단지 대롱으로 하늘을 엿보고 송곳으로 땅을 재려는 것으로, 너무 작지 않은가. 그대는 돌아가게. 또 그대는 어찌 저 수릉의 젊은이가 한단에서 걸음걸이를 배웠던 일을 듣지 못했는가. 그는 아직 한단의 좋은 것을 터득하지도 못했는데 또 자신의 원래 걸음걸이조차 잃어버려 그저 기어서 돌아왔다네. 지금 그대가 돌아가지 않으면 아마 그대 본래의 것도 잊어 그대의 학문까지도 잃어버릴 것이네." 공손룡은 입이 벌어진 채 다물지 못하고 혓바닥이 들린 채 내리지도 못하고서 도망쳐 달아났다.

해설 장자의 변설은 동서남북이 없이 사방으로 향하여 보통의 지혜로는 알기 어렵다. 공손룡이 그것을 감당하기에는, 모기에게 산을 짊어지게 하고 노래기에게 황하를 달리게 하는 것과 같다. 따라서 공손룡이 장자를 살피는 것은 대롱으로 하늘을 엿보고 송곳으로 땅을 재는 것과 같아, 배우고자 하여도 '한단학보(邯鄲學步)[36]'가 될 것이라고 하였다. 즉 장자의 뛰어남을 배울 수 없을

---

36 한단학보(邯鄲學步): 한단에서 걸음걸이를 배운다. 자기 본분을 잊어버리고 무턱대고 남의 흉내를 내다가 자신의 걸음걸이까지 잃었다는 비유이다.

뿐 아니라 자신의 이론까지 혼란에 빠질 것이라는 경고이다.

[한자] 蚊 모기 문, 虻 노래기 거, 趻 밟을 차, 奭 클 석, 窺 엿볼 규, 邯 조나라 서울 한, 鄲 조나라 서울 단, 呿 입 벌릴 거

08.
진흙 속에서 꼬리를 끌고자 했던 거북

莊子釣於濮水, 楚王使大夫二人往先焉曰. 願以境內累矣. 莊子持竿不顧曰. 吾聞楚有神龜, 死已三千歲矣, 王巾笥, 而藏之廟堂之上. 此龜者寧其死爲留骨而貴乎, 寧其生而曳尾於塗中乎? 二大夫曰. 寧生而曳尾塗中. 莊子曰. 往矣. 吾將曳尾於塗中.

장자가 복수에서 낚시질을 하는데, 초나라 왕이 대부 두 사람을 보내 먼저 가서 말을 전하게 하였다. "바라건대 나라 일로 번거로움을 끼치고자 합니다." 장자는 낚싯대를 잡은 채 돌아보지도 않고 말하였다. "내가 듣기에 초나라에 신령스런 거북이 있는데, 죽은 지 이미 삼천 년이 되었어도 왕이 보로 싸고 상자에 넣어 종묘의 높은 곳에 간직하고 있다고 하오. 이 거북이 차라리 죽어서 뼈만 남아 귀해지고자 하겠소, 차라리 살아서 진흙 속에서 꼬리를 끌고자 하겠소?" 두 대부가 대답하였다. "차라리 살아서 진흙 속에서 꼬리를 끌고자 하겠지요." 장자가 말하였다. "가시오. 나는 장차 진흙 속에서 꼬리를 끌겠소."

해설 장자의 정치관을 대변해 주는 유명한 우언이다. 혼란한 세상에서 부귀를 탐하다가 생명을 위태롭게 하는 경우를 많이 보아온 장자는, 죽어서 존귀하게 대우받는 거북을 비유로 들어 명철보신의 지혜와 현실 정치에 대한 혐오를 보이고 있다.

한자 濮 강 이름 복, 竿 장대 간, 笥 상자 사

09.
썩은 쥐를 차지한 올빼미

惠子相梁, 莊子往見之. 或謂惠子曰. 莊子來, 欲代子相. 於是惠子恐, 搜於國中三日三夜. 莊子往見之曰. 南方有鳥, 其名爲鵷鶵. 子知之乎? 夫鵷鶵, 發於南海, 而飛於北海, 非梧桐不止, 非練實[37]不食, 非醴泉[38]不飮. 於是鴟得腐鼠, 鵷鶵過之, 仰而視之, 曰嚇. 今子欲以子之梁國而嚇我邪.

혜자(惠子)[39]가 양(梁)나라에서 재상을 지내는데 장자가 그를 만나러 갔다. 어떤 이가 혜자에게 말하였다. "장자가 오는 것은 그대의 재상 자리를 대신 차지하려는 것입니다." 이에 혜자는 두려워서 사흘 밤낮 동안 나라 안을 수색하였다. 장자가 가서 그를 만나 말하였다. "남

---

37 연실(練實): 대나무 열매로, 색깔이 희어 붙여진 이름이다.
38 예천(醴泉): 맛이 좋은 샘물이다.
39 혜자(惠子): 전국시대 송(宋)나라 사람인 혜시(惠施)로 명가(名家)의 대표적 인물이다. 위(魏) 양혜왕(梁惠王)의 재상을 지냈다.

쪽에 새가 있는데, 그 이름이 원추(鵷鶵)이다. 그대는 그것을 아는가? 저 원추는 남해를 출발하여 북해로 날아가는데, 오동나무가 아니면 머무르지 않고 대나무 열매가 아니면 먹지 않으며, 예천의 샘물이 아니면 마시지 않는다네. 이때 올빼미가 썩은 쥐를 얻었는데, 원추가 지나가자 올려다보고 '꽥'하고 소리를 질렀다네. 지금 그대는 그대가 벼슬하는 양나라를 가지고 나에게 '꽥'하고 소리를 지르고자 하는가."

해설 현실 정치에 초연한 장자의 마음가짐을 보여주는 우언이다. 자신을 고결함의 상징인 원추에, 혜시를 소인배의 상징인 올빼미에 비유함으로써 세속을 초탈한 자신을 세속적인 눈으로 판단한 혜시의 단견에 일침을 가하고 있다. 나아가 탐욕스런 벼슬아치에 대한 멸시를 드러내고 있다.

한자 搜 찾을 수, 鵷 원추 원(봉황의 일종), 鶵 원추 추(봉황의 일종), 醴 단술 례, 鴟 솔개 치·올빼미 치, 嚇 성낼 혁·성내어 꾸짖는 소리 혁·웃음소리 하

10.
물고기의 즐거움

莊子與惠子遊於濠梁之上, 莊子曰. 儵魚出遊從容, 是魚之樂也. 惠子曰. 子非魚, 安知魚之樂. 莊子曰. 子非我, 安知我不知魚之樂. 惠子曰. 我非子, 固不知子矣. 子固非魚也, 子之不知魚之樂, 全矣. 莊子曰. 請循其本. 子曰, 女安知魚樂云者, 旣已知吾知之, 而問我. 我知之濠上也.

장자와 혜자가 호(濠)라는 강의 다리 위에서 노닐다가 장자가 말하였다. "피라미가 나와서 한가롭게 헤엄치니, 물고기의 즐거움이로다." 혜자가 말하였다. "자네가 물고기 아닌데 어떻게 물고기의 즐거움을 알겠는가." 장자가 말하였다. "자네는 내가 아닌데 어떻게 내가 물고기의 즐거움을 알지 못한다고 아는가." 혜자가 말하였다. "나는 자네가 아니니까 물론 자네의 마음을 모르지. 자네도 물론 물고기가 아니니 자네가 물고기의 즐거움을 알지 못하는 것이 분명하지." 장자가 말하였다. "한번 처음부터 따져보세. 그대가 '자네가 어떻게 물고기의 즐거움을 알겠는가'라고 한 것은 내가 알고 있는 것을 이미 알고서 나에게 물었던 것일세. 나는 호(濠)강의 다리 위에서 그것을 알았다네."

해설 장자의 논조는, 피라미의 비유를 통해 한가롭게 헤엄치는 구체적인 모습에서도 그 즐거움을 유추할 수 있지만 만물의 본성에 대한 이치, 즉 생명을 얻어 살아가는 이치에 통하면 실정을 알 수 있다는 주장이다.

한자 濠 해자 호·물이름 호, 儵 잿빛 숙·빠를 숙·피라미 조(鯈와 같은 자)

18. 지극한 즐거움

| 지락至樂 |

이 편에서는 '지극한 즐거움[지락(至樂)]'이 무엇인가를 다루고 있다. 장자는 세속에서 추구하는 장수, 부귀, 안락, 좋은 음식과 아름다운 옷, 좋은 색과 좋은 소리가 지극한 즐거움이 아니고, '즐거움이 없는 즐거움[무락지락(無樂之樂)]'과 같은 무위자연이 지극한 즐거움이라고 하였다. 그 예로 든 것이 바닷새[해조(海鳥)]의 우언이다. 바닷새는 인간의 좋은 음식, 아름다운 음악이 아니라 본성의 자연스러움이 지극한 즐거움임을 제기하였다.

장자는 이러한 관점에서 생사의 문제를 다루고 있다. 생사는 기(氣)가 흩어지고 모이는 자연현상이라서 사계절의 변화와 같은 것이라고 하였다. 따라서 사람들이 삶을 좋아하고 죽음을 싫어하는 문제에 대하여 해골의 우언을 통해, 다시 태어나 생존의 수고를 거듭하고 싶지 않다는 말로 깨우치고 있다.

01.
아내의 죽음

莊子妻死, 惠子弔之, 莊子則方箕踞, 鼓盆而歌. 惠子曰. 與人居, 長子老身死, 不哭, 亦足矣, 又鼓盆而歌, 不亦甚乎. 莊子曰. 不然. 是其始死也, 我獨何能無槪¹然, 察其始, 而本無生. 非徒無生也, 而本無形. 非徒無形也, 而本無氣. 雜乎芒芴之間, 變而有氣, 氣變而有形, 形變而有生. 今又變而之死, 是相與爲春秋冬夏四時行也. 人且偃然²寢於巨室, 而我噭噭然³隨而哭之, 自以爲不通乎命, 故止也.

장자의 아내가 죽어 혜자가 조문을 갔는데, 장자는 마침 다리를 쭉 뻗고 앉아 질장구를 두드리면서 노래 부르고 있었다. 혜자가 말하였다. "그 사람과 함께 살면서 자식을 키우다가 늙어서 죽었는데, 울지 않는 것은 또한 그렇더라도 더욱이 질장구를 두드리며 노래를 부르는 것은 너무 심하지 않은가." 장자가 대답하였다. "그렇지 않네. 이 사람이 막 죽었을 때는 내가 유독 어찌 슬픔이 없을 수 있었겠는가만 그 처음을 살펴보니 본래 생명이 없었지. 단지 생명이 없었을 뿐만 아니라 본래 형체도 없었지. 단지 형체가 없었을 뿐만이 아니라 본래 기(氣)조차 없었지. 혼돈한 사이에 섞여 있다가 변하여 기가 있게

1 　개(槪): '개(慨)'와 통하여, '슬퍼하다'의 뜻이다.
2 　언연(偃然): 편히 쉬는 모습이다. '언(偃)'은 '안(安)'과 통하여, '편안하다'의 뜻이다.
3 　교교연(噭噭然): 곡하는 소리이다.

되었으며, 기가 변하여 형체가 있게 되고 형체가 변하여 생명이 있게 되었지. 지금 다시 변하여 죽음으로 돌아가니, 이것은 서로 춘하추동의 사계절이 운행하는 것일세. 이 사람이 이제 편안히 (천지라는) 큰 집에서 잠들었는데 내가 소리치며 계속해서 운다면, 스스로 생각하기에 천명을 깨닫지 못한 것 같아 그래서 그만두었다네."

해설 장자의 생사관을 잘 보여주는 우언이다. 인간의 생과 사는 자연의 운행의 한 과정으로 담담히 받아들이고 순응할 것을 가르친 것이다. 「지북유」편에서, "사람이 태어나는 것은 기가 모이는 것이다. 모임은 태어남이고 흩어짐은 죽음이다.(人之生, 氣之聚也. 聚則爲生, 散則爲死.)"라고 하였듯이 죽음이란 기가 변하여 자연의 상태[도]로 돌아가는 것, 즉 '복귀자연'의 과정임을 설파하였다. 따라서 혜시에게 생사에 대한 호오의 감정에서 초월할 것을 깨우쳐 주고 있다.

한자 箕 키 기, 踞 웅크릴 거·걸터앉을 거, 盆 동이 분, 偃 쓰러질 언·누울 언·쓰러질 언, 噭 부르짖을 교

02.
해골과의 대화

莊子之楚, 見空髑髏, 髐然[4]有形. 撽以馬捶, 因而問之曰. 夫子貪生失理, 而爲此乎? 將[5]子有亡國之事, 斧鉞之誅, 而爲此乎? 將子有不善之行, 愧遺[6]父母妻子之醜, 而爲此乎? 將子有凍餒之患, 而爲此

乎? 將子之春秋故及此乎? 於是語卒, 援髑髏, 枕而臥, 夜半髑髏見
夢曰. 子之談者, 似辯士. 視子所言, 皆生人之累也, 死則無此矣. 子
欲聞死之說乎? 莊子曰. 然. 髑髏曰. 死, 無君於上, 無臣於下, 亦無
四時之事, 從然[7]以天地爲春秋, 雖南面王樂, 不能過也. 莊子不信
曰. 吾使司命[8]復生子形, 爲子骨肉肌膚, 反子父母妻子閭里知識, 子
欲之乎? 髑髏深矉[9]蹙頞曰. 吾安能棄南面王樂, 而復爲人間之勞乎.

장자가 초나라에 가다가 텅 빈 해골을 보았는데, 앙상하게 형체만 남
아 있었다. (장자는) 말채찍으로 치다가 이어서 물었다. "그대는 삶을
탐하다가 도리를 잃어 이 모양이 되었는가? 아니면 그대가 나라를
망친 일이 있어 처형을 당하여 이 모양이 되었는가? 아니면 그대가
착하지 못한 행실이 있어 부모와 처자에게 누를 끼칠 것이 부끄러워
이 모양이 되었는가? 아니면 춥고 배고픈 어려움이 있어 이 모양이
되었는가? 아니면 그대의 나이 때문에 이렇게 되었는가?" 이에 말이
끝나자 해골을 당겨 베고 누웠는데, 한밤중에 해골이 꿈에 나타나 말
하였다. "그대가 말한 것은 변론하는 자들과 같구려. 그대가 말한 것
을 보니 모두 산 사람들의 걱정거리인데, 죽으면 이런 걱정이 없어진

4　효연(髐然): 백골이 드러난 모양이다.

5　장(將): '혹(或)'과 통한다.

6　유(遺): '유(留)'와 통하여, '남기다'의 뜻이다.

7　종연(從然): 느긋하고 편안한 모습이다.

8　사명(司命): 사람의 생명을 주관하는 신이다.

9　빈(矉): '빈(顰)'과 통하여, '찡그리다'의 뜻이다.

다네. 그대는 죽음에 대한 이야기를 듣고 싶은가?" 장자는 말하였다.
"그렇네." 해골이 말하였다. "죽으면 위에는 군주가 없고 아래에는 신
하가 없으며 또한 사계절의 일도 없어 느긋하게 천지의 무한한 시간
을 봄과 가을로 삼으니, 비록 남면하여 왕 노릇 하는 즐거움일지라도
넘어설 수 없다네." 장자는 믿을 수가 없어 물었다. "내가 목숨을 맡
은 신으로 하여금 그대의 몸을 다시 살아나게 하고 그대의 뼈와 살과
피부를 만들어서 그대의 부모처자와 마을 친구들에게 돌아가게 한
다면, 그대는 그것을 바라겠는가?" 해골은 심하게 얼굴을 찡그리며
말하였다. "내 어찌 남면하여 왕 노릇 하는 (것보다 더한) 즐거움을 버
리고 다시 인간 세상의 고생을 하겠는가."

해설 장자가 살아 있는 자신과 죽어버린 해골을 등장시켜 삶에 집착
하고 죽음을 두려워하는 사람들을 깨우쳐 준 우언이다. 죽으면
살아서의 고뇌와 번민 등이 없을 뿐 아니라 천지와 함께 영원히
존재하므로 이승의 천자보다 더 큰 즐거움이 있다는 비유는 죽
음에 대한 찬미라기보다는 삶에 대한 집착을 타파하기 위한 설
정이라고 하겠다.

한자 髑 해골 촉, 髏 해골 루, 髐 백골 모양 효, 撽 칠 교, 捶 종아리 칠 추·채찍
추, 鉞 도끼 월, 愧 부끄러워 할 괴, 凍 얼 동, 餒 주릴 뇌, 援 당길 원, 矉 찌
푸릴 빈(顰과 같은 자), 蹙 닥칠 축·재촉할 축·찡그릴 축·대지를 축·줄어들
척, 頞 콧마루 알

03.
새를 기르는 방법

昔者海鳥[10]止於魯郊, 魯侯御, 而觴之于廟, 奏九韶[11]以爲樂, 具太
牢[12]以爲膳. 鳥乃眩視憂悲, 不敢食一臠, 不敢飮一杯, 三日而死. 此
以己養養鳥也, 非以鳥養養鳥也. 夫以鳥養養鳥者, 宜栖之深林, 遊
之壇陸[13], 浮之江湖, 食之鰌鰷, 隨行列而止, 委蛇[14]而處. 彼唯人言
之惡聞, 奚以夫譊譊[15]爲乎. 咸池[16]九韶之樂, 張於洞庭之野, 鳥聞之
而飛, 獸聞之而走, 魚聞之而下入.

옛날에 바닷새가 노나라 교외에 날아와 앉자, 노나라 임금이 맞아다
가 종묘에서 잔치를 열었는데, 구소(九韶)를 연주하여 풍악을 울리고
태뢰(太牢)를 갖추어서 음식을 대접하였다. 새는 그러자 눈이 어지
럽고 근심과 슬픔에 잠겨, 감히 고깃점 하나도 먹지 못하고 술 한 잔
도 마시지 못한 채 사흘 만에 죽었다. 이것은 자신을 기르는 방법으
로 새를 기른 것이지 새를 기르는 방법으로 새를 기른 것이 아니다.

---

10 해조(海鳥): 원거(爰居)라는 새로 봉황(鳳凰)과 비슷하게 생겼는데, 노나라 동
    쪽 성문에 머물자 길조(吉兆)로 여겨 잔치를 하였다고 한다.
11 구소(九韶): 순(舜)임금의 음악이다.
12 태뢰(太牢): 우(牛), 양(羊), 시(豕)를 갖춘 성대한 음식이다.
13 단륙(壇陸): 수중(水中)에 있는 육지, 즉 모래톱을 가리킨다.
14 위이(委蛇): 여유 있는 모습이다.
15 뇨뇨(譊譊): 왁자지껄 소란한 모습이다.
16 함지(咸池): 황제(黃帝)의 음악이다.

새를 기르는 방법으로 새를 기른다는 것은 마땅히 깊은 숲에 살게 하고 모래톱에서 놀게 하며, 강이나 호수에서 떠다니게 하고 미꾸라지나 피라미를 먹게 하며, 무리를 따라 머물게 하여 자유롭게 살게 하는 것이다. 저 새는 사람의 소리를 듣기 싫어하는데 어찌하여 시끄러운 것을 연주하였는가. 함지나 구소의 음악을 동정의 들에서 연주한다면 새는 듣고서 날아가고 짐승은 듣고서 달아나며, 물고기는 듣고서 아래로 숨어들 것이다.

해설 자신에 대해서나 남을 대하는 것 모두 자연 본성에 맞게 하는 것이 지혜이고 행복이다. 즉 지극한 즐거움은 무위에 있음을 바닷새의 비유를 통해 강조한 우언이다. 안회가 제나라에 유세를 떠나게 되었다. 제나라 군주는 안회의 말을 받아들일 만큼 도량이 크지 못하였기 때문에 공자는 "주머니가 작으면 큰 것을 싸지 못하고, 두레박줄이 짧으면 깊은 물을 긷지 못한다.(褚小者, 不可以懷大, 綆短者, 不可以汲深.)"라는 관중의 말을 인용하면서, 제나라 군주에게 그가 요순의 도나 황제의 도와 같은 주장을 강요하다가 위험에 빠질 것을 걱정한 내용이다.

비슷한 우언이 「달생」편에 다음과 같이 전한다. "옛날에 어떤 새가 노나라 교외에 와서 앉았는데, 노나라 임금은 이를 기뻐하여 그것에게 태뢰의 좋은 음식을 갖추어 대접하고 구소의 음악을 연주하여 즐겁게 해 주었으나 새가 처음에는 근심하고 슬퍼하며 눈이 휘둥그레져 감히 먹지 못하였다. 이것을 일러 자신을 기르는 방법으로 새를 길렀다고 하는 것이다. 만약 새를 기르는 방법으로 새를 기른다면 마땅히 깊은 숲에서 살게 하고, 강이나 호수에서 떠다니며 자유롭게 먹게 할 것이니, (그것이 살 곳은) 들판일 뿐이다. (昔者有鳥止於魯郊, 魯君說之, 爲具太牢而饗之, 奏九韶以樂之, 鳥乃始憂悲眩視, 不敢飮食. 此之謂以己養養鳥也. 若夫以鳥養養鳥者, 宜棲之深林, 浮之江湖, 食之以委蛇, 則平陸而已矣.)

[한자] 觴 잔 상·잔낼 상, 韶 풍류 이름 소·순(舜)임금 음악 소, 牢 우리 뢰·감옥 뢰·희생 뢰, 膳 반찬 선, 眩 아찔할 현, 臠 저민 고기 련, 鰌 미꾸라지 추, 鯈 피라미 조, 譊 떠들 뇨·시끄러울 뇨

19. 생명에 대한 깨달음

| 달생達生 |

이 편의 주제는 제목의 글자 그대로 생명의 이치를 깨닫는 것으로, 양생의 도리를 제시함으로써 내편 「양생주」의 내용을 부연하고 있다. 요점은 분외의 세상사로 마음에 누를 끼치지 않음으로써 '몸이 온전해지고 정신이 회복되는 상태[형전정복(形全精復)]'에 이른다는 것이다.

이어서 여러 가지 우언을 들어 이 문제를 부각시키고 있다. 술 취한 자의 비유와 구루(痀僂)가 매미를 잡는 우언은 정신의 전일을 내세운 내용이고, 지나침과 모자람을 절충함으로써 양형(養形)하는 이치, 이익을 추구하다가 잘못되는 경우, 마음의 병을 다스리는 방법, 투계(鬪鷄)의 예를 통한 기를 다스리는 방법, 물을 잊음으로써 수영을 잘하는 이치, 악기 받침대인 거(鐻)를 만드는 장인(匠人)의 정신 통일, 정력의 소진에 대한 경계 등을 통하여 정신을 기르고 육체를 기르는 실례 등을 제시하고 있다.

01.

자연의 도에서 전일함을 얻은 성인(聖人)

夫醉者之墜車, 雖疾不死. 骨節與人同, 而犯害與人異, 其神全也, 乘亦不知也, 墜亦不知也. 死生驚懼, 不入乎其胸中, 是故, 遻(叩아래午)物而不慴. 彼得全於酒, 而猶若是, 而況得全於天乎. 聖人藏於天, 故莫之能傷也.

술에 취한 자가 수레에서 떨어지면 비록 다치기는 하더라도 죽지는 않는다. 뼈나 관절은 남들과 같지만 해를 입는 것이 남들과 다른 것은 그 정신이 전일하여 수레에 탔던 것도 모르고 떨어진 것도 모르기 때문이다. 생사의 놀라움이나 두려움이 그의 가슴속에 침입하지 않으니, 이런 까닭으로 상대와 마주쳐도 겁내지 않는다. 그가 술에서 전일함을 얻었는데도 오히려 이와 같은데, 하물며 자연에서 전일함을 얻은 경우이겠는가. 성인은 자연에 몸을 감추고 있어 그 때문에 그를 해칠 수 있는 것이 없다.

해설 술에서 전일함을 얻은 자는 다치더라도 죽지는 않는다. 하물며 자연의 도에서 전일함을 얻은 성인(聖人)의 경우이겠는가. 성인은 무심(無心)을 통하여 자연무위의 경지에 들게 된다는 주장이다.

한자 墜 떨어질 추, 胸 가슴 흉, 遻(叩아래午) 만날 오·거스를 오, 慴 두려워할 습

02.
주워 담듯이 매미를 잡는 꼽추

仲尼適楚, 出於林中, 見痀僂者承蜩, 猶掇之也. 仲尼曰. 子巧乎. 有
道邪? 曰我有道也. 五六月, 累丸二而不墜, 則失者錙銖[1], 累三而不
墜, 則失者十一, 累五而不墜, 猶掇之也. 吾處身也, 若厥株拘, 吾執
臂也, 若槁木之枝. 雖天地之大, 萬物之多, 而唯蜩翼之知, 吾不反
不側, 不以萬物易蜩之翼, 何爲而不得.

공자가 초나라로 가는 길에 숲속에서 나왔을 때 꼽추가 매미를 잡는
것을 보았는데, 마치 줍는 듯하였다. 공자는 말하였다. "당신은 기술
이 뛰어나군요. 방법이 있습니까?" "제게 방법이 있지요. 5, 6개월에
걸쳐 (연습하는데) 방울 두 개를 포개어 떨어뜨리지 않으면 실수하는
경우가 매우 적고 세 개를 포개어 떨어뜨리지 않으면 실수하는 경우
가 열 번 가운데 한 번이며, 다섯 개를 포개어 떨어뜨리지 않으면 마
치 줍는 듯이 됩니다. 내가 몸을 지니는 것은 말뚝이나 나무 그루터
기와 같고 내가 팔을 다루는 것은 고목의 나뭇가지와 같지요. 비록
천지가 크고 만물이 많아도 오직 매미의 날개만 알 뿐 나는 몸을 돌
리거나 기울이지 않고, 어느 것으로도 매미의 날개와 바꾸지 않으니
어찌 잘하지 못하겠습니까."

---

1   치수(錙銖): 무게의 단위이다. 6수(銖)가 1치(錙)이고 4치(錙)가 1량(兩), 매우
    적은 무게이다.

해설 꼽추 노인이 매미를 잡는 방법을 통하여 정신을 전일하게 하는 방법을 깨우친 우언이다. 공자는 그 비결을 '뜻을 기울이는 것을 분산되지 않게 하여 정신을 집중하는 것(用志不分, 乃凝於神)'이라고 하였다. 이것은 일에서의 성취뿐 아니라 정신면에서의 수양도 마찬가지이다. 포정이 소를 잡는 것과 같이 기술을 넘어선 도(道)의 경지라고 하겠다.

한자 痀 꼽추 구, 僂 구부릴 루·꼽추 루, 蜩 매미 조, 掇 주울 철, 錙 저울눈 치·무게 단위 치[6수(銖)], 銖 무게 단위 수[24분의 1량(兩)]

03.
무심(無心)으로 대하는 무위(無爲)의 효과

顔淵問仲尼曰. 吾嘗濟乎觴深之淵, 津人操舟若神, 吾問焉曰. 操舟可學邪? 曰. 可. 善游者數能, 若乃夫沒人, 則未嘗見舟, 而便操之也. 吾問焉, 而不吾告, 敢問何謂也. 仲尼曰. 善游者數能, 忘水也, 若乃夫沒人之未嘗見舟, 而便操之也, 彼視淵若陵, 視舟之覆, 猶其車卻也. 覆卻萬方陳乎前, 而不得入其舍, 惡往而不暇. 以瓦注者巧, 以鉤注者憚, 以黃金注者殙. 其巧一也, 而有所矜, 則重外也. 凡外重者內拙.

안연이 공자에게 물었다. "제가 일찍이 '상심(觴深)'이란 연못을 건너는데, 뱃사공이 배를 다루는 것이 귀신같아 제가 그에게 물었습니다. '배 다루는 법을 배울 수 있습니까?' 그가 대답하였습니다. '할 수 있습니다. 헤엄을 잘 치는 자는 몇 번에 잘할 수 있고, 만일 잠수하는 사람이라면 아직 배를 보지 않았어도 바로 다루지요.'라고 하였습니다. 제가 그 까닭을 물었으나 저에게 말해 주지 않았는데, 무엇을 말한 것인지 감히 묻겠습니다." 공자가 말하였다. "헤엄을 잘 치는 자가 몇 번이면 잘할 수 있는 것은 물을 잊기 때문이고, 만약 잠수하는 사람이 아직 배를 보지 않았는데도 바로 배를 다루는 것은 그가 연못을 언덕과 같이 보고 배가 전복되는 것을 수레가 물러나는 것과 같이 보기 때문이다. 뒤집히고 물러나는 것이 눈앞에 수없이 펼쳐져도 그의 마음에 개입되지 않으니, 어디에 간들 여유롭지 않겠는가. 기와조각으로 던지면 잘 맞추고 혁대 고리로 던지면 조심스러우며, 황금으로 던지면 (정신이) 혼미해진다. 그 재주는 한 가지인데 아끼는 마음이 있는 것이니 외물을 소중히 여기기 때문이다. 무릇 외물이 소중하게 여겨지면 내면은 졸렬해진다."

해설 물에 능한 자는 두려움이 없기 때문에 배를 잘 다룰 수 있고, 던져 맞추기를 하는 자는 던지는 물건의 가치, 즉 외물에 따라 영향을 받는다. 마음이 개입되기 때문이다. 매사를 무심으로 대해야 잘 이뤄지니, 이것이 바로 무위의 효과임을 밝힌 우언이다.

한자 觴 잔 상·잔낼 상, 津 나루 진, 覆 뒤집힐 복·덮을 부, 注 물 댈 주, 憚 꺼릴 탄, 殙 흐릴 혼·어리석을 혼

몸과 마음을 함께 양생하는 도리

魯有單豹者, 巖居而水飲, 不與民共利. 行年七十, 而猶有嬰兒之色. 不幸遇餓虎, 餓虎殺而食之. 有張毅者, 高門縣薄, 無不走也, 行年四十, 而有內熱之病以死. 豹養其內, 而虎食其外, 毅養其外, 而病攻其內. 此二子者, 皆不鞭其後者也. 仲尼曰. 無入而藏, 無出而陽. 柴立其中央. 三者若得, 其名必極. 夫畏²塗者, 十殺一人, 則父子兄弟相戒也, 必盛卒徒而後敢出焉, 不亦知乎. 人之所取³畏者, 衽席之上, 飮食之間, 而不知爲之戒者, 過也.

노나라에 선표(單豹)라는 자가 있었는데, 바위굴에 살며 물만 마시고 세상 사람들과 이익을 다투지 않았습니다. 나이가 일흔이 되었는데도 갓난아이의 모습을 지니고 있었습니다. 불행하게도 굶주린 호랑이를 만나게 되어 굶주린 호랑이가 그를 잡아먹었습니다. 장의(張毅)라는 자가 있었는데, 높은 대문 집이나 발을 드리운 집을 쫓아다니지 않은 곳이 없었지만, 나이 마흔에 열병이 생겨 죽었습니다. 선표는 그의 내면을 잘 길렀지만 호랑이가 그의 외면을 먹어버렸고, 장의는 그의 외면을 잘 길렀지만 병이 그의 내면을 공격하였습니다. 이두 사람은 모두가 그 뒤처지는 부분을 채찍질하지 않았지요. 공자가 말했습니다. '들어가더라도 너무 숨지 말고⁴ 나서더라도 너무 드러내

---

2   외(畏): '위(危)'와 통하여, '위험하다'의 뜻이다.

3   취(取): '최(最)'로 되어 있는 판본도 있다(곽경번, 앞의 책, p.648).

지 말라.⁵ 섶나무처럼⁶ 그 중앙에 서라.' (위의) 세 가지를 만약 자득한 다면 그 이름은 반드시 지극해질 것입니다. 무릇 (도적이 있는) 위험한 길에서 열 가운데 한 사람이라도 죽게 된다면, 부자·형제가 서로 경계하면서 반드시 무리를 채운 뒤에 감히 나설 것이니, 또한 지혜롭지 않습니까. 사람이 가장 두려워해야 할 것은 부부의 잠자리와 음식의 사이인데, 이에 대해 경계할 줄 모르면 (양생에서) 잘못됩니다.

해설 양생의 도를 수련한 전개지(田開之)가 주(周) 위공(威公)에게 양생의 도를 설명한 우언이다. 양형(養形)과 양신(養神) 모두 치우치지 않는 것이 중요하다. 선표는 내면을 기를 줄만 알았지 외적인 해를 피할 줄 몰랐던 예이고, 장의는 모든 사람과 잘 지내면서 외적인 해를 피할 줄 알았지만 너무 마음을 써서 병이 든 예이다. 그보다 더 절실한 예가 남녀 관계와 음식이다. 이 두 가지가 양생에서 강도(强盜)보다 더 조심해야 할 것들이라는 주장이다.

한자 豹 표범 표, 毅 굳셀 의, 袵 옷섶 임·요 임

05.
대접받다가 제물로 올려지는 돼지

祝宗人玄端以臨牢筴⁷, 說彘曰. 女奚惡死. 吾將三月豢女, 十日戒,

---

4   선표에 대한 비판이다.
5   장의에 대한 비판이다.
6   섶나무: 무지무욕(無知無欲)의 무심한 상태를 비유한다.

三日齊, 藉白茅, 加女肩尻乎彫俎之上, 則女爲之乎? 爲彘謀, 曰不
如食以糠糟, 而錯[8]之牢筴之中, 自爲謀, 則苟生有軒冕之尊, 死得於
豚楯[9]之上, 聚僂[10]之中, 則爲之. 爲彘謀則去之, 自爲謀則取之, 所
異彘者, 何也.

제관(祭官)이 검은 예복을 입고 우리에 가서 돼지에게 말하였다. "네
가 어찌 죽음을 싫어할 것인가. 나는 앞으로 석 달 동안 너를 길러주
고 열흘 동안 마음을 조심하고 사흘 동안 몸을 깨끗이 하며 흰 띠풀
을 깔고 아로새긴 제기 위에 네 어깨와 꼬리를 올려놓을 텐데 너는
그것을 하겠지?" 돼지를 위해서 고려하는 경우에는 겨나 지게미를
먹이면서 돼지우리 속에 두는 것이 낫다고 하면서, 자신을 위해서 고
려하는 경우에는 만약 살아서 높은 벼슬자리를 차지하고 죽어서 조
각된 상여나 장식한 상여에 들어갈 수 있다면 그것을 한다. 돼지를
위해서 고려하는 경우에는 그것을 물리치고 자신을 위해서 고려하
는 경우에는 그것을 취하니, 돼지와 다르게 하는 것은 어째서인가.

해설 세속에서 부귀를 얻는 것은 잠시 대우받다가 제사에 희생으로
올려지는 돼지와 마찬가지로 자신을 희생시키는 것이다. 사람
들이 돼지를 위해서는 현명한 판단을 하면서도 자신을 위해서

7　뢰협(牢筴): 돼지우리를 가리킨다.

8　조(錯): '조(措)'와 같은 자로, '두다'의 뜻이다.

9　전순(豚楯): 그림을 그려 장식한 영구차이다

10　취루(聚僂): 상여의 장식을 가리킨다.

는 그러지를 못하는 어리석음을 일깨워 주는 우언이다.

한자 牢 우리 뢰·감옥 뢰·희생 뢰, 筴 낄 협·점대 책·집을 책·꾀할 책·계책 책, 彘 돼지 체, 豢 가축 기를 환, 藉 깔개 자·깔 자, 茅 띠 모·띳집 모, 尻 꽁무니 고, 俎 도마 조, 糠 겨 강, 糟 지게미 조, 豚 새길 전, 楯 난간 순·방패 순 (盾과 통용), 僂 구부릴 루·굽을 루·꼽추 루

06.
싸움닭

紀渻子爲王養鬪雞, 十日而問. 雞已乎? 曰. 未也. 方虛憍而恃氣.
十日又問, 曰. 未也. 猶應嚮景. 十日又問, 曰. 未也. 猶疾視而盛氣.
十日又問, 曰. 幾矣. 雞雖有鳴者, 已無變矣, 望之似木雞矣, 其德全
矣. 異雞無敢應者, 反走矣.

기성자가 왕을 위해 싸움닭을 기르고 있었는데 열흘이 되자 (왕이) 물었다. "닭이 이제 되었는가?" 기성자가 대답하였다. "아직 안 되었습니다. 한창 허세 부리고 교만하여 기운만 믿고 있습니다." 열흘이 되자 다시 물으니 기성자가 대답하였다. "아직 안 되었습니다. 아직도 (다른 닭의) 소리나 그림자에 반응합니다." 열흘이 되자 다시 물으니 기성자가 대답하였다. "아직 안 되었습니다. 아직도 (다른 닭을) 노려보고 기운이 성합니다." 열흘이 되자 다시 물으니 기성자가 대답하였다. "거의 되었습니다. 닭들 가운데 우는 놈이 있어도 이제 변화가 없게 되었고, 멀리서 보면 마치 나무로 만든 닭 같으니, 그 덕성이 온전해졌습니다. 다른 닭들이 감히 대응하는 놈이 없고 돌아서서 달아납니다."

해설 싸움닭을 예로 들어, 허세와 교만으로 가득찬 자의 취약함이나 기운이 성한 자의 맹목적인 용맹은 하수의 경지이고, 정신을 전일하게 하여 외물이 범접할 수 없게 하는 것이 상수의 경지임을 밝힌 우언이다. 이 또한 무위의 경지를 비유한 것이다.

한자 渻 덜 생(省과 같은 자)·수문(水門) 성, 憍 교만할 교(驕와 같은 자), 恃 믿을 시, 景 빛 경·볕 경·그림자 영(影과 같은 자)

07.
물의 흐름에 맡기는 헤엄치기

孔子觀於呂梁[11], 縣[12]水三十仞, 流沫四十里, 黿鼉魚鱉之所不能游也. 見一丈夫游之, 以爲有苦而欲死也, 使弟子並流而拯之. 數百步而出, 被髮行歌, 而游於塘下. 孔子從而問焉曰. 吾以子爲鬼, 察子則人也. 請問, 蹈水有道乎? 曰. 亡. 吾無道. 吾始乎故, 長乎性, 成乎命. 與齊[13]俱入, 與汩偕出, 從水之道, 而不爲私焉. 此吾所以蹈之也. 孔子曰. 何謂始乎故, 長乎性, 成乎命. 曰. 吾生於陵, 而安於陵, 故也. 長於水, 而安於水, 性也. 不知吾所以然而然, 命也.

공자가 여량(呂梁)을 관광했는데, 폭포수가 30길이나 되고 물거품이 40리에 이르러 큰 자라와 악어, 물고기와 작은 자라도 헤엄칠 수 없

---

11 여량(呂梁): 지명이다.

12 현(縣): '현(懸)'과 통하여, '현수(縣水)'는 폭포를 가리킨다.

13 제(齊): '제(臍)'와 통하여, 소용돌이의 중심부를 가리킨다.

는 곳이었다. 한 남자가 헤엄을 치는 것이 보이는데 괴로운 일이 있어 죽으려는 것으로 생각하여, 제자로 하여금 물길을 따라가 구하도록 하였다. (그 남자는) 수백 보를 헤엄치다 나와서 머리를 풀어헤친 채 걸으며 노래를 하면서 강둑 아래를 거닐었다. 공자가 따라가 그에게 물었다. "나는 그대를 귀신인가 생각했는데 자세히 보니 사람이구려. 묻겠는데, 물에서 헤엄치는 데에는 방법이 있소?" 그가 대답하였다. "없습니다. 제게 방법은 없습니다. 저는 처음에는 원래대로였지만,[14] 크면서 (물이 저의) 성향이 되었고 성인(成人)이 되어서는 천명이 되었습니다. 저는 소용돌이와 함께 들어가고 솟는 물결과 함께 나오니, 물의 흐름을 따르면서 거기에 개인적인 힘을 쓰지 않습니다. 이것이 제가 물에서 헤엄치는 방법입니다." 공자가 말하였다. "무엇을 일러 처음에는 원래대로였지만 크면서 성향이 되었고, 성인이 되어서는 천명이 되었다고 합니까?" 그가 대답하였다. "저는 뭍에서 태어나 뭍에서 편안함을 느끼니 원래 상태입니다. 물에서 크면서 물에서 편안하니 성향이 된 것입니다. 제가 그러면서도 그러한 까닭을 모르는 것이 천명입니다."

해설 후천적인 것도 습관이 되고 생활이 되면 자연스러워진다. 일상 생활 중의 무위자연의 한 가지 이치를 밝힌 내용이다. '물의 흐름을 따르면서 거기에 개인적인 힘을 쓰지 않는 것'이 대상[자연]의 흐름에 맡기고 자신의 의지를 개입하지 않는 것이다.

---

14 원래는 다른 사람들처럼 물보다 육지가 편했다는 설명이다.

한자 黿 큰 자라 원, 鼉 악어 타, 鼈 자라 별, 拯 건질 중, 塘 둑 당·못 당, 蹈 밟을 도, 汨 물결 골·빠질 골·잠길 골·물이름 멱

08·
악기 받침대를 만드는 목수

梓慶削木爲鐻, 鐻成, 見者驚猶鬼神. 魯侯見而問焉曰. 子何術以爲焉? 對曰. 臣工人, 何術之有, 雖然有一焉. 臣將爲鐻, 未嘗敢以耗氣也, 必齊以靜心. 齊三日, 而不敢懷慶賞爵祿, 齊五日, 不敢懷非譽巧拙, 齊七日, 輒然忘吾有四枝形體也. 當是時也, 無公朝, 其巧專而骨[15]消. 然後入山林, 觀天性, 形軀至矣. 然後成見鐻, 然後加手焉, 不然則已. 則以天合天, 器之所以疑神者, 其由是與.

재경이 나무를 깎아 악기 받침대[거(鐻)[16]]를 만드는데 받침대가 완성되자 구경하던 이들이 귀신같다고 놀랐다. 노나라 임금이 보고서 그에게 물었다. "그대는 어떤 재주로 이것을 만들었는가?" 재경이 대답하였다. "신은 기술자이니 무슨 재주가 있겠습니까마는 그렇지만 한 가지는 있습니다. 신이 장차 받침대를 만들려고 하면, 감히 기운을 소모하지 않고 반드시 재계하여 마음을 고요하게 합니다. 재계한 지 사흘이 되면 감히 상(賞)이나 벼슬을 생각하지 않게 되고 재계한 지

---

15 골(骨): '골(滑)'과 통하여, '어지럽다'의 뜻이다.
16 거(鐻): 종(鐘)이나 북을 거는 악기 받침대이다.

닷새가 되면 감히 비난과 칭찬, 기교와 서투름을 생각하지 않게 되며, 재계한 지 이레가 되면 문득 제가 사지(四枝)와 몸을 지니고 있는지도 잊게 됩니다. 이때에는 조정(朝廷)도 (염두에) 없고 그 기교가 전일해져 어수선함이 사라집니다. 그런 뒤에 산림에 들어가 나무의 본래 바탕을 살피면 몸이 지극해 집니다.[17] 그런 뒤에 만들어진 받침대를 형상해 내고 그런 뒤에 거기에 손을 대며, 그렇지 않으면 그만둡니다. 바로 저의 본성으로 나무의 본성과 합치시키니 물건이 귀신같다고 여기는 것은 아마도 이 때문일 것입니다."

해설 재경은 노나라의 뛰어난 목수이다. 그는 먼저 재계하여 몸을 깨끗하게 하고 마음을 가라앉혀 이익이나 명예 등에 대한 잡념을 없애고 자신조차 잊게 되는 상태에 이르러야 일에 착수한다고 하였다. 하나의 기물을 만드는 데에도 정신을 전일하게 하고 경건하게 해야 훌륭한 제품이 나올 수 있음을 예로 들어, 정신의 전일을 강조한 우언이다.

한자 梓 가래나무 재, 鐻 악기 받침대 거, 耗 벼 모(秏와 같은 자)·덜 모·쓸 모·없앨 모, 軀 몸 구

---

17 눈이나 감각이 최적의 목재를 구할 수 있게 되는 상황이다.

09.
무리하면 본성을 해친다

東野稷以御見莊公, 進退中繩, 左右旋中規. 莊公以爲文弗過也, 使
之鉤[18]百而反. 顔闔遇之, 入見曰. 稷之馬將敗. 公密而不應. 少焉
果敗而反. 公曰. 子何以知之? 曰. 其馬力竭矣, 而猶求焉, 故曰敗.

동야직이 말을 모는 기술로 위(衛)나라 장공을 만났는데, 전진과 후퇴
가 먹줄에 맞고 좌우로 도는 것이 그림쇠에 맞았다. 장공은 그림도 (이
보다) 더 나을 수 없으리라 여겨 그로 하여금 백 번을 돌아오도록 하였
다. 안합이 이를 보고 들어가 (장공을) 뵙고 말하였다. "동야직의 말은
곧 쓰러질 것입니다." 장공은 묵묵히 대답하지 않았다. 조금 있다가
과연 말이 쓰러졌고 동야직은 돌아왔다. 공이 물었다. "그대는 어떻게
그것을 알았는가?" 안합이 말하였다. "그 말은 힘이 다됐는데도 오히
려 계속하기를 요구하였으니 그래서 쓰러진다고 하였습니다."

해설 말을 모는 기술로 양생(養生)의 도리를 비유한 우언이다. 말이
힘이 있고 능력이 있어도 욕심을 부려 계속 무리하면 생명을 해
치게 됨을 말하여, 사람도 무리하면 일을 이룰 수 없을 뿐만 아
니라 본성을 해치게 됨을 빗댄 것이다.

한자 稷 기장 직, 闔 문짝 합·닫을 합·어찌 아니할 합

---

18 구(鉤): '전(轉)'과와 통하여, '돌다'의 뜻이다.

10.

잘 맞음조차도 잊어버린 잘 맞음

工倕[19]旋, 而蓋規矩. 指與物化, 而不以心稽. 故其靈臺一而不桎[20].
忘足, 屨之適也, 忘要, 帶之適也. 知忘是非, 心之適也, 不內變, 不
外從, 事會之適也. 始乎適, 而未嘗不適者, 忘適之適也.

공수는 (손을) 움직여 그리면 그림쇠나 곱자를 넘어섰다. 손가락이
대상과 더불어 바뀌고 마음으로 계산하지 않았기 때문이다. 그래서
그의 마음은 한결같았고 막히지 않았다. 발을 잊는 것은 신발이 잘
맞아서이고 허리를 잊는 것은 띠가 잘 맞아서이다. 지각이 시비를 잊
는 것은 마음이 잘 맞아서이고 안으로 변하지 않고 밖으로 외물을 따
르지 않는 것은 일의 형편이 잘 맞아서이다. 잘 맞는 데에서 시작하
여 잘 맞지 않은 적이 없는 것은 '잘 맞음도 잊어버린 잘 맞음'이다.

해설 공수가 선을 긋는 것을 비유로 들어 상대에 따라 적응하면서 구
애되지 않으면 '물아양망(物我兩忘)'의 경지에 이르게 되어 매사
가 이루어짐을 드러낸 우언이다. 그 중에서도 가장 큰 적응은
적응이 되는지 안 되는지의 의식을 초월한 상태라는 설명이다.

한자 倕 무거울 수·사람 이름 수, 稽 상고할 계·머무를 계·조아릴 계, 桎 차
꼬 질

---

19 공수(工倕): 전설에 보이는 인물로, 요(堯)임금 시절의 뛰어난 목수였다고 한다.
20 질(桎): '질(窒)'과 통하여, '막히다'의 뜻이다.

20. 산중山中의 나무

| 산목山木 |

이 편은 내편의 「인간세」와 마찬가지로 처세의 도리를 말한 것이 많다. 혼란한 세상에 살면서 처세의 가장 지혜로운 방법은, '자기를 비우고[허기(虛己)]', '작위 함이 없는 것[무위(無爲)]'이라고 하였다.

산중의 나무는 쓸모가 없어서 잘리는 화를 면하고 거위는 쓸모가 없어서 죽음을 당한 우언을 통해 처세의 어려움을 말한 뒤, 그 대처 방법으로 외물에 부림을 당하지 않는 지혜를 제시하였다. 그 지혜가 바로 만물의 근원, 도덕의 경지에서 노니는 '허기'와 '무위'이다.

이어서 처세의 지혜를 위한 몇 가지 우언을 제시하고 있다. 표범은 아름다운 가죽 때문에 죽음을 당하고 원숭이는 처한 환경에 따라 제약을 받는 예를 통하여 혼란한 세상에 자신을 드러내지 말 것을 가르쳤고, 공자가 진(陳)나라와 채(蔡)나라 사이에서 곤궁을 당한 일화를 통하여 공명에 빠지지 말 것을 가르쳤다. 까치와 사마귀와 매미의 우화를 통해서는 욕심 때문에 화를 당하는 어리석음을 범하지 말 것을 경계하였다.

01.
외물에 얽매이지 않는 자유

莊子行於山中, 見大木, 枝葉盛茂. 伐木者止其旁, 而不取也. 問其
故曰. 無所可用. 莊子曰. 此木以不材得終其天年夫. 夫子出於山,
舍於故人之家. 故人喜, 命豎子殺雁而烹之, 豎子請曰. 其一能鳴,
其一不能鳴, 請奚殺? 主人曰. 殺不能鳴者. 明日弟子問於莊子曰.
昨日山中之木, 以不材得終其天年, 今主人之雁, 以不材死, 先生將
何處? 莊子笑曰. 周將處乎材與不材之間. 材與不材之間, 似之而非
也, 故未免乎累. 若夫乘道德而浮遊, 則不然. 無譽無訾, 一龍一蛇,
與時俱化, 而無肯專爲. 一上一下, 以和爲量, 浮遊乎萬物之祖, 物
物而不物於物, 則胡可得而累邪.

장자가 산중(山中)을 가다가 큰 나무를 보았는데 가지와 잎이 무성하
였다. 나무를 자르는 사람이 그 옆에 멈추었으나 베지 않았다. 그 까
닭을 물으니 대답하였다. "쓸모가 없습니다." 장자가 말하였다. "이
나무는 재목감이 되지 못하는 이유로 그 천명을 다할 수 있구나." 장
자가 산에서 나와 친구의 집에 묵었다. 친구가 반가워하면서 종 아이
를 시켜 거위를 잡아 삶도록 하자, 종 아이가 물었다. "한 마리는 잘
울고 한 마리는 잘 울지 못하는데 어느 것을 잡을까요?" 주인이 말하
였다. "잘 울지 못하는 놈을 잡아라." 이튿날 제자가 장자에게 물었
다. "어제 산중의 나무는 재목감이 되지 못하는 이유로 그 천명을 다
할 수 있었는데, 지금 주인의 거위는 재목감이 되지 못하는 이유로

죽었으니, 선생님께서는 장차 어디에 위치하시겠습니까?" 장자가 웃으면서 말하였다. "나는 재목감이 되는 것과 재목감이 되지 못하는 것의 사이에 위치하겠다. 재목감이 되는 것과 재목감이 되지 못하는 것의 사이란 (도의 경지와) 비슷하지만 아니니, 아직 얽매임에서 벗어나지 못하였다. 만약 저 자연의 도를 따라 노니는 경우는 그렇지가 않다. 영예도 없고 비방도 없으며 혹은 용이 되고 혹은 뱀이 되어, 때와 더불어 함께 변하면서 전적으로 (한 가지만을) 추구하려 하지 않는다. 한 번은 올라가고 한 번은 내려오며 조화로써 기준을 삼아 만물의 근원에서 노닐고 외물을 외물로 대하고 외물에 부림 받지 않으니, 어찌 얽매일 수 있겠는가.

해설 먼저 산중의 큰 나무와 거위의 예로 처세의 어려움을 제시하였다. 나아가 그 어려움에서 벗어나는 길은 때와 더불어 변하고 조화로 기준을 삼아 외물에 얽매이지 않는 것이라고 하였다. 그것이 바로 도의 경지에서 노니는 것이다.

한자 豎 설 수·아이 수(심부름하는 아이)·내시 수, 訾 헐뜯을 자

02.
빈 배가 와서 부딪히다

方舟而濟於河, 有虛船來觸舟, 雖有偏心之人, 不怒, 有一人在其上, 則呼張歙之. 一呼而不聞, 再呼而不聞, 於是三呼邪, 則必以惡聲隨之. 向也不怒, 而今也怒, 向也虛, 而今也實. 人能虛己以遊世,其孰能害之.

나란히 묶은 배를 타고 강을 건널 때 빈 배가 와서 배에 부딪히면 비록 속이 좁은 사람이라도 성내지 않지만, 그 배 위에 한 사람이 있다면 배를 당기든가 거두라고 소리 지를 것입니다. 한 번 소리쳐서 듣지 못하고 두 번 소리쳐도 듣지 못하면 이제 세 번째 소리칠 때는 틀림없이 좋지 못한 소리가 이어질 것입니다. 아까는 화내지 않았는데 지금은 화를 내는 것은, 아까는 빈 배였지만 지금은 사람이 있기 때문입니다. 사람이 자기를 비우고 세상을 살아갈 수 있다면 누가 그를 해칠 수 있겠습니까."

해설 빈 배의 비유로 자신을 비우는 지혜를 깨우친 우언이다. 거만함과 소유욕 등을 버린 초월의 경지에 이르면 세속의 얽매임과 근심에서 벗어나 도의 경지에 노닐 수 있다는 내용이다.

한자 惼 편협할 편, 歙 들이쉴 흡·거둘 흡

03.
곧은 나무는 먼저 베어지고
맛 좋은 우물은 먼저 마른다

孔子圍於陳蔡之間, 七日不火食, 大公任往弔之曰. 子幾死乎. 曰. 然. 子惡死乎? 曰. 然. 任曰. 予嘗言不死之道. 東海有鳥焉, 其名曰意怠[1]. 其爲鳥也, 翂翂[2]翐翐[3], 而似無能. 引援而飛, 迫脅而棲, 進不敢爲前, 退不敢爲後, 食不敢先嘗, 必取其緖. 是故其行列不斥, 而外人卒不得害. 是以免於患. 直木先伐, 甘井先竭. 子其意者, 飾知以驚愚, 脩身以明汙, 昭昭乎如揭日月而行, 故不免也. 昔吾聞之大成之人曰, 自伐者無功[4], 功成者墮, 名成者虧.

공자가 진(陳)나라와 채(蔡)나라 사이에서 포위되어 이레 동안 불 땐 음식을 먹지 못하자 태공임(大公任)이 찾아가 위로하면서 말하였다. "선생께서는 거의 죽을 뻔하셨군요." 공자가 대답하였다. "그렇소." "선생은 죽음을 싫어하시오?" 공자가 대답하였다. "그렇소." 태공임이 말하였다. "내가 시험 삼아 죽지 않는 도에 대해 말하리다. 동해에 새가 있는데 이름을 의이(意怠)라고 합니다. 그 새는 느긋하게 떼 지어 날면서 무능한 것처럼 보입니다. 끌어당겨야 날고 몰아대야 둥지로 가며, 나아갈 때는 감히 앞이 되지 않고 물러설 때도 감히 뒤가 되지 않으며, 먹을 때도 감히 먼저 맛보지도 않고 반드시 남은 것을 먹습니다. 이런 까닭으로 그 무리들이 배척하지 않고 외부 사람들이 끝내 해를 입힐 수 없습니다. 그래서 환난을 모면하는 것입니다. 곧은 나무는 먼저 베어지고 맛 좋은 우물은 먼저 마릅니다. 선생께서는 아

---

1   의이(意怠): 제비의 다른 이름으로, 이(怠)는 '이(怡)'와 통하여 '편안하다'의 뜻이다.
2   분분(扮扮): 새들이 천천히 나는 모습이다.
3   질질(狋狋): 새들이 떼 지어 나는 모습이다.
4   『노자·제24장』, "스스로를 옳다고 여기면 드러나지 않고, 스스로를 자랑하면 공이 없어진다.(自是者不彰, 自伐者無功.)"

마 생각하시기에, 지혜를 꾸며 어리석은 사람을 놀라게 하고 몸을 닦아 (남의) 더러움을 드러내고자 하여, 밝게 해와 달을 내건 듯이 행동하고 있으니 그 때문에 재난을 면하지 못하는 것입니다. 옛날 내가 크게 덕을 이룬 분에게서 들었는데, '스스로를 자랑하면 공(功)이 없어지고 공이 이루어지면 패하게 되며, 이름이 이루어지면 이지러진다.'라고 하였습니다."

해설 사람이 공을 내세우고 현명함을 드러내면 화를 자초하게 됨을 풍자한 우언이다. 의이라는 새는 무능한 듯하고 앞에 나서지 않는 까닭에 무리에서 배척당하지 않고 해를 입지 않는다고 하였다. 노자가 일찍이 "감히 남의 선두가 되지 말라.(不敢爲天下先.)"[5]고 하였듯이 공명을 추구하다가 재난을 당한 공자의 예를 들어 처세의 도를 말하고 있다.

한자 蔡 풀 채·거북 채·나라이름 채, 翂 천천히 날 분, 狋 나는 모양 질, 脅 옆구리 협, 揭 들 게, 墮 떨어질 타, 虧 이지러질 휴

04.
진정한 마음과 담백한 교제

林回棄千金之璧, 負赤子而趨, 或曰. 爲其布與, 赤子之布寡矣, 爲其累與, 赤子之累多矣. 棄千金之璧, 負赤子而趨, 何也? 林回曰. 彼

---

5 『노자·제67장』

以利合, 此以天屬也. 夫以利合者, 迫窮禍患害, 相棄也, 以天屬者, 迫窮禍患害, 相收也. 夫相收之與相棄, 亦遠矣. 且君子之交淡若水, 小人之交甘若醴, 君子淡以親, 小人甘以絶. 彼無故以合者, 則無故以離.

임회(林回)가 천금의 벽옥을 버리고 갓난애를 업고서 달아나자 어떤 사람이 물었다오. "그 돈 되는 것으로 치면 갓난애의 돈 됨이 적고 그 번거로운 것으로 치면 갓난애의 번거로움이 많소. 천금의 벽옥을 버리고 갓난애를 업고서 달아나는 것은 어째서인가요?" 임회가 대답했소. "저 벽옥은 이익으로 맺어져 있고 이 아이는 천륜으로 이어져 있소. 무릇 이익으로 맺어진 것은 곤궁과 재난, 근심이나 해로움에 쫓길 때 서로 버리지만 천륜으로 이어진 것은 곤궁과 재난, 근심이나 해로움에 쫓길 때 서로 거둡니다. 서로 거두는 것과 서로 버리는 것은 또한 차이가 많다오. 또한 군자의 교제는 물과 같이 담담하고 소인의 교제는 감주와 같이 달콤한데, 군자는 담백하기 때문에 친해지고 소인은 달콤하기 때문에 끊어지는 것이오. 저 까닭 없이 맺어진 것은 까닭 없이 떨어지는 법이오."

해설 공자가 여러 차례 곤경을 겪은 뒤에 자상호(子桑戶)에게 교제의 도리를 묻자 깨우쳐 준 우언이다. 즉 이해 관계를 떠나 진정한 마음으로 담백한 교제를 맺을 것을 가르친 것이다.

한자 趨 달릴 추

05.
도덕을 갖춘 선비의 곤궁함

莊子衣大布, 而補之, 正緳係履, 而過魏王, 魏王曰. 何先生之憊邪?
莊子曰. 貧也, 非憊也. 士有道德不能行, 憊也. 衣弊履穿, 貧也, 非
憊也. 此所謂非遭時也. 王獨不見夫騰猿乎. 其得相[6]梓豫章[7]也, 攬
蔓其枝, 而王長[8]其間, 雖羿[9]蓬蒙[10]不能眄睨也. 及其得柘棘枳枸之
間也, 危行側視, 振動悼慄, 此筋骨非有加急, 而不柔也. 處勢不便,
未足以逞其能也. 今處昏上亂相之間, 而欲無憊, 奚可得邪. 此比
干[11]之見剖心徵也夫.

장자가 거친 베옷을 입고 있는데 기워입었고 띠를 바르게 맸으나 해
진 신을 묶은 채로 위(魏)나라 왕을 만나니, 위나라 왕이 말하였다.
"어째서 선생은 그리 고달프시오?" 장자가 대답하였다. "가난한 것이
지 고달픈 것이 아닙니다. 선비가 도덕을 갖추고서 실행할 수 없는
것이 고달픈 것입니다. 옷이 해지고 신발이 구멍 난 것은 가난한 것
이지 고달픈 것은 아닙니다. 이것이 이른바 때를 만나지 못한 것입니

---

6 남(柟): '남(楠)'의 이체자(異體字)이다.

7 예장(豫章): 장수(樟樹)를 가리킨다.

8 왕장(王長): 자득한 모습이다. '왕(王)'은 '왕(旺)'과 통한다.

9 예(羿): 활을 잘 쏘았던 사람이다.

10 봉몽(蓬蒙): 예(羿)의 제자이다.

11 비간(比干): 은(殷)나라 마지막 임금인 주(紂)왕의 숙부로 기자(箕子), 미자(微
   子)와 함께 삼인(三仁)으로 칭해진다. 주왕의 잘못을 간하다 죽음을 당하였다.

다. 왕께서는 어찌 저 뛰어오르는 원숭이를 보지 못하셨습니까. 그것이 녹나무, 가래나무, 장수나무를 만나면 나뭇가지를 잡고 감으면서 그 사이에서 의기양양하여 예(羿)나 봉몽(蓬蒙)이라도 조준할 수 없습니다. 그것이 산뽕나무, 가시나무, 탱자나무 사이를 만나면 위태롭게 걷고 곁눈질하면서 흔들리고 두려워하니, 이것은 힘줄이나 뼈가 위급함이 더해져 부드러움을 잃은 것이 아닙니다. 처해진 상황이 편리하지 못해 그 능력을 제대로 펴지 못하는 것입니다. 지금 어두운 임금과 어지러운 재상 사이에 있게 되면 고달프지 않으려 하여도 어찌 가능하겠습니까. 이것이 바로 비간(比干)이 가슴이 갈라진 증거입니다."

해설 원숭이가 재능을 펼칠 여건을 비유로 들어 도덕을 갖춘 선비가 곤궁을 겪는 상황을 풍자한 우언이다. 어두운 군주와 어지러운 신하 사이에서 선비가 고달프지 않을 수 없다고 하면서 위나라 군주의 실정을 비판하였다.

한자 縻 띠 혈, 憊 고달플 비, 弊 해질 폐, 騰 오를 등, 柟 녹나무 남, 梓 가래나무 재, 攬 잡을 람, 蔓 덩굴 만, 羿 사람 이름 예, 蓬 쑥 봉, 眄 곁눈질할 면·흘길 면·애꾸눈 면, 睨 곁눈질할 예·노려볼 예·흘겨볼 예, 柘 산뽕나무 자, 棘 가시나무 극·멧대추나무 극, 枳 탱자나무 지, 枸 구기자 구·호깨나무 구·탱자나무 구, 悼 슬퍼할 도·떨 도, 逞 왕성할 령·다할 령

06.
집착이 야기하는 재앙

莊周遊於雕陵[12]之樊, 覩一異鵲自南方來者. 翼廣七尺, 目大運寸,
感周之顙, 而集於栗林. 莊周曰. 此何鳥哉? 翼殷不逝, 目大不覩.
蹇裳躩步, 執彈而留之, 覩一蟬, 方得美蔭而忘其身, 螳蜋執翳而搏
之. 見得而忘其形, 異鵲從而利之, 見利而忘其眞. 莊周怵然曰, 噫.
物固相累, 二類召也.

장주가 조릉(雕陵)이라는 정원의 울타리 안을 거닐다가 이상한 까
치 한 마리가 남쪽에서 날아오는 것을 보았다. 날개의 폭이 일곱 자
나 되고 눈의 크기는 직경이 한 치나 되었는데, 장주의 이마를 스치
고 지나 밤나무 숲에 앉았다. 장주가 말하였다. "이게 무슨 새인가?
날개가 큰데도 멀리 날지 못하고 눈이 큰데도 보지를 못하니."[13] (장
주는) 하의를 걷어 올리고 빨리 걸어 탄환을 잡고 겨누다가 매미 한
마리가 마침 시원한 그늘을 얻어 자기 몸조차 잊고 있는데 사마귀가
(가지를) 잡고 숨어 그것을 잡으려는 것을 보았다. (사마귀는) 이익을
보고 자기 몸을 잊었으며 이상한 까치도 사마귀를 욕심내어 이익을
보고는 참된 본성[14]을 잊은 것이다. 장주는 두려워져 말하기를, '아!

---

12 조릉(雕陵): 정원(庭園)의 이름이다.
13 다음에 나오듯이 사마귀를 잡으려는 욕심에 장주를 보지 못한 것이다.
14 잘 날고 잘 보던 본성을 가리킨다.

만물이란 본디 상대로 인하여 누가 되니 두 가지[15]가 (서로를) 불러들이는구나'라고 하였다.

해설 이익에 눈이 멀면 자신을 돌아보지 못한다. 사리 분별에 편견이 생기기 때문이다. 장자가 까치, 사마귀, 매미를 등장시켜 탐욕에서 비롯된 집착의 모습을 그려내어 집착으로 인해 화를 당하는 어리석음을 풍자한 우언이다. 이익 때문에 곧바로 자신에게 닥칠 재앙을 알아채지 못하는 세상 사람들의 탐욕을 경계한 것이다.

한자 樊 울 번, 顙 이마 상, 殷 성할 은·클 은, 蹇 절뚝발 건·절 건·걸을 건, 裳 치마 상·하의 상, 躩 뛸 각(확)·빠를 각(확), 蟬 매미 선, 蔭 그늘 음, 翳 깃 일산 예·그늘 예·가릴 예, 怵 두려워할 출

07.
스스로를 훌륭하다고 여기는 마음

陽子[16]之宋, 宿於逆旅. 逆旅人有妾二人, 其一人美, 其一人惡. 惡者貴, 而美者賤. 陽子問其故, 逆旅小子對曰. 其美者自美, 吾不知其美也, 其惡者自惡, 吾不知其惡也. 陽子曰. 弟子記之. 行賢而去自賢之心, 安往而不愛哉.

---

15 두 가지: 화복, 이해, 득실 등의 상대적인 가치를 가리킨다.
16 양자(陽子): '위아(爲我)'를 제기했던 양주(楊朱)라고 전해진다.

양주(楊朱)가 송나라에 가서 여관에서 자게 되었다. 여관 주인에게는 첩이 두 사람 있었는데, 그 중의 한 사람은 아름다웠고 그 중의 한 사람은 못생겼다. 못생긴 여자가 사랑받고 아름다운 여자가 천시받자 양자가 그 까닭을 물으니 여관의 젊은이가 대답하였다. "아름다운 여자는 자신을 아름답다고 여기니 나는 그녀가 아름다운 것을 모르겠고, 못생긴 여자는 자신을 못생겼다고 여기니 나는 그녀가 못생긴 것을 모르겠습니다." 양자가 말하였다. "제자들은 기억해라. 훌륭한 일을 하면서도 스스로를 훌륭하다고 여기는 마음을 없애면, 어디에 간들 사랑 받지 못하겠는가."

해설 두 여인의 미모를 비유로 들어 스스로를 자랑하면 공이 없어진다는 도리를 설명한 우언이다. 『노자·제24장』에 , "스스로를 드러내면 밝아지지 못하고 스스로를 옳다고 여기면 드러나지 못하며, 스스로를 자랑하면 공이 없어지고 스스로를 대단하게 여기면 오래가지 못한다.(自見者不明, 自是者不彰, 自伐者無功, 自矜者不長.)"라고 하였다.

21. 위魏 문후文侯의 스승 전자방

| 전자방田子方 |

이 편은 내용이 잡다하지만 큰 주제는 '덕을 온전히 함[전덕(全德)]'이라고 할 수 있다. 내편 「덕충부」의 주제와 상통하는 내용으로, 허기무위(虛己無爲), 순응자연을 통한 외적 속박으로부터의 자유를 강조하고 있다.

세부적인 내용으로, 득실, 귀천, 존망 등을 잊음으로써 얻게 되는 절대자유의 경지, 모방으로는 진정한 도에 이를 수 없음을 제시한 내용, 외적 형식보다는 내적 진심을 살필 것 등에 관한 지혜를 우언을 통해 제시하고 있다.

01.
작은 변화에 큰 근본을 잃지 않다

草食之獸不疾易藪, 水生之蟲不疾易水. 行小變而不失其大常也,
喜怒哀樂, 不入於胷次. 夫天下也者, 萬物之所一也, 得其所一而同
焉, 則四支百體將爲塵垢, 而死生終始將爲晝夜, 而莫之能滑. 而況
得喪禍福之所介乎. 棄隷者若棄泥塗, 知身貴於隷也. 貴在於我, 而
不失於變. 且萬化而未始有極也, 夫孰足以患心.

풀을 먹는 짐승은 숲이 바뀌는 것을 근심하지 않고, 물에서 사는 벌
레는 물이 바뀌는 것을 근심하지 않소. 작은 변화가 진행되어도 큰
근본을 잃지 않으니 희로애락이 가슴 속에 개입되지 않습니다. 무릇
천하라는 것은 만물이 함께하는 곳이니 그 함께하는 곳을 얻어 동화
되면, 사지나 몸의 각 부분이 장차 티끌이나 때가 되고 죽고 사는 것
이나 처음과 끝도 장차 낮과 밤이 되어 그를 어지럽힐 수 없습니다.
하물며 득실이나 화복이 끼어들겠습니까. 귀천의 관념을 버리기를
진흙 버리듯이 함은 자신의 몸이 귀천의 관념보다 귀함을 알기 때문
이오. 나에게 있는 것을 귀하게 여기면 변화에 잘못되지 않소. 또 만
물은 변화하면서 애당초 끝이 없으니, 대체 무엇이 마음을 괴롭힐 수
가 있겠소.

해설 노자가 공자에게 지인(至人)의 도를 얻는 방법을 일깨워 준 우언
이다. 요점은 큰 근본을 잃지 않는 것이다. 사람들이 가장 집착

하는 생사의 문제를 낮과 밤이 바뀌는 것으로 대할 수 있다면, 그 보다 하위의 문제인 득실이나 화복 등은 더욱이 근심이 될 수 없다. 그렇게 되면 감정이나 이해를 초월하여 절대자유를 얻을 수 있다는 가르침이다.

한자 藪 수풀 수·늪 수, 滑 미끄러울 활·어지러울 골

02.
진정한 화공(畫工)

宋元君將畫圖, 衆史皆至. 受揖而立, 舐筆和墨, 在外者半. 有一史後至者, 儃儃然¹不趨, 受揖不立, 因之舍. 公使人視之, 則解衣般礴² 贏. 君曰. 可矣. 是眞畫者也.

송나라의 원군(元君)³이 그림을 그리도록 하자 여러 화공이 모두 모여들었다. 명령을 받자 절하고 서서 붓을 적시고 먹을 가는데, 방 밖에 있는 자가 반이나 되었다. 한 화공이 늦게 도착하였는데 느긋하여 잰걸음으로 걷지도 않고, 명령을 받자 절을 하고는 서서 기다리지 않고서 바로 숙소로 가버렸다. 원군이 사람을 보내 살피게 하니, 옷을 벗고 다리를 뻗은 채 웃통을 드러내고 있었다. 원군은 말하였다. "됐다. 이 사람이 진짜 화공이다."

---

1   탄탄연(儃儃然): 서두르지 않는 모습이다.
2   반박(般礴): 두 다리를 벌린 채 뻗고 앉아 있는 모습이다.
3   원군(元君): 춘추시대 말기의 송(宋)나라 임금인 원공(元公)이다.

해설 화공의 태도를 통해 자유로운 정신의 소유자만이 독창적일 수 있음을 말하고 있는 우언이다. 예의나 형식에 구애됨 없이 자유 분방함이 높은 경지에 이르는 조건임을 밝혀, 구애됨이 없는 자만이 자신만의 세계를 이룰 수 있음을 암시한 것이다.

한자 舐 핥을 지, 僵 머뭇거릴 천·느긋할 탄, 礴 뒤섞일 박·가득 찰 박, 贏 벌거 벗을 라

03.
기교를 넘어선 활쏘기

列禦寇爲伯昏無人[4]射, 引之盈貫, 措杯水其肘上, 發之, 適矢復沓, 方矢復寓. 當是時, 猶象人也. 伯昏無人曰. 是射之射, 非不射之射也. 嘗與女登高山, 履危石, 臨百仞之淵, 若能射乎? 於是無人遂登高山, 履危石, 臨百仞之淵, 背逡巡[5], 足二分垂在外. 揖禦寇而進之, 禦寇伏地, 汗流至踵. 伯昏無人曰. 夫至人者, 上窺靑天, 下潛[6]黃泉, 揮斥[7]八極, 神氣不變. 今女怵然有恂目之志, 爾於中也殆矣夫.

열어구가 백혼무인(伯昏無人)에게 활쏘기를 보이는데, 활을 (살촉까지)

---

4 백혼무인(伯昏無人): 장자가 설정한 허구적 인물로, 『장자·내편』「덕충부(德充符)」에 보인다.
5 준순(逡巡): 뒷걸음질치는 모습이다.
6 잠(潛): '측(測)'과 통하여, '헤아리다'의 뜻이다.
7 휘척(揮斥): '방종(放縱)'의 뜻이다.

가득 당겼을 때 물 한 잔을 그의 팔꿈치에 놓고 화살을 발사해도 날아간 화살이 (이미 쏜 화살에) 다시 겹치고, 막 쏘려는 화살이 다시 채워졌다. 이때에 (그는) 마치 나무 인형과 같았다. 백혼무인이 말하였다. "이것은 기교의 활쏘기이지 기교가 아닌 활쏘기는 아니다. 시험 삼아 그대와 함께 높은 산에 올라 험한 바위를 밟고 백 길 아래의 연못을 대하고서도 그대는 잘 쏠 수 있겠는가?" 이에 백혼무인은 마침내 높은 산에 올라 험한 바위를 밟고 백 길 아래의 연못을 대하고서 뒷걸음질쳐 물러나니 발의 3분의 2가 바위 밖으로 드리워졌다. 열어구에게 청하여 그를 다가오게 하니 열어구는 땅에 엎드린 채 땀이 흘러 발뒤꿈치까지 이르렀다. 백혼무인은 말하였다. "지인(至人)이란 자들은 위로 푸른 하늘을 살피고 아래로는 황천까지 헤아리며, 팔방의 끝까지 내키는 대로 다니나 표정이 변하지 않는다. 지금 그대는 두려워 눈을 껌뻑거리려는 뜻이 있으니, 그대가 과녁을 맞히기에는 어렵겠다."

해설 활쏘기를 비유로 마음 수양을 깨우친 우언이다. 생사득실에 대한 집착을 초월하여 무심의 경지에 이르러야 기술도 지극해진다. 지인의 경지는 어느 경우에도 흔들림 없는 평정심을 지닐 수 있다는 것이다.

한자 肘 팔꿈치 주, 沓 유창할 답·합할 답·겹칠 답, 仞 길 인, 逡 뒷걸음질 칠 준·머뭇거릴 준, 巡 돌 순, 踵 발꿈치 종·이를 종·이을 종, 揮 휘두를 휘, 斥 물리칠 척, 怵 두려워할 출, 恂 정성 순·눈 깜박일 순·통할 순

22. 지知가 북쪽으로 유람하다

| 지북유知北遊 |

이 편에서는 장자의 중심 사상이 비중 있게 다루어지고 있으니, 그 핵심은 도(道)이다. 도는 잘 알 수 없는 것이라는 의미에서 잘 알 수 없는 곳인 북방(北方)을 들어 제목으로 삼았다.

장자는 기(氣)라는 개념을 사용하여 도를 '묘사'하고 있다. 장자가 말하는 기는 추상적인 도가 현실에 드러나는 구체적인 상황이다. 삶과 죽음을 기의 '모임과 흩어짐[취산(聚散)]'으로 설명한 것이 대표적인 예이다.

도는 없는 곳이 없고[무소부재(無所不在)], 생사, 수요(壽夭), 명암 등 상대적인 일체를 포괄하므로, 도의 체득으로써 상대적인 일체로부터의 초월이 가능해진다는 것이다.

01.

천하를 아우르는 것은 하나의 기일 뿐이다

人之生, 氣之聚也, 聚則爲生, 散則爲死. 若死生爲徒, 吾又何患. 故萬物一也, 是其所美者爲神奇, 其所惡者爲臭腐. 臭腐復化爲神奇, 神奇復化爲臭腐. 故曰, 通天下, 一氣耳. 聖人故貴一.

사람이 태어나는 것은 기가 모이는 것이니 모임은 태어남이고 흩어짐은 죽음이다. 만약 죽음과 태어남이 연속되는 것이라면 우리는 또 무엇을 근심하겠는가. 그러므로 만물은 하나인데, 자기가 아름답게 여기는 것은 신기하다고 하고 자기가 싫어하는 것은 냄새나고 썩었다고 한다. 냄새나고 썩은 것이 다시 변화되어 신기한 것이 되고 신기한 것이 다시 변화되어 냄새나고 썩은 것이 된다. 그러므로 말하기를, 천하를 아우르는 것은 하나의 기일 뿐이라고 하는 것이다. 성인은 그래서 하나를 귀하게 여긴다."

해설 도는 말로 전할 수 없는 것이라서 그 작용을 기로 설명하는 방식을 취하고 있다. 만물은 기의 작용으로 표현되기 때문에, 이 점에서 보면 만물은 같은 것이라는 '제물론(齊物論)'의 관점을 보이고 있다.

한자 臭 냄새 취, 腐 썩을 부

도는 소유할 수 없다

舜問乎丞曰. 道可得而有乎? 曰. 女身非女有也, 女何得有夫道. 舜
曰. 吾身非吾有也, 孰有之哉? 曰. 是天地之委形也. 生非女有, 是天
地之委和也, 性命非女有, 是天地之委順也. 子孫非女有, 是天地之
委蛻也. 故行不知所往, 處不知所持, 食不知所味. 天地之强陽氣也,
又胡可得而有邪.

순임금이 승(丞)¹에게 물었다. "도는 소유할 수 있습니까?" 승이 말하
였다. "그대의 몸도 그대의 소유가 아닌데, 그대가 어떻게 도를 소유
할 수 있겠습니까." 순임금이 말하였다. "내 몸이 나의 소유가 아니
라면 누가 소유한 것입니까?" 승이 말하였다. "이는 천지가 (그대에게)
형체를 맡긴 것입니다. 생명도 그대의 소유가 아니니 천지가 화기(和
氣)를 맡긴 것이며, 본성도 그대의 소유가 아니니 천지가 자연의 이
치를 맡긴 것입니다. 자손도 그대의 소유가 아니니 천지가 변화를 맡
긴 것입니다. 그러므로 가면서도 가는 곳을 모르고 머물면서도 지킬
곳을 모르며, 먹으면서도 맛있는 바를 모르는 것이오. (도는) 천지자
연의 굳세고 움직이는 기운이니, 어떻게 소유할 수 있겠습니까."

해설 순임금의 스승인 승이 육체와 본성, 자손을 비유로 들어 도의 성

---

1 승(丞): 순(舜)임금의 보좌관 가운데 하나이자, 순임금의 스승이었다.

격을 깨우쳐 준 우언이다. 지인은 유무(有無)를 초월하니 소유
의식은 더욱 없다. 도는 소유의 대상이 아니라 따르고 일체가
되는 것이다. 역시 순응자연의 이치를 강조한 내용이다.

한자 丞 도울 승, 蛻 허물 태(세)·허물 벗을 태(세)

03.
위대한 귀환: 대귀(大歸)

人生天地之間, 若白駒之過郤, 忽然而已. 注然勃然, 莫不出焉, 油
然漻然², 莫不入焉. 已化而生, 又化而死. 生物哀之, 人類悲之, 解
其天弢, 墮其天袠, 紛乎宛乎³, 魂魄將往, 乃身從之, 乃大歸乎.

사람이 천지 사이에 사는 것은 마치 흰 말이 틈 앞을 지나가는 것과
같아, 순간일 뿐입니다. 물이 솟듯 하고 싹이 나듯 하여 자연에서 나
오지 않는 것이 없고, 흐르듯 하고 사라지듯 하여 그곳으로 들어가지
않는 것이 없습니다. 이미 (기가) 변하여 태어났고 다시 변하여 죽는
데 살아 있는 존재들은 이를 애달파하고 사람들은 이를 슬퍼하지만,
(죽음이란) 활이 하늘의 활집에서 빠져 나가듯 하고 칼이 하늘의 칼집
에서 떨어져 나가듯 하여, 흩어지고 쓰러져 혼백이 떠나고 육체가 그
것을 쫓아가는 것이니 바로 '위대한 귀환[대귀(大歸)]'입니다.

---

2   류연(漻然): 류(漻)는 '료(寥)'와 통하여, '비다'의 뜻이다.
3   완호(宛乎): 쓰러지는 모습이다.

해설 노자가 공자에게 생사의 이치를 통하여 도를 설명한 우언이다. 사람의 생사는 기(氣)의 합(合)과 산(散)으로, 살아간다는 것은 "흰 말이 틈 앞을 지나가는 것과 같다."고 하였다. 따라서 도를 깨달으면 생사에 대한 집착과 두려움에서 벗어날 수 있는 것이니, 그래서 죽음을 '위대한 귀환[대귀(大歸)]'으로 정의하였다.

단자 駒 망아지 구, 郤 틈 극, 勃 우쩍 일어날 발·노할 발·발끈할 발·바다 이름 발, 漻 맑을 류·빌 류·깊을 료, 弢 활집 도, 袟 칼전대 질, 宛 완연 완·굽을 완·나라이름 원

04.
도는 똥과 오줌에 있다

東郭子⁴問於莊子曰. 所謂道, 惡乎在? 莊子曰. 無所不在. 東郭子
曰. 期而後可. 莊子曰. 在螻蟻. 曰. 何其下邪? 曰. 在稊稗. 曰. 何其
愈下邪? 曰. 在瓦甓. 曰. 何其愈甚邪? 曰. 在屎溺. 東郭子不應, 莊
子曰. 夫子之問也, 固不及質. 正獲之問於監市履狶⁵也, 每下愈況.
女唯莫必, 無乎逃物. 至道若是, 大言亦然. 周遍咸三者異名同實,
其指一也.

동곽자(東郭子)가 장자에게 물었다. "이른바 도라는 것은 어디에 있

4 　동곽자(東郭子): 동쪽 성곽 밖에 사는 분이라는 뜻의 인명이다. 동곽순자(東郭順子)라고도 한다.
5 　돼지를 밟아 비육(肥肉)의 정도를 알아보는 것이다.

습니까?" 장자가 말하였다. "있지 않은 곳이 없습니다." 동곽자가 말하였다. "가르쳐 주시면 좋겠습니다." 장자가 말하였다. "땅강아지와 개미에게 있소." "어쩌면 그렇게 내려가십니까?" "돌피와 피에 있소." 동곽자가 말하였다. "어쩌면 그렇게 더욱 내려가십니까?" "기왓장과 벽돌에 있소." "어쩌면 그렇게 더욱 심하십니까?" "똥과 오줌에 있소." 동곽자가 대꾸하지 않자 장자가 말하였다. "그대의 질문은 진실로 본질에 미치지 못하고 있소. 시장 책임자인 획(獲)이 시장 관리인에게 돼지를 밟는 방법을 물었는데, (돼지의) 아래 부위로 내려갈수록 더욱 비교가 되었습니다. 그대는 (도가 있는 곳을) 한정하지 말 것이니 (도가) 사물에서 벗어난 것은 없습니다. 지극한 도가 이와 같듯이 위대한 말[6]도 역시 그러하오. '두루[周]'·'고루[徧]'·'모두[咸]', 이 세 가지는 이름은 달라도 내용은 같으니 그 가리키는 바는 하나[도]입니다.

해설 장자도 노자처럼 도에 대한 정의에 있어서는 조심스러웠지만 도가 어디에 있는가의 문제에 있어서는 "없는 곳이 없다[무소부재(無所不在)]"라고 단언하였다. 도는 만물의 원리이므로 개미, 돌피, 벽돌, 나아가 똥오줌의 비유로 어느 것에도 존재함을 역설하였다.

한자 螻 땅강아지 루, 蟻 개미 의, 稊 돌피 제, 稗 피 패, 甓 벽돌 벽, 屎 똥 시, 溺 빠질 닉·오줌 뇨, 豨 돼지 희·황제 이름 시

---

6 지극한 도(道)를 표현하는 말을 가리킨다.

05.
혁대 고리 만드는 자의 신기(神技)

大馬之捶鉤者, 年八十矣, 而不失豪芒. 大馬曰. 子巧與. 有道與?
曰. 臣有守也. 臣之年二十而好捶鉤, 於物無視也, 非鉤無察也. 是
用之者, 假不用者也, 以長得其用, 而況乎無不用者乎. 物孰不資焉.

[초나라의] 대사마(大司馬)에 소속된, 혁대 고리를 만드는 자가 여든 살
이 되었으나 조금도 실수하지 않았다. 대사마가 말하였다. "그대는
기술이 뛰어나구려. 방법이 있는가?" 그가 대답하였다. "신은 지키는
것이 있습니다. 신의 나이 스무 살일 때에 혁대 고리 만드는 것을 좋
아하여, 다른 것에는 눈길도 준 적이 없이 혁대 고리가 아니면 보지
도 않았습니다." 이것은 그 기술을 사용하는 자가 (다른 것에) 쓰지 않
는 마음을 빌려 와서 그 기술을 오래도록 터득해 온 것이니, 하물며
(다른 것에) 마음을 쓰지 않는다는 의식조차 없는 자이겠는가. 만물 중
에 어느 것이 그에게 힘입지 않겠는가.

해설 혁대 고리를 만드는 장인(匠人)의 뛰어난 기술을 비유로 들어,
전일함의 가치를 강조한 우언이다. 그는 주관, 인위 등을 배제
한 상태에서 혁대 고리를 만드는 데에 심혈을 기울여 정교한 고
리를 만들 수 있었다. 더구나 성인(聖人)은 전일함에 대한 의식
조차 초월함으로써 만물에 혜택이 미치게 됨을 밝힌 것이다.

한자 捶 종아리 칠 추·찧을 추, 鉤 띠쇠 구

장자·잡편

莊子·雜篇

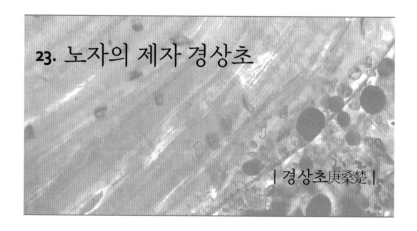

23. 노자의 제자 경상초

| 경상초庚桑楚 |

장자는 경상초를 노자의 제자라고 하였지만, 장자가 설정한 허구적 인물로 보는 것이 타당하겠다. 전체적으로 여러 가지 주제들이 제기되어 있는데, 무위, 순응자연, 시비의 초월, 심재(心齋), 양생 등을 다룬 부분이 많다. 그 가운데 가장 중요한 것으로, '상대와 더불어 어울리면서 그 물결을 함께한다(與物委蛇, 而同其波)'는 무위를 들 수 있다.

이 편은 다른 편에 비해 노자의 의경을 드러낸 부분이 많다. 장자는 여기에서 노자의 의경을 빌려 자신의 사상을 총괄적으로 제시하고 있다.

01

상대와 어울리면서 그 물결을 함께하다

兒子終日嗥, 而嗌不嗄, 和之至也, 終日握, 而手不掜, 共其德也, 終
日視, 而目不瞚, 偏不在外也. 行不知所之, 居不知所爲, 與物委蛇,
而同其波, 是衛生之經已.

어린아이는 종일토록 울어도 목이 쉬지 않으니 부드러움의 지극함
이며, 종일토록 주먹을 쥐고 있어도 손이 땅기지 않으니 자연의 덕과
함께함이며, 종일토록 보아도 눈이 깜박거리지 않으니 치우친 채 외
물을 보지 않기 때문이다. 가면서도 갈 곳을 알지 못하고 가만히 있
어도 행할 일을 알지 못하며, 상대와 어울리면서 그 물결을 함께 하
니, 이것이 곧 위생의 도(道)[1]이다.

해설 외물에 영향을 받지 않는 무지(無知) 상태의 어린아이의 순수함
과 자연스러움을 비유로 들어, 양생의 도리는 순수함을 간직하
는 데에서 가능함을 설명한 우언이다.

한자 嗥 울부짖을 호·고함지를 호(嘷의 本字), 嗌 목구멍 익, 嗄 목 잠길 사, 握
쥘 악, 掜 비길 예땅길 예, 瞚 눈 깜박일 순

---

1 양생(養生)의 도리를 가리킨다.

02.

친한 사람이 없으면 모두가 남이다

券²內者行乎無名, 券外者志乎期費³. 行乎無名者, 唯庸⁴有光, 志乎
期費者, 唯賈人也. 人見其跂, 猶之魁然⁵. 與物窮者, 物入焉, 與物
且者, 其身之不能容, 焉能容人. 不能容人者, 無親, 無親者, 盡人.
兵莫憯於志, 鏌鋣爲下, 寇莫大於陰陽⁶, 無所逃於天地之間. 非陰
陽賊之, 心則使之也.

내면을 힘쓰는 자는 이름 없는 도를 행하고, 외면을 힘쓰는 자는 재
물을 모으는 데에 뜻을 둔다. 이름 없는 도를 행하는 자는 항상 빛이
있고, 재물을 모으는 데에 뜻을 두는 자는 다만 장사꾼일 뿐이다. 남
들은 그의 위태로움을 보는데 오히려 편안하다. 상대와 함께 끝까지
하면 상대가 그에게 모이지만, 상대와 함께하면서 구차하면 그 자신
조차 용납하지 못하는데 어떻게 남을 용납할 수 있겠는가. 남을 용
납하지 못하면 친한 사람이 없으니, 친한 사람이 없으면 모두가 남이
다. 무기 가운데 심지(心志)보다 잔혹한 것이 없으니 명검인 '막야(鏌
鋣)'도 그 아래가 되고, 해치는 것 가운데 기뻐하고 성내는 것보다 큰

---

2   권(券): '로(勞)'와 통하여 '수고롭다', '힘쓰다'의 뜻이다.

3   기비(期費): '기(期)'는 '회(會)'와 같아 '모으다'의 뜻이고, '비(費)'는 '재(財)'의 뜻
    이다.

4   용(庸): '상(常)'과 통한다.

5   괴연(魁然): 편안한 모습이다.

6   음양(陰陽): 마음속에 일어나는 희노(喜怒)의 감정을 가리킨다.

것이 없으니 천지 사이에서 도망칠 곳이 없다. 기뻐하고 성내는 것 자체가 해치는 것이 아니라 마음이 그렇게 하는 것이다.

해설 도를 추구하는 사람과 재물을 추구하는 사람의 대별을 통해 마음 수양의 중요성을 강조한 우언이다. 심지와 감정을 부리는 것이 마음이기 때문이다. 남을 용납하지 못하여 그 결과로 친한 사람이 없으면 모두가 남이라는 단정이 통렬하다.

한자 券 수고로울 권, 跂 육발이 기·절뚝거릴 기, 魁 우두머리 괴·편안할 괴, 憯 슬퍼할 참·비통할 참, 鏌 칼 이름 막, 鋣 칼 이름 야, 寇 도적 구·해칠 구

03.
'있음'은 '있음이 없음'에서 나온다

出無本, 入無竅. 有實而無乎處, 有長而無乎本剽. 有所出而無竅者, 有實, 有實而無乎處者, 宇也, 有長而無本剽者, 宙也, 有乎生, 有乎死, 有乎出, 有乎入. 入出而無見其形, 是謂天門. 天門者, 無有也. 萬物出乎無有, 有, 不能以有爲有, 必出乎無有. 而無有一無有, 聖人藏乎是.

태어남에 근본이 없고 들어감에 구멍이 없다.[7] [도의] 실재(實在)는 있

---

7 생사(生死)는 무(無)에서 나와 무(無)로 돌아가는 것임을 밝힌 것이다.

지만 정해진 곳이 없고 장구함은 있지만 처음과 끝이 없다. 태어남은 있지만 구멍이 없는 것이 실재가 있음이고, 실재는 있지만 정해진 곳이 없는 것이 공간[우(宇)]이고 장구함은 있지만 처음과 끝이 없는 것이 시간[주(宙)]이니, 삶이 있고 죽음이 있으며 태어남이 있고 들어감이 있다. 들어가고 태어나는 데에도 그 형체를 볼 수 없는데, 이것을 '천문(天門)'이라고 한다. 천문이란 것은 있음이 없다. 만물은 '있음이 없음[무유(無有)]'에서 생겨나니, '있음'은 '있음'을 '있음'이라고 할 수 없고 반드시 '있음이 없음'에서 나온다. '있음이 없음'은 한결같이 '있음이 없음'이니 성인은 여기에 마음을 간직한다.

해설 만물은 무(無)에서 생겨난다는 이치를 밝히고 있다. 『노자·제1장』에서, "무(無)는 천지의 시원(始原)을 말하는 것이고 유(有)는 만물의 어머니를 말하는 것이다. 그러므로 항상 무에서 그것[도]의 오묘함을 보고자 하고, 항상 유에서 그것의 현상(現象)을 보고자 한다(無, 名天地之始, 有, 名萬物之母. 故常無, 欲以觀其妙, 常有, 欲以觀其徼)"라고 제시한 주장을 부연하고 있다.

한자 竅 구멍 규, 剽 빠를 표·끝 표

04.
진정한 가치와 신뢰

蹍市人之足, 則辭以放驚, 兄則以嫗, 大親則已矣. 故曰, 至禮有不
人, 至義不物, 至知不謀, 至仁無親, 至信辟金.

시장에 있는 사람의 발을 밟으면 방심한 것을 사과하지만, 형의 경우에는 따뜻한 표정을 지을 뿐이고 부모자식 간에는 (그것마저) 그만둔다. 그래서 말하기를, 지극한 예절은 남으로 여기지 않음이 있고 지극한 의리는 상대로 여기지 않으며, 지극한 지혜는 계획하지 않고 지극한 인(仁)은 친애함이 없으며, 지극한 믿음은 금옥(金玉)의 증표를 물리친다.

해설 남의 발을 밟았을 때 상대에 따라 그 대응이 다르다. 유가에서 강조하는 인(仁), 의(義), 예(禮), 지(知), 신(信)을 초월해야, 부모와 자식의 관계처럼 진정한 가치와 신뢰가 이루어짐을 강조한 내용이다.

한자 蹴 밟을 전, 驁 준마 오·거만할 오·얕볼 오, 嫗 할미 구·계집 구·따스히 할 구, 辟 임금 벽·치우칠 벽·물리칠 벽·비유할 비(譬와 통용)·피할 피(避와 통용)

24. 위魏나라 은사 서무귀

| 서무귀徐無鬼 |

이 편에는 일관된 주제가 없고 다양한 내용들이 여러 가지 우언을 통해 제시되고 있다. 그 중에서 장자 사상을 드러내 주는 몇 가지 예로, 인에 대한 비판, 무위의 정치론, 시비의 초월, 자신의 재능을 믿는 오만함에 대한 경계 등을 들 수 있다.

01.
사람의 발자국 소리만 들어도 기뻐하다

(徐無鬼曰.) 子不聞夫越之流人乎? 去國數日, 見其所知而喜, 去國旬
月, 見所嘗見於國中者喜, 及期年也, 見似人者而喜矣. 不亦去人滋
久, 思人滋深乎. 夫逃虛空者, 藜藋柱[1]乎鼬鼬之逕, 踉[2]位其空, 聞人
足音跫然[3]而喜矣, 又況乎昆弟親戚之謦欬[4]其側者乎. 久矣夫. 莫以
眞人之言謦欬吾君之側乎.

(서무귀가 말하였다.) "그대는 월(越)나라의 유배된 자에 대해 듣지 못했
소? 도성을 떠난 지 며칠이 되어서는 자기가 아는 사람을 만나면 기
뻐했고 도성을 떠난 지 한 달이 되어서는 도성에서 본 적이 있는 사
람을 만나도 기뻐했으며, 일 년이 되어서는 (도성) 사람과 비슷한 사
람을 만나도 기뻐하게 되었소. 역시 사람들에게서 떠난 지가 더욱 오
랠수록 사람들을 그리워함이 더욱 심해진 것이 아니겠소. 빈 골짜기
로 도망간 사람은 명아주가 족제비의 길을 막고 있어, 힘들게 그런
골짜기에 있게 되면 사람의 발자국 소리가 쿵쿵거리는 것만 들어도
기뻐하게 되는데, 더군다나 그의 곁에 형제와 친척들의 인기척이 들
리는 경우이겠습니까. 오래되었군요. 진인(眞人)의 말씀을 그대의 임

---

1   주(柱): '색(塞)'과 통하여 '막다'의 뜻이다.
2   량(踉): '양창(踉蹌)'과 같은 뜻으로 곤궁에 빠진 모습이다.
3   공연(跫然): 발자국 소리를 형용하는 의성어이다.
4   경해(謦欬): 인기척을 내는 기침소리이다.

금님 곁에 인기척으로 들리지 않게 한 것이."

해설 서무귀가 위(魏)나라 무후(武侯)를 만나 욕구와 감정을 다스리
는 것으로 유세하였으나 반응하지 않았다. 다시 개와 말을 감정
하는 것으로 비유를 들자 관심을 갖고 들었다. 여상(女商)이라는
사람에게 이러한 유세 방법을 비유로 들어 상대를 설득하는 비
결을 소개한 우언이다. 오랫동안 홀로 있어 사람을 그리워하는
정황을 파악하여 그것을 가지고 기쁘게 하듯이, 관심을 갖는 분
야로 시작할 것을 설명한 것이다.

한자 藜 명아주 려, 藋 명아주 조, 鼪 족제비 생, 鼬 족제비 유, 逕 작은 길 경,
跟 뛸 량, 蛩 메뚜기 공·발자국 소리 공, 謦 기침 소리 경·속삭일 경, 欬 기
침 해

02.
다스림은 말에 해가 되는 것들을 없애주는 것일 뿐이다

夫爲天下者, 亦奚以異乎牧馬者哉. 亦去其害馬者而已矣.

천하를 다스리는 것이 또한 말을 기르는 것과 무엇이 다르겠습니까.
단지 말에 해가 되는 것들을 없애주는 것일 뿐입니다.

해설 말을 기르는 방법을 비유로 들어 '무위(無爲)의 다스림'을 설명한
우언이다. 황제(黃帝)가 지인(至人)을 만나려고 나섰다가 길을

잃었다. 말을 기르는 아이를 만나 길을 묻고, 나아가 천하를 다스리는 도리까지 묻자 그가 대답한 것이다. 이 아이가 바로 지인일 것이다.

03.
도끼로 코끝에 묻은 흙을 떼어내다

郢人堊漫其鼻端, 若蠅翼. 使匠石斲之, 匠石運斤, 成風, 聽而斲之. 盡堊而鼻不傷, 郢人立不失容. 宋元君聞之, 召匠石曰, 嘗試爲寡人爲之. 匠石曰. 臣則嘗能斲之. 雖然臣之質死久矣.

(초나라 수도인) 영(郢) 사람이 코끝에 흰 흙이 묻어 있었는데, (얇기가) 파리 날개와 같았다. 목수 석에게 그것을 떼어내게 하자 목수 석이 도끼를 휘두르는데, 바람이 일었지만 맡겨두고 그것을 떼어내게 하였다. 흰 흙을 다 떼어냈지만 코는 다치지 않았고 영 사람은 선 채로 얼굴색도 변하지 않았다. 송(宋)나라 원군(元君)이 이 말을 듣고 목수 석을 불러서 말하기를, "시험삼아 과인에게 그것을 해보아라."라고 하자 목수 석이 말하였다. "제가 전에는 그것을 떼어낼 수 있었습니다. 비록 그러하였으나 저의 상대는 죽은 지 오래 되었습니다."

해설 장자가 친구이자 논쟁의 상대였던 혜시의 무덤에 들러 그의 부재(不在)를 안타까워하는 내용을 통하여, 대상의 중요성을 강조한 우언이다. 뛰어난 담론을 받아 주던 혜시가 죽자 장자는 위의 비유를 든 뒤에, "선생이 죽은 뒤로 나는 상대로 할 이가 없어졌으니, 나는 함께 얘기할 사람이 없게 되었구려.(自夫子之死也, 吾無以爲質矣, 吾無與言之矣.)"라고 탄식하였다. '백아절현(伯牙絶絃)'의 고사를 연상시키는 우언이다.

한자 郢 땅 이름 영, 堊 백토 악, 漫 질펀할 만·흩어질 만·더러울 만, 蠅 파리 승, 斲 연장 착·깎을 착

04.
원숭이의 교만

吳王浮於江, 登乎狙之山. 衆狙見之, 恂然棄而走, 逃於深蓁. 有一狙焉, 委蛇攫搋, 見⁵巧乎王. 王射之, 敏給搏捷矢. 王命相者, 趨⁶射之, 狙執死. 王顧謂其友顔不疑曰. 之狙也伐其巧, 恃其便, 以敖予, 以至此殛也. 戒之哉. 嗟乎! 無以汝色驕人哉. 顔不疑歸, 而師董梧, 以助⁷其色, 去樂辭顯, 三年而國人稱之.

오나라 임금이 강에 배를 띄워 원숭이들이 사는 산에 올랐다. 여러 원숭이들이 그를 보고 두려워하면서 달아나 깊은 숲속으로 도망쳤다. 그 중에 원숭이 한 마리가 있는데 느긋하게 나뭇가지를 움켜쥐면서 왕에게 재주를 과시하였다. 왕이 그놈을 쏘자 민첩하게 빠른 화살

---

5 현(見): '드러내 보이다[현시(顯示)]'의 뜻으로 '현'으로 읽어야 한다.

6 추(趨): '질(疾)'의 뜻으로, '재빨리', '즉시'이다.

7 서(助): '서(鉏)'와 통하여 '호미', '제거하다', '없애다'의 뜻이다.

을 잡았다. 왕이 조수에게 명하여 즉시 그놈을 쏘게 하니 원숭이는 잡혀서 죽었다. 왕이 그의 친구인 안불의를 돌아보며 말하였다. "저 원숭이는 자신의 재주를 자랑하고 자신의 민첩함을 믿어, 나에게 잘 난 체하다가 이렇게 죽게 된 것이네. 이 점을 조심할 것이로다. 아아! 그대의 모습으로 남에게 교만하지 말 것이다." 안불의는 돌아가서 동오(董梧)를 스승으로 삼아 그의 교만한 모습을 없앤 채 즐거움을 버리고 높은 지위를 사양하니 3년 만에 나라 사람들이 그를 칭송하였다.

해설 원숭이의 비유를 들어, 자신의 재능을 믿어 과시하고 자만하면 해를 입게 됨을 깨우친 우언이다. 오나라 임금이 친구인 안불의의 교만을 직접 질책하지 않고 원숭이의 비유로 깨우쳐 준 내용으로, 이것이 바로 우언의 효용이다.

한자 狙 원숭이 저, 恂 미쁠 순·두려워할 순·갑자기 준, 榛 숲 진·우거질 진, 攫 붙잡을 확, 搎 긁을 조·움킬 조, 搏 잡을 박, 捷 이길 첩·빠를 첩, 趨 달릴 추·다급할 추·즉시 추, 恃 믿을 시, 敖 거만할 오·놀 오, 殛 죽일 극·징벌할 극, 董 바로잡을 동·감독할 동·물을 동

05.
'무위'의 위대함

海不辭東流, 大之至也. 聖人幷包天地, 澤及天下, 而不知其誰氏. 是故生無爵, 死無謚, 實不聚, 名不立, 此之謂大人. 狗不以善吠爲 良, 人不以善言爲賢, 而況爲大乎. 夫爲大不足以爲大, 而況爲德乎.

바다는 동쪽으로 흐르는 하천들을 사양하지 않으니 크기의 지극함
이다. 성인(聖人)은 천지를 모두 포용하여 은택이 만민에게 미치지만
(사람들은) 그것이 누구인지도 알지 못한다. 이 때문에 살아서는 벼슬
이 없고 죽어서는 시호가 없으며, 재물이 모이지 않고 명예가 세워지
지 않으니, 이런 사람을 대인(大人)이라고 부른다. 개는 잘 짖는 것으
로 뛰어남을 삼지 않고 사람은 말을 잘하는 것으로 훌륭함을 삼지 않
는데 하물며 위대함으로 삼겠는가. 위대함으로 삼는 것은 위대함이
될 수 없는데, 하물며 덕으로 삼겠는가.

해설 대인(大人), 즉 성인(聖人)은 본성과 도를 체득한 채 바다처럼 포
용하는 존재이다. 개는 잘 짖는 것이 아니라 도둑을 잘 지키는
것으로 뛰어남을 삼듯이, 사람은 말을 잘하는 것이 훌륭함이 되
지 않고 명예, 재물 등을 초월한 '무위'가 위대함이 됨을 설명하
고 있다.

25. 노魯나라 사람 즉양

즉양은 노(魯)나라 사람으로, 성은 팽(彭)이고 이름은 양(陽)이며 자가 즉양(則陽)이다. 이 편의 전체에 걸쳐 다루고 있는 주제는 '무위의 도'라고 할 수 있겠지만, 내용이 잡다하고 일관성이 없다. 여러 개의 우언으로 구성되어 있는데, 그 가운데 노자와 백거(栢矩)의 문답은 노자 사상과 밀접한 관련이 있는 부분으로, 유무(有無)의 관념에 사로잡히면 대도의 경지와는 멀어진다고 말하고 있다. 소지(小知)와 태공조(大公調)와의 문답에서는, 우주 만물은 각자의 규율을 지니고 있다는 만물의 기원에 대한 문제와 혼연(渾然)의 도에 대한 논의로 마무리하면서 도에 대한 주장을 펼치고 있다.

본성을 확인하고 회복하는 기쁨

舊國舊都, 望之暢然. 雖使丘陵草木之緡, 入之者十九, 猶之暢然.
況見見聞聞者也. 以十仞之臺, 縣衆閒者也.

고국과 고향은 멀리서 바라보기만 해도 기쁘다. 비록 언덕의 나무들
이 무성하여 그것을 가린 것이 9할이 되더라도 기쁘다. 더구나 보던
것을 보고 듣던 것을 듣는 경우이겠는가. 열 길의 누대가 여러 사람
사이에 솟아있는 것이다.[1]

해설 오랫동안 고국이나 고향을 떠나 있다가 돌아오는 사람의 심정
을 비유로 들어 원래 가지고 있던 본성을 확인하고 회복하는 기
쁨을 밝힌 우언이다. 열 길의 누대는 수양을 통해 확립된 본성
을 비유한 것이다.

한자 暢 통할 창·화창할 창·펼 창, 緡 낚싯줄 민·무성할 민·연이을 면, 仞
길 인

---

1   분명한 본성(本性)을 가리킨다.

02.
달팽이 촉수 위의 두 나라

戴晉人[2]曰. 有所謂蝸者, 君知之乎? 曰. 然. 有國於蝸之左角者, 曰
觸氏, 有國於蝸之右角者, 曰蠻氏. 時相與爭地而戰, 伏尸數萬, 逐
北, 旬有五日而後反. 君曰. 噫. 其虛言與. 曰. 臣請爲君實之. 君以
意在四方上下有窮乎? 君曰. 無窮. 曰. 知遊心於無窮, 而反在通達
之國, 若存若亡乎. 君曰. 然. 曰. 通達之中有魏, 於魏中有梁, 於梁
中有王. 王與蠻氏, 有辯乎? 君曰. 無辯. 客出, 而君惝然[3]若有亡也.

대진인이 말하였다. "이른바 달팽이라는 것이 있는데 임금님께서는
그것을 알고 계십니까?" 혜왕이 말하였다. "그렇소." "달팽이의 왼쪽
촉수에 나라를 가진 자가 있는데 촉씨(觸氏)라 하고, 달팽이의 오른
쪽 촉수에 나라를 가진 자가 있는데 만씨(蠻氏)라고 하였습니다. 당
시에 서로 땅을 차지하려고 전쟁을 하여 죽은 시체가 수만이었고 도
망치는 자들을 쫓느라 보름 뒤에야 돌아왔다고 합니다." 임금이 말하
였다. "아. 아마 거짓말이겠지요." "신이 임금님을 위해서 그것을 증
명하겠습니다. 임금님은 생각하시기에, 사방과 상하에 끝이 있다고
여기십니까?" 임금이 말하였다. "끝이 없지요." "마음을 끝이 없는 곳
에서 노닐게 하실 줄 아신다면, 도리어 (발길이) 이르는 나라에 있다

---

2 대진인(戴晉人): 위(魏)나라의 현자이다.
3 창연(惝然): 실의에 빠진 모습이다.

는 것은 있는 것 같기도 하고 없는 것 같기도 하겠지요."[4] 임금이 말하였다. "그렇지요." "(발길이) 이르는 곳 중에 위나라가 있고 위나라 안에 양(梁)[5]이 있으며, 양의 안에 임금님이 계십니다. 임금님과 만씨가 구분이 있습니까?" 임금이 말하였다. "구분이 없겠군요." 손님이 나가자 임금은 멍하니 무엇을 잃은 것 같았다.

해설 위(魏)나라 임금인 영(罃)이 제나라를 공격하려고 하자 대진인이 달팽이 촉수 위에 있는 두 나라를 비유로 들어 전쟁을 멈추게 한 우언이다. 위나라 임금은 대진인의 말을 듣고 요순같은 성군보다 더 위대하다고 감탄한 내용이 뒤에 이어진다.

한자 蝸 달팽이 와, 觸 닿을 촉, 蠻 오랑캐 만, 惝 멍할 창·어렴풋할 창

03.
풍년을 이루는 비결

長梧[6]封人問子牢曰. 君爲政焉, 勿鹵莽, 治民焉, 勿滅裂[7]. 昔予爲禾, 耕而鹵莽之, 則其實亦鹵莽而報予, 芸而滅裂之, 其實亦滅裂而報予. 予來年變齊[8], 深其耕, 而熟耰之, 其禾蘩以滋, 予終年厭飱.

---

4 발길이 미칠 수 있는 국가라는 것은 무궁한 공간에 비하면 보잘것없는 존재임을 말한 것이다.
5 양(梁): 위(魏)나라의 수도인 대량(大梁)이다.
6 장오(長梧): 지명(地名)이다.
7 멸렬(滅裂): 엉성한 모습이다.
8 제(齊): '제(劑)'와 통하여 '방법'의 뜻이다.

장오(長梧)의 국경 관리인이 자뢰를 문안하고 말하였다. "그대는 정치를 할 때에 거칠게 해서는 안 되고, 백성을 다스릴 때에 엉성하게 해서는 안 됩니다. 전에 내가 농사를 지을 때, 밭을 갈면서 거칠게 하였더니 그 열매들도 역시 거칠어져 나에게 갚았고, 김을 매면서 엉성하게 하였더니 그 열매들도 역시 엉성해져 나에게 갚았습니다. 내가 다음해에는 방법을 바꿔 밭갈이를 깊이 하고 잘 덮어주었더니 벼가 번성하고 잘 자라서 나는 일 년 동안 배불리 먹을 수 있었습니다."

해설 농사짓는 방법을 비유로 들어 다스림의 이치를 일깨운 우언이다. 농사를 거칠고 엉성하게 하지 않으면 풍년을 맞듯이, 다스림에 정성을 다하고 백성들에게 함부로하지 말아야 함을 강조하고 있다. 장자는 이 논리에서 더 나아가 본성을 기르는 도리를 제시하였다.

한자 牢 우리 뢰, 鹵 염밭 로·소금 로, 莽 풀 망·거칠 망, 裂 찢을 렬, 芸 향초 이름 운·김맬 운, 櫌 곰방메 우·씨앗 덮을 우, 蕃 산흰쑥 번, 滋 불을 자, 飧 저녁밥 손

26. 외재적 사물

| 외물外物 |

외물은 나에게 영향을 미치는 외재적 사물이나 현상을 가리킨다. 이 편에서는 내편 「인간세」의 사상을 부연하여, 외물에 영향 받지 않고 자기의 본성을 잃지 않는 무위자연의 처세를 설명하고 있다. 외물의 구속에서 벗어나, 자신을 비우고[허기(虛己)] 말을 잊는[망언 (忘言)] '무위'의 경지에 처할 것을 주장하고 있다.

이 밖에도 '수레바퀴 자국 안의 붕어[학철지부(涸轍之鮒)]'라는 우언 을 통해 본성을 따르는 문제, 임공자(任公子)의 낚시 이야기를 통해 시야와 규모에 대한 문제, 도굴 이야기에서 유가의 위선을 비판한 내용, '무용지용'에 대한 재강조 등 잡다한 내용이 섞여 있다.

수레바퀴 자국 안의 붕어

莊周家貧. 故往貸粟於監河侯, 監河侯曰. 諾. 我將得邑金, 將貸子三百金, 可乎? 莊周忿然作色曰. 周昨來, 有中道而呼者. 周顧視, 車轍中有鮒魚焉. 周問之曰. 鮒魚來[1], 子何爲者邪? 對曰. 我東海之波臣也. 君豈有斗升之水, 而活我哉. 周曰. 諾. 我且南遊吳越之王, 激西江之水而迎子, 可乎? 鮒魚忿然作色曰. 吾失我常與, 我無所處. 吾得斗升之水, 然[2]活耳, 君乃言此, 曾不如早索我於枯魚之肆.

장주는 집이 가난하였다. 그래서 감하후(監河侯)에게 양식을 빌리러 가니 감하후가 말하였다. "좋습니다. 내가 장차 봉읍(封邑)의 세금을 받을 것이니 그대에게 3백금을 빌려 주면 되겠소?" 장주가 벌컥 화를 내면서 말하였다. "내가 어제 오는 길에 도중에서 부르는 자가 있었습니다. 내가 돌아다보니 수레바퀴 자국 안에 붕어가 있었습니다. 내가 그 붕어에게 물었지요. '붕어야, 너는 무엇을 하는 자이냐?' 붕어가 대답하였습니다. '나는 동해의 파도 신(神)입니다. 그대에게 혹시 한 말이나 한 되쯤의 물이 있다면 나를 살려 주시오.' 제가 말했지요. '좋네. 내가 장차 남쪽으로 가서 오나라와 월나라의 왕을 설득하여 서강(西江)의 물을 끌어다가 너를 맞이해 가게 할 것이니, 그러면 되겠느냐?' 라고 했습니다. 붕어가 벌컥 화를 내면서 말하기를, '저는 늘 함께 있

---

1 래(來): 어조사이다.
2 연(然): 순접(順接)을 나타낸다.

던 것[물]을 잃어서 있을 곳이 없습니다. 저는 한 말이나 한 되쯤의 물만 얻으면 살 수 있는데 당신은 이런 말을 하고 있으니, 차라리 일찌 감치 건어물전에서 나를 찾는 것이 나을 것입니다.'"라고 하였습니다.

해설 유명한 '학철지부(涸轍之鮒)'의 우언이다. 일을 처리하는 것이 이 치에 맞고 시의적절해야 함을 밝힌 내용이다.

한자 忿 성낼 분, 鮒 붕어 부, 激 부딪칠 격·빠를 격·떨칠 격, 肆 방자할 사·가게 사

02.
임나라 공자(公子)의 큰 낚시

任公子爲大鉤巨緇, 五十犗以爲餌, 蹲乎會稽, 投竿東海. 旦旦而釣, 期年不得魚. 已而大魚食之, 牽巨鉤, 錎[3]沒而下, 騖揚而奮鬐, 白波若山, 海水震蕩, 聲侔鬼神, 憚赫千里. 任公子得若魚, 離而腊之, 自制河[4]以東, 蒼梧已北, 莫不厭若魚者. 已而後世, 輇才諷說之徒皆驚而相告也. 夫揭竿累, 趨灌瀆, 守鯢鮒, 其於得大魚難矣. 飾小說以干縣令, 其於大達亦遠矣. 是以未嘗聞任氏之風俗, 其不可與經於世亦遠矣.

임나라 공자가 큰 낚싯바늘과 굵은 낚싯줄을 만들고 50마리의 거세한 소를 미끼로 하여 회계산에 걸터앉아 동해에 낚싯대를 드리웠다. 날마

---

3 함(錎): '함(陷)'과 통한다.
4 제하(制河): 절강(浙江)의 다른 이름이다.

다 낚시질을 했지만 1년 동안 물고기를 잡지 못했다. 얼마 후 큰 고기가 미끼를 물었는데 큰 낚싯바늘을 끌면서 깊이 내려갔다가 세차게 솟구쳐서 등지느러미를 떨치니, 흰 파도가 산더미 같아 바닷물이 뒤흔들리며 소리는 귀신이 우는 것 같아 천리까지 놀라게 하였다. 임나라 공자가 그 물고기를 잡아 그것을 갈라 포로 만드니, 절강의 동쪽에서부터 창오산의 북쪽까지 그 물고기를 실컷 먹지 않은 이가 없었다. 얼마 후 뒷날에, 재주를 따지며 떠드는 무리들이 모두 놀라서 서로 말하였다. 작은 낚싯대와 가는 줄을 들고 물을 대는 도랑에 가서 작은 붕어를 잡으려고 한다면 아마도 큰 고기를 잡기에는 어려울 것이다. 하찮은 이야기를 꾸며 현령 자리나 얻으려 한다면 아마도 크게 이루기에는 역시 거리가 멀 것이다. 이 때문에 일찍이 임나라 공자의 풍모를 들어보지 못했다면 아마도 함께 세상을 경영하기에는 역시 거리가 멀 것이다.

해설 낚시질을 비유로 들어 큰 뜻을 이루고자 하는 자는 작은 이해를 돌아보지 않음을 깨우친 우언이다. 원대한 목표를 가지고 큰일을 이루기 위해서는 그에 맞는 준비를 잘하고 꾸준한 인내심을 가져야 함을 가르치고 있다. 나아가 도(道)에 이르기 위해서는 세속적 이해관계를 초월해야 함을 암시한 내용이다.

한자 鉤 띠쇠 구·갈고리 구·낚시 구, 緇 검을 치·검은 끈 치, 犗 불간 소 개, 餌 먹이 이, 蹲 쭈그릴 준·모을 준, 牽 끌 견, 錎 쇠사슬 함·빠질 함(陷과 통용), 鶩 달릴 무, 鬐 갈기 기·등지느러미 기, 震 벼락 진·흔들 진, 侔 같을 모·따를 모, 憚 꺼릴 탄·놀랄 탄, 赫 붉을 혁·빛날 혁·대로할 혁·두려워할 혁, 腊 포 석, 蒼 푸를 창, 輇 바퀴살이 없는 수레바퀴 전·헤아릴 전(銓과 같은 자), 揭 들 게, 灌 물 댈 관, 瀆 도랑 독, 鯢 도롱뇽 예·작은 물고기 예

03.
유학자들의 도굴

儒以詩禮發冢, 大儒臚傳曰. 東方作矣, 事之何若? 小儒曰. 未解裙襦, 口中有珠. 詩固有之曰. 靑靑之麥, 生於陵陂, 生不布施, 死何含珠爲⁵? 接其鬢, 壓其顪, 儒以金椎控其頤, 徐別其頰, 無傷口中珠.

유학자들이 『시경』과 『서경』을 읊조리며 무덤을 도굴하는데, 큰 유학자가 아래를 향해 말하였다. "동방에 해가 솟는데 일이 어떠한가?" 작은 유학자가 말하였다. "아직 치마와 저고리를 벗기지 못했는데 입안에 구슬이 있습니다. 『시경』에 이런 말이 있지요. '푸르고 푸른 보리는 무덤가 언덕에서 자라네. 살아서는 베풀지 않더니 죽어서 어찌 구슬을 물고 있나?'"⁶ 시체의 귀밑머리를 잡고 뺨을 누른 채, 유학자가 쇠망치로 턱을 쳐서 천천히 그 입을 벌리니 입 안의 구슬이 손상되지 않았다.

해설 『시경』과 『서경』을 인용하고 예악을 따지면서 이익의 추구에 빠진 유학자들의 표리부동한 추악함을 고발한 우언이다. 그들은 남이 보지 않는 데에서는 갖은 수치스러운 짓을 다 하면서 겉으로 군자인 척하는 자들이다. 공자도 이런 위선자들을 '향원(鄕原)'이라고 비판하였다.

---

5   위(爲): 의문의 어조사이다.
6   지금의 『시경(詩經)』에는 보이지 않는 구절이다.

冢 무덤 총, 臚 가죽 려·전할 려, 裙 치마 군, 襦 저고리 유, 佈 펼 포, 鬢 살쩍 빈, 顴 턱수염 훼·뺨 훼, 椎 몽치 추, 控 당길 공·칠 강, 頤 턱 이, 頰 뺨 협

04.
작은 지혜와 큰 지혜

宋元君夜半而夢, 人被髮, 窺阿門[7]曰. 予自宰路[8]之淵, 予爲淸江, 使河伯之所, 漁者余且得予. 元君覺, 使人占之曰, 此神龜也. 君曰. 漁者有余且乎? 左右曰. 有. 君曰. 令余且會朝. 明日余且朝, 君曰. 漁何得? 對曰. 且之網得白龜焉, 其圓五尺. 君曰. 獻若之龜. 龜至, 君再欲殺之, 再欲活之, 心疑, 卜之曰, 殺龜以卜, 吉. 乃刳龜, 七十二鑽, 而無遺筴. 仲尼曰. 神龜, 能見夢於元君, 而不能避余且之網, 知能七十二鑽, 而無遺筴, 不能避刳腸之患. 如是則知有所困, 神有所不及也. 雖有至知, 萬人謀之. 魚不畏網, 而畏鵜鶘. 去小知而大知明, 去善而自善矣.

송(宋)나라 원군이 한밤중에 꿈을 꾸었는데, 어떤 사람이 머리를 풀어헤치고 옆문으로 들여다보면서 말하였다. "저는 재로(宰路)라는 연못에서 왔는데 제가 청강(淸江)을 위하여 하백이 있는 곳으로 심부름 가는 길에, 어부 여차(余且)가 저를 잡았습니다." 원군이 잠에서 깨어 사람을 시켜 이를 점치게 했더니 말하기를, "이것은 신령스러운

---

7   아문(阿門): 곁문을 가리킨다.
8   재로(宰路): 연못 이름이다.

거북입니다."라고 하였다. 원군이 말하였다. "어부 중에 여차라는 자가 있는가?" 신하들이 말하였다. "있습니다." 원군이 말하였다. "여차를 조정에 데려오거라." 이튿날 여차가 조정에 이르자 원군이 말하였다. "고기잡이에서 무엇을 잡았느냐?" 대답하기를, "제 그물에 흰 거북이 걸렸는데 그 둘레가 다섯 자나 되었습니다."라고 하자 원군이 말하였다. "너의 거북을 바치도록 하라." 거북이 이르자 원군은 다시 그것을 죽이려고 하다가 다시 그것을 살려둘까 하면서, 마음속으로 망설여져 점을 치게 했더니 점괘에, "거북을 죽여서 점을 치면 길하다."라고 하였다. 이에 거북의 내장을 도려내고 72회나 점을 치는데도 잘못된 점괘가 없었다. 공자가 말하였다. "신령스러운 거북이 원군에게 현몽할 수는 있었지만 여차의 그물을 피할 수는 없었고, 지혜는 능히 72회나 점을 쳐도 잘못된 점괘가 없었지만 내장이 도려내지는 근심은 피할 수 없었다. 이와 같다면 지혜롭다는 것도 곤란해지는 경우가 있고 신령스러운 것도 미치지 못하는 것이 있다. 비록 지극한 지혜를 지니고 있어도 사람이 많으면 그를 해칠 수 있다. 물고기는 그물을 두려워하지 않지만 사다새를 두려워한다.[9] 작은 지혜를 버리면 큰 지혜가 밝아지고, 착하다는 생각을 버리면 저절로 착해진다.

해설 신령스럽고 지혜로웠지만 그것 때문에 죽음을 당한 거북을 비유로 들어 유가에서 추구하는 신령스러움, 지혜로움 등에 대한 추구를 버릴 것을 강조한 우언이다. 그 결과는 "작은 지혜를 버

---

9 물고기가 사다새를 볼 수 있는 작은 지혜에 빠져, 그물을 보는 큰 지혜가 없음을 가리킨다.

리면 큰 지혜가 밝아지고, 착하다는 생각을 버리면 저절로 착해
진다."고 하였다.

단자 窺 엿볼 규, 劀 가를 고, 鑽 끌 찬·뚫을 찬, 筴 낄 협·점대 책, 鵜 사다새
제, 鵬

05.
발을 딛지 않는 곳의 쓸모

惠子謂莊子曰. 子言無用. 莊子曰. 知無用, 而始可與言用矣. 天地
非不廣且大也, 人之所用, 容足耳. 然則, 厠足而墊之致黃泉, 人尙
有用乎? 惠子曰. 無用. 莊子曰. 然則無用之爲用也, 亦明矣.

혜자가 장자에게 말하였다. "그대의 말은 쓸모가 없소." 장자가 말하
였다. "쓸모가 없는 것을 알아야 비로소 쓸모를 말할 수 있소. 천지가
넓고 크지 않은 것은 아니지만 사람이 필요로 하는 것은 발을 딛는
곳일 뿐이오. 그렇다면 발 옆으로 파내어 황천에까지 이르게 한다면,
사람들은 그래도 (발을 딛는 곳만이) 쓸모가 있겠소?" 혜자가 말하였다.
"(발을 딛는 곳만으로는) 쓸모가 없겠지요." 장자가 말하였다. "그렇다면
쓸모없는 것이 쓸모가 됨은 역시 분명하게 되지요."

해설 발을 딛는 땅을 비유로 들어 쓸모없음의 쓸모[무용지용(無用之
用)]를 설명한 우언이다. 앞의 「서무귀」편에도 다음과 같이 비슷
한 내용이 있다. "발이 땅에서 밟고 가지만 비록 밟는 곳뿐이더

라도 밟지 않는 곳을 믿은 뒤에라야 제대로 멀리 가게 된다. 사람이 아는 것에 있어서 적지만 비록 적다고 하더라도 알지 못하는 것을 믿고 그런 뒤에라야 하늘[자연]이 말하는 것을 알게 된다. (足之於地也踐, 雖踐, 恃其所不蹍而後善博也. 人之於知也少, 雖少, 恃其所不知, 而後知天之所謂也.)"

한자 厠 뒷간 측·가 측, 墊 빠질 점·팔 점, 踐 밟을 천, 蹍 밟을 전·넘어질 전

06.
빈 공간의 쓸모

室無空虛, 則婦姑勃豀[10], 心無天遊, 則六鑿[11]相攘. 大林丘山之善於人也, 亦神者不勝.

방 안에 빈 공간이 없으면 시어머니와 며느리가 다투게 되고, 마음속에 자연의 도(道)가 노닐 곳이 없으면 육정(六情)이 서로를 어지럽힌다. 큰 숲과 산은 사람에게 좋으니, 역시 정신이라는 것은 (막힘을) 감당하지 못하기 때문이다.

해설 육신도 공간적 여유가 필요하듯이 정신은 더욱 그러하다. 그런 정신적인 여유 속에 자연의 도가 머물 수 있다는 우언이다. 방 안에 빈 공간이 없으면 시어머니와 며느리가 다투게 된다는 비

---

10 발혜(勃豀): 서로 다투는 것이다.
11 육착(六鑿): 희(喜)·로(怒)·애(哀)·락(樂)·애(愛)·오(惡)의 육정(六情)을 가리킨다.

유가 생동감이 있다.

한자 勃 우쩍 일어날 발·다툴 발, 豀 뒵들(서로 덤벼들어 말다툼하는 모습) 혜, 攘 물리칠 양·어지럽힐 녕

07.
말을 초월한 사람

荃者所以在魚, 得魚而忘荃. 蹄者所以在兔, 得兔而忘蹄. 言者所以
在意, 得意而忘言. 吾安得夫忘言之人, 而與之言哉.

통발이라는 것은 물고기를 잡는 도구이니 물고기를 잡았으면 통발
은 잊어버려야 한다. 올가미라는 것은 토끼를 잡는 도구이니 토끼를
잡았으면 올가미는 잊어버려야 한다. 말이라는 것은 뜻을 전하는 도
구이니 뜻을 얻었으면 말은 잊어버려야 한다. 나는 어떻게 하면 말을
잊은 사람을 만나 그와 이야기할 수 있을까.

해설 통발과 올가미를 비유로 들어 수단과 목적의 구분을 인식할 것
을 가르친 우언이다. 말에 묻혀 뜻의 추구를 망각한 당시 변론
가들을 비판한 것이다. 수단인 말을 초월하여 마음으로 도를 체
득할 것을 암시하고 있다.

한자 荃 통발 전(筌과 통용), 蹄 굽 제·올무 제

27. 다른 것에 가탁하여 뜻을 나타내는 말

| 우언寓言 |

이 편의 내용은 크게 두 부분으로 나뉜다. 전반부는 자신이 저술한 『장자』라는 책의 문장 표현 방법을 우언(寓言)·중언(重言)·치언(卮言)으로 분류하여 설명하고 있다. 이 때문에 『장자』 전체의 범례[일러두기]가 되는 글이라고 일컬어지기도 한다.

후반부는 여러 개의 우언으로 구성되어 있는데, 모두 내편의 사상을 해설·부연하고 있다. 그 주된 요지는 자연의 순박함에 순응해야한다는 주장이다.

아버지의 자식 자랑

親父不爲其子媒. 親父譽之, 不若非其父者也, 非吾罪也, 人之罪
也. 與己同則應, 不與己同則反, 同於己爲¹是之, 異於己爲非之.

친아버지는 자기 자식을 위해 중매하지 않는다. 친아버지가 자기
자식을 칭찬하는 것은 자기 아버지가 아닌 자(가 칭찬하는 것)만 못하
기 때문이니, 내 잘못이 아니고 남들의 잘못이다. 나와 생각이 같으
면 호응하고 나와 생각이 같지 않으면 반대하며, 나와 생각이 같으면
옳다고 하고 나와 생각이 다르면 그르다고 하기 때문이다.

해설 친아버지의 자식 자랑이라는 비유를 통해『장자』책의 논리 전개
방식 가운데 중요한 하나인 우언의 효과에 대해 설명하고 있다.
외부에서 빌려다가 말하는 효과인 우언의 방법을 통해 신뢰성
과 설득력을 확보할 수 있다는 주장이다.

한자 寓 부처살 우·가탁할 우, 卮 잔 치

---

1   위(爲): '즉(則)'과 같이 가정문을 이어주는 연사이다.

부모 봉양에 대한 마음

曾子再仕, 而心再化曰. 吾及親仕, 三釜而心樂, 後仕, 三千鍾而不
洎, 吾心悲. 弟子問於仲尼曰. 若參者, 可謂無所縣其罪乎. 曰. 既已
縣矣. 夫無所縣者, 可以有哀乎. 彼視三釜三千鍾, 如觀雀蚊虻相過
乎前也.

증삼(曾參)은 두 번 벼슬하면서 마음이 두 번 변하여 다음과 같이 말
하였다. "나는 어버이가 살아 계셨을 때 벼슬하면서는 (녹봉이) 3부
(釜)²였어도 마음이 즐거웠지만, 뒤에 벼슬하면서는 삼천 종(鍾)³이나
되어도 (어버이가) 계시지 않아 내 마음이 슬펐다." 제자가 공자에게
물었다. "증삼 같은 사람은 잘못에 걸릴 일이 없겠다고 할 수 있겠습
니다." 공자가 말하였다. "이미 (잘못에) 걸렸다. 걸릴 일이 없다면 슬
퍼할 일이 있을 수 있겠는가. 그런 자는 3부와 삼천 종을 보기를, 마
치 눈앞에 참새나 모기, 등에가 지나가는 것을 보듯이 할 것이다."

해설 증자의 고사를 통해 녹봉의 많고 적음에 마음을 두는 것 자체가
달관하지 못한 것이라고 설파한 우언이다.

한자 釜 가마 부·용량 단위 부, 鍾 종 종·용량 단위 종, 洎 윤택할 계·부을
계·미칠 기(曁와 같은 자), 蚊 모기 문, 虻 등에 맹

---

2 부(釜): 용량의 단위로, 6두(斗) 4승(升)이다.
3 종(鍾): 용량의 단위로, 6섬(斛) 4두(斗)이다.

03.
본그림자와 곁 그림자

罔兩[4]問於景曰. 若向也俯, 而今也仰, 向也括撮, 而今也被髮, 向也
坐, 而今也起, 向也行, 而今也止, 何也? 景曰. 搜搜[5]也, 奚稍問也?
予有, 而不知其所以. 予蜩甲也, 蛇蛻也, 似之而非也. 火與日, 吾屯
也, 陰與夜, 吾代也. 彼吾所以有待邪. 而況乎以無有待者乎. 彼來
則我與之來, 彼往則我與之往, 彼强陽[6], 則我與之强陽. 强陽者, 又
何以有問乎.

곁 그림자가 그림자에게 물었다. "그대는 아까 고개를 숙이고 있더니
지금은 고개를 들고 있고 아까는 머리를 묶고 있더니 지금은 풀어헤
치고 있으며, 아까는 앉아 있더니 지금은 일어서 있고 아까는 가더니
지금은 멈춰 있으니 어쩐 일이오?" 그림자가 말하였다. "(나는) 무심
하게 움직이는데 어찌하여 소소한 것을 묻는가? 나는 그러함이 있지
만, 그 까닭을 알지 못하네. 나는 매미의 껍질이고 뱀의 허물이지만
비슷하면서 아니지. 불빛이나 햇빛에서 나는 모이지만, 그늘과 밤에
는 나는 사라지지. 그것들이 내가 의지하는 것들이겠는가.[7] 하물며

---

4   망량(罔兩): 그림자에서 생기는 희미한 곁 그림자로, 그림자를 따라서 생기는
    그림자이다.
5   수수(搜搜): 무심히 움직이는 모습이다.
6   강양(强陽): 굳세게 움직이는 모습이다.
7   그림자도 자체적인 원리, 즉 자연의 이치가 있어 독자적으로 변화함[독화(獨
    化)]을 가리킨다.

의지함이 없는 것들이겠는가. 그것들이 나타나면 나도 그것들과 함께 나타나고 그것들이 사라지면 나도 그것들과 함께 사라지며, 그것들이 힘차게 움직이면 나도 그것들과 함께 힘차게 움직이네. 힘차게 움직이는 것에 또 무엇을 물을 것이 있겠는가."

해설 그림자에서 생긴 곁그림자인 망량이 본그림자인 영에게 줏대가 없다고 비판하여, 사람들이 상대를 비난하는 불합리성을 지적한 우언이다. 내편 「제물론」에도 비슷한 내용이 보인다.

한자 罔 그물 망·없을 망·속일 망·어두울 망, 景 볕 경·그림자 영, 括 묶을 괄, 撮 집을 촬·모을 촬, 捜 찾을 수·움직이는 모양 수, 稍 끝 초·작을 초·점점 초, 蜩 매미 조, 蛻 허물 세(태)·허물 벗을 세(태)

28. 왕위王位를 사양하다

| 양왕讓王 |

이 편의 명칭은 요임금과 순임금이 허유(許由)와 자주지보(子州支父), 자주지백(子州支伯) 등의 은사들에게 천하를 물려주려고 한 내용에서 따온 것이다. 편의 주된 뜻은 은둔과 양생의 가치를 내세워, 생명을 귀중히 여기고 세속적인 부귀나 지위를 경시하는 사상을 드러낸 것이다.

대부분 은사들에 관한 설화를 기술한 것들이고, 또 『열자』, 『여씨춘추』 등과 중복되는 부분이 많아 여러 책에서 발췌하여 편집한 것으로 보인다.

01.

천지 사이에서 소요하다

舜以天下讓善卷, 善卷曰. 余立於宇宙之中, 冬日衣皮毛, 夏日衣葛絺, 春耕種, 形足以勞動, 秋收斂, 身足以休食. 日出而作, 日入而息, 逍遙於天地之間, 而心意自得. 吾何以天下爲哉. 悲夫. 子之不知余也. 遂不受, 於是去而入深山, 莫知其處.

순임금이 천하를 선권(善卷)에게 물려주려고 하자 선권이 말하였다. "나는 지금 우주의 가운데 서서 겨울에는 가죽옷을 입고 여름에는 베옷을 입으며, 봄에는 밭을 갈고 씨를 뿌리니 몸은 일할 만하고, 가을에는 거둬들이니 몸은 쉬면서 먹고 살 만합니다. 해가 뜨면 일하고 해가 지면 쉬면서 천지 사이에서 소요하니 마음은 여유롭습니다. 내가 천하를 가지고 무엇을 하겠습니까. 슬픕니다. 그대가 나를 몰라 주시다니." 끝내 받지 않고 이에 그곳을 떠나 깊은 산 속으로 들어가니, 그가 간 곳을 아는 이가 없었다.

해설 자족의 이치를 터득하여 천하를 사양했던 선권의 예를 들고 있다. 부귀보다 정신적인 여유를 중시한 은사의 전형(典型)이라고 하겠다.

한자 絺 칡베 치, 斂 거둘 렴

02.
천하와 양 손의 경중

韓魏相與爭侵地. 子華子[1]見昭僖侯, 昭僖侯有憂色. 子華子曰. 今
使天下書銘於君之前, 書之言曰, 左手攫之, 則右手廢, 右手攫之,
則左手廢. 然而攫之者, 必有天下. 君能攫之乎? 昭僖侯曰. 寡人不
攫也. 子華子曰. 甚善. 自是觀之, 兩臂重於天下也, 身又重於兩臂.
韓之輕於天下, 亦遠矣, 今之所爭者, 其輕於韓, 又遠. 君固愁身傷
生, 以憂戚不得也. 僖侯曰. 善哉. 敎寡人者衆矣, 未嘗得聞此言也.

한(韓)나라와 위(魏)나라가 서로 다투면서 땅을 침략하였다. 자화자
(子華子)가 [한나라 임금인] 소희후(昭僖侯)를 만났는데 소희후는 근심
스러운 안색을 하고 있었다. 자화자가 말하였다. "지금 가령 천하 사
람들이 임금님 앞에서 맹세를 쓰는데, 쓴 글에 이르기를, '왼손으로
이것을 잡으면 오른손이 없어지고, 오른손으로 이것을 잡으면 왼손
이 없어질 것이다. 그러나 이것을 잡는 자는 반드시 천하를 갖게 된
다'라고 한다면 임금님께서는 이것을 잡을 수 있겠습니까?" 소희후가
말하였다. "과인은 잡지 않겠소." 자화자가 말하였다. "매우 훌륭하
십니다. 이로 보건대 두 팔은 천하보다 소중하고 몸은 두 팔보다 더
소중합니다. 한나라가 천하보다 경미함이 훨씬 심한데 지금 다투고
있는 곳은 한나라보다 경미함이 더 심합니다. 임금님께서는 진실로

---

1   자화자(子華子): 위(魏)의 현자(賢者)이다.

몸을 괴롭히고 생명을 해치면서 (이 땅을) 얻지 못할까를 근심하고 계십니다. 소희후가 말하였다. "훌륭합니다. 과인을 가르쳐 준 자가 많았지만 일찍이 이런 말은 들어본 적이 없습니다."

해설 땅과 천하, 손과 목숨 등의 중요성에 있어서의 경중을 비유로 들어, 하찮은 땅을 차지하려고 가장 중요한 목숨을 손상시키는 어리석음을 깨우쳐 준 우언이다.

한자 僖 기뻐할 희, 攫 붙잡을 확, 戚 슬퍼할 척·근심할 척·겨레 척

03.
수후의 구슬[수후지주(隨侯之珠)²]로 참새를 쏘다

今世俗之君子多危身棄生, 以殉物, 豈不悲哉. 凡聖人之動作也, 必察其所以之與其所以爲. 今且有人於此, 以隨侯之珠, 彈千仞之雀, 世必笑之. 是何也. 則其所用者重, 而所要者輕也. 夫生者, 豈特隨侯之重哉.

지금 세속의 군자들은 몸을 위태롭게 하고 삶을 버리면서 외물에 목숨 거는 경우가 많으니, 어찌 슬프지 않은가. 대체로 성인이 행동할 때에는 반드시 향할 바와 행할 바를 살핀다. 지금 여기에 어떤 사람

---

2 수후지주(隨侯之珠): 수후(隨侯)가 얻었다는 전설상의 구슬로, 진귀한 보물을 가리킨다.

이 있는데, 수후의 구슬로 천 길 높이의 참새를 쏜다면 세상 사람들은 반드시 그를 비웃을 것이다. 이것은 어째서인가. 그가 사용하는 것은 귀중하고 구하는 것은 가볍기 때문이다. 무릇 목숨이라는 것이 어찌 다만 수후의 귀중한 구슬 정도일 뿐이겠는가.

해설 옛날이나 지금이나 출세와 영달을 위해 목숨을 위태롭게 하는 속인들이 많았다. 진귀한 보물과 참새의 예로 사람의 목숨과 부귀를 비유함으로써 생명의 중요성을 선명하게 부각시킨 우언이다.

04.
날씨가 추울 때 소나무와 잣나무를 알아본다

孔子窮於陳蔡之間, 七日不火食. …… 子路曰. 如此者, 可謂窮矣. 孔子曰. 是何言也. 君子通於道之謂通, 窮於道之謂窮. 今丘抱仁義之道, 以遭亂世之患, 其何窮之爲. 故內省, 而不窮於道, 臨難, 而不失其德. 天寒旣至, 霜雪旣降, 吾是以知松柏之茂也. 陳蔡之隘, 於丘其幸乎.

공자가 진(陳)나라와 채(蔡)나라 사이에서 곤궁한 일을 당하여 7일 동안이나 불 땐 음식을 먹지 못했다. …… 자로가 말하였다. "이와 같은 경우를 궁하다고 할 수 있겠지요." 공자가 말하였다. "이게 무슨 말인가. 군자가 도에 통한 것을 '통(通)'이라 하고, 도에 막힌 것을 '궁(窮)'이라 한다. 지금 나는 인의의 도를 지니고서 난세의 환난을 만났는데, 그것이 무슨 곤궁이 되겠느냐. 그러므로 안으로 돌이켜 보아도 도에 막히지 않았고 어려운 일을 당해도 그 덕을 잃지 않았다. 날씨가 추워질 때가 이르고 서리와 눈에 내리게 되면, 나는 이로써 소나무와 잣나무가 무성함을 안다. 진나라와 채나라 사이에서의 곤궁은 내게 있어서는 아마 다행한 일일 것이다."

해설 공자가 한겨울에도 무성한 소나무와 잣나무로, 곤경에서도 유유자적할 수 있었던 자신을 비유한 우언이다. "군자가 도에 통한 것을 '통(通)'이라 하고, 도에 막힌 것을 '궁(窮)'이라 한다."라고 하여 자신은 인의의 도가 통했기 때문에 궁한 것이 아니라는 설명이다.

한자 蔡 거북 채·나라 이름 채, 隘 좁을 애·곤궁할 애

29. 노魯나라의 대도大盜

| 도척盜跖 |

이 편은 세 가지 이야기로 구성되어 있는데 공자와 도척, 자장(子張)과 만구득(滿苟得), 무족(無足)과 지화(知和)의 문답이 각기 다른 주제를 이루고 있다.

그 중에서 공자와 도척의 문답이 전체의 반 이상을 차지하고 있다. 그 내용은 유가의 예교주의에 대하여 그 위선과 기만을 비판하면서 자연적인 성정을 존중할 것을 강조한 것이다.

01.

공자(孔子)여, 그대야말로 가장 큰 도둑놈이로다

黃帝不能致德, 與蚩尤戰於涿鹿之野, 流血百里, 堯舜作, 立羣臣,
湯放其主, 武王殺紂. 自是以後, 以强陵弱, 以衆暴寡, 湯武以來, 皆
亂人之徒也. 今子脩文武之道, 掌天下之辯, 以敎後世, 縫衣[1]淺帶,
矯言僞行, 以迷惑天下之主, 而欲求富貴焉, 盜莫大於子, 天下何故
不謂子爲盜丘, 而乃謂我爲盜跖.

황제(黃帝)는 덕을 이루지 못하여 치우와 탁록의 들에서 싸워 백 리
까지 피를 흐르게 하였고 요순이 일어나 많은 신하들을 임명하였으
며, 탕왕은 그의 군주를 추방했고 무왕은 주왕(紂王)을 죽였다. 이후
로는 강한 자가 약한 자를 짓밟고 다수가 소수를 해치니, 탕왕과 무
왕 이후로는 모두가 어지러운 사람들의 무리였다. 지금 그대는 문왕
과 무왕의 도를 닦고 천하의 변론을 담당하여 후세 사람을 가르치며,
도포에 넓은 띠를 두르고 속이는 말과 거짓된 행동으로 천하의 군주
들을 미혹시켜서 부귀를 구하고자 하니, 도둑질이 그대보다 더 큰 것
이 없는데 천하 사람들은 어째서 그대를 도구(盜丘)라 부르지 않고
나를 도척(盜跖)이라고 부르는가.

---

1 봉의(縫衣): 유생(儒生)들이 입던, 옆이 넓게 터진 도포이다. 봉액(縫掖)이라고
   도 한다.

해설 장자가 도척의 입을 빌려 유가의 주장을 신랄하게 비판한 우언이다. 도척이 유가(儒家)에서 높이는 성인(聖人)이라는 이들을 차례로 비판하고 있다. 마침내 공자를, 속임수와 거짓된 행동으로 부귀를 추구하는 도둑이라고 질타하였다.

한자 蚩 어리석을 치, 涿 들을(방울져 떨어질) 탁·칠 탁, 陵 언덕 릉·범할 릉·짓밟을 릉, 縫 꿰맬 봉, 淺 얕을 천·폭이 넓을 천, 矯 바로잡을 교·속일 교

02.
성공한 자는 머리가 되고 성공하지 못한 자는 꼬리가 된다

子張曰. 昔者桀紂, 貴爲天子, 富有天下. 今謂臧聚[2]曰, 汝行如桀紂, 則有怍色, 有不服之心者, 小人所賤也. 仲尼墨翟, 窮爲匹夫. 今謂宰相曰, 子行如仲尼墨翟, 則變容易色, 稱不足者, 士誠貴也. 故勢爲天子, 未必貴也, 窮爲匹夫, 未必賤也. 貴賤之分, 在行之美惡. 滿苟得曰. 小盜者拘, 大盜者爲諸侯, 諸侯之門, 義士存焉. 昔者桓公小白殺兄入嫂, 而管仲爲臣, 田成子常[3]殺君竊國, 而孔子受幣. 論則賤之, 行則下之, 則是言行之情, 悖戰於胸中也, 不亦拂乎. 故書曰, 孰惡孰美? 成者爲首, 不成者爲尾.

---

2   취(聚): '추(騶)'의 가차로, '마부'의 뜻이다.

3   전성자상(田成子常): 제(齊)나라 전상(田常)으로 성자(成子)는 그의 시호이다. 원래 진(陳)나라 사람 진항(陳恒)인데 제 간공(簡公)을 시해하고 제나라의 대권을 잡았다. 그의 증손이 제위에 올랐는데 국명은 그대로 '제(齊)'라고 하였다.

자장이 말하였다. "옛날에 걸왕과 주왕은 귀함으로는 천자가 되었고 부유함으로는 천하를 차지했지. 그러나 지금 종이나 마부들에게 이르기를, 너의 행실이 걸주와 같다고 하면 부끄러운 기색을 지니면서 승복하지 않는 마음이 있는 것은 소인들에게도 천하게 여겨지기 때문이네. 공자와 묵자는 곤궁한 서민이었지. 그러나 지금 재상들에게 이르기를, 그대의 행실이 공자나 묵자와 같다고 하면 자세를 고치고 안색을 바꾸면서 부족하다고 일컫는 것은, 선비들이 진정으로 귀하게 여기기 때문이네. 그러므로 권세를 얻어 천자가 되는 것이 반드시 귀한 것이 아니고, 곤궁한 서민인 것이 반드시 천한 것이 아니지. 귀천의 구분은 행실의 아름다움과 추함에 달려 있네." 만구득이 말하였다. "작게 도둑질하는 자는 구속되지만 크게 도둑질하는 자는 제후가 되니, 제후의 문에는 의사(義士)들이 모여들지. 옛날 제나라 환공인 소백(小白)은 형을 죽이고 형수를 아내로 들였는데도 관중은 신하가 되었고, 전상(田常)은 임금을 죽이고 나라를 빼앗았는데도 공자는 예물을 받았지. 말로는 이들을 천하다고 하면서도 행동으로는 그들에게 낮추는데, 이는 말과 행동의 실정이 마음속에서 어긋나며 다투기 때문이니, 역시 모순되지 않는가. 그러므로 옛 글에 말하기를, '누가 나쁘고 누가 아름다운가? 성공한 자는 머리가 되고 성공하지 못한 자는 꼬리가 된다.'고 한 것이네."

해설 폭군인 걸왕과 주왕은 천자임에도 사람들에게 천시되고 공자와 묵자는 곤궁했지만 사람들에게 존경받는다. 지위가 중요한 것이 아니고 행실이 중요하다는 자장의 주장이다. 이에 대해 만구

득은 "작게 도둑질하는 자는 구속되지만 크게 도둑질하는 자는 제후가 된다."고 하면서, 현실은 지위에 따라 행실에 대한 평가가 달라진다고 반박하였다. 인의의 행실을 강조하는 자장의 주장에 만구득이 천성을 돌이키고 천도를 따르라고 깨우친 우언이다.

한자 臧 착할 장·종 장, 怍 부끄러워할 작, 嫂 형수 수, 幣 비단 폐, 悖 어그러질 패, 拂 털 불·거스를 불

30. 검을 가지고 유세하다

| 세검說劍 |

이 편의 명칭은 장자가 조(趙)나라 혜문왕(惠文王)에게 검을 가지고 유세하였다는 뜻에서 붙여진 것이다. 검을 비유로 들어 다스림의 이치를 설명한 내용으로, 검에는 천자의 검, 제후의 검, 서민의 검이라는 세 등급이 있는데 혜문왕이 추구하는 검은 가장 낮은 수준인 서민의 검임을 일깨워주고 장차 천자의 검을 쓸 것을 권하고 있다.

천자의 검

(莊子曰.) 臣聞大王喜劍, 故以劍見王. 王曰. 子之劍, 何能禁制? 曰.
臣之劍, 十步一人, 千里不留行. 王大悅之曰. 天下無敵矣. 莊子曰.
夫爲劍者, 示之以虛, 開之以利, 後之以發, 先之以至, 願得試之. 王
曰. 夫子休, 就舍待命. 設戲請夫子.

王乃校劍士七日, 死傷者六十餘人, 得五六人, 使奉劍於殿下, 乃
召莊子. 王曰. 今日試使士敦劍. 莊子曰. 望之久矣. 王曰. 夫子所
御杖, 長短何如? 曰. 臣之所奉, 皆可. 然臣有三劍, 唯王所用, 請先
言而後試. 王曰. 願聞三劍. 曰. 有天子劍, 有諸侯劍, 有庶人劍. 王
曰. 天子之劍何如? 曰. 天子之劍, 以燕谿[1]石城[2]爲鋒, 齊岱爲鍔, 晉
魏爲脊, 周宋爲鐔, 韓魏爲夾. 包以四夷, 裹以四時, 繞以渤海, 帶以
常山, 制以五行, 論以刑德, 開以陰陽, 持以春夏, 行以秋冬. 此劍,
直之無前, 擧之無上, 案之無下, 運之無旁. 上決浮雲, 下絶地紀[3].
此劍一用, 匡諸侯, 天下服矣, 此天子之劍也.

文王芒然自失曰. 諸侯之劍何如? 曰. 諸侯之劍, 以知勇士爲鋒,
以淸廉士爲鍔, 以賢良士爲脊, 以忠聖士爲鐔, 以豪桀士爲夾. 此
劍, 直之無前, 擧之無上, 案之無下, 運之無旁. 上法圓天, 以順三
光, 下法方地, 以順四時, 中和民意, 以安四鄕. 此劍一用, 如雷霆之

---

1   연계(燕谿): 연(燕)나라의 지명이다.
2   석성(石城): 북쪽 변방의 산 이름이다.
3   지기(地紀): 대지(大地)를 묶어 고정시킨다는 끈이다.

震也, 四封之內, 無不賓服, 而聽從君命者矣, 此諸侯之劍也.

王曰. 庶人之劍何如? 曰. 庶人之劍, 蓬頭突鬢垂冠, 曼胡之纓, 短後之衣, 瞋目而語難, 相擊於前, 上斬頸領, 下決肝肺. 此庶人之劍, 無異於鬪雞. 一旦命已絕矣, 無所用於國事. 今大王有天子之位, 而好庶人之劍, 臣竊爲大王薄之. 王乃牽而上殿. 宰人上食, 王三環之. 莊子曰. 大王安坐定氣. 劍事已畢奏矣. 於是文王不出宮三月, 劍士皆服斃其處也.

(장자가 말하였다.) "신이 들으니 대왕께서 검술을 좋아하신다기에, 그래서 검술을 가지고 임금님을 뵙고자 합니다." 문왕이 말하였다. "그대의 검은 무엇을 제압할 수가 있는가?" "신의 검은 열 걸음에 한 사람씩 하여(죽여) 천 리를 가도 나아감을 멈추게 하지 못합니다." 문왕이 크게 기뻐하면서 말하였다. "천하에 대적할 자가 없겠소." 장자가 말하였다. "검을 다루는 자는 상대에게 허점을 보여주고 상대에게 유리함을 열어주어,[4] 상대보다 늦게 검을 뽑지만 상대보다 먼저 찌르니 시험해 볼 수 있기를 바랍니다." 왕이 말하였다. "선생은 그만하시고 숙소에 가서 명령을 기다리시오. 시합을 준비하여 선생을 청하겠소."

문왕은 이에 7일 동안 검객을 시험하니 사상자가 60여 명이나 되었는데, 5, 6명을 뽑아 대궐 아래에 검을 잡고 있게 하고 장자를 불렀다. 문왕이 말하였다. "오늘 검객들에게 검술을 겨루도록 하겠소." "기다린 지가 오래되었습니다." "선생이 쓸 검은 길이가 어떠하오?"

4　상대가 먼저 검을 뽑게 하는 것이다.

장자가 말하였다. "신이 잡을 검은 어느 것이나 다 좋습니다. 그러나 신에게는 세 가지의 검이 있으니, 오직 임금님께서 정하실 것이지만 우선 말씀을 드린 후에 써보겠습니다." 왕이 말하였다. "세 가지의 검에 대해 들어봅시다." "천자의 검이 있고 제후의 검이 있으며, 서민의 검이 있습니다." 왕이 말하였다. "천자의 검은 어떠하오?" "천자의 검은 연계(燕谿)와 석성(石城)을 칼끝으로 삼고 제나라의 태산을 칼날로 삼으며, 진(晉)나라와 위(魏)나라를 칼등으로 삼고 주(周)와 송(宋)나라를 칼자루의 테로 삼으며, 한(韓)나라와 위(魏)나라를 손잡이로 삼습니다. 사방의 오랑캐로 두르고 네 계절로 싸며, 발해(渤海)로 감고 상산(常山)으로 띠를 하며, 오행으로 제어하고 형벌과 덕으로 상벌을 논하며, 음양으로 시작하고 봄과 여름으로 잡으며 가을과 겨울로 휘두릅니다. 이 검은 내지르면 앞에서 막을 자가 없고 들어 올리면 위에서 막을 자가 없으며, 내리누르면 아래에서 받을 자가 없고 휘두르면 옆에서 막을 자가 없습니다. 위로는 떠있는 구름을 자르고 아래로는 지기(地紀)를 끊습니다. 이 검은 한번 쓰면 제후들을 바로잡고 천하가 복종하게 되니, 이것이 천자의 검입니다."

문왕은 멍하니 넋을 잃고 말하였다. "제후의 검은 어떠하오?" "제후의 검은 지혜롭고 용맹스러운 선비를 칼끝으로 삼고 청렴결백한 선비를 칼날로 삼으며, 현명하고 뛰어난 선비를 칼등으로 삼고 충성스럽고 훌륭한 선비를 칼자루의 테로 삼으며, 호걸스런 선비를 손잡이로 삼습니다. 이 검은 내지르면 앞에서 막을 자가 없고 들어 올리면 위에서 막을 자가 없으며, 내리누르면 역시 아래에서 받을 자가 없고 휘두르면 역시 옆에서 막을 자가 없습니다. 위로는 둥근 하늘을 본받아 해·달·별의 세 빛을 따르고 아래로는 네모난 땅을 본받아 사계절을 따르며, 가운데로는 백성의 뜻을 조화시켜 사방을 편안하게 합니다. 이 검은 한 번 쓰면 우레가 치는 것 같아서 온 나라 안의 사람들이 복종하여 임금의 명령을 따르지 않는 자가 없게 되리니, 이것이 제후의 검입니다."

　　문왕이 말하였다. "서민의 검은 어떠하오?" "서민의 검은 쑥대머리와 튀어나온 살쩍에 낮은 관을 쓰고 조잡한 갓 끈을 매며, 뒷자락을 짧게 한 옷을 입고 눈을 부릅뜨면서 말이 거친 채, 앞에서 서로 공격하여 위로는 목을 베고 아래로는 간이나 폐를 가릅니다. 이것은 서인의 검이니 닭싸움과 다를 것이 없습니다. 하루아침에 목숨이 끊어지고 나면 나라의 일에 쓸모가 없어집니다. 지금 대왕께서는 천자의 자리에 계시면서 서인의 검을 좋아하시니, 신은 감히 대왕을 위하여 이점을 안타깝게 여깁니다." 왕은 이에 (장자를) 이끌고 대궐에 오르게 하였다. 요리사가 음식을 올렸으나 왕은 세 번이나 주위를 맴돌 뿐이었다. 장자가 말하였다. "대왕께서는 편안히 앉아 기운을 안정시키십시오. 검에 대한 일은 이미 모두 아뢰었습니다." 이리하여 문왕은 석 달 동안이나 궁을 나가지 않았고, 검객들은 모두 그 곳에서 검에 엎어져 죽었다.

해설 조(趙)나라 혜문왕(惠文王)에게 검법을 비유로 들어 천하 경영의 이치를 깨우친 우언이다. 문왕을 만나 먼저 검술에 관한 논의를 전개하여 왕의 관심을 이끌어 내었다. 다음으로 문왕에게 세 가지 검 가운데 천자의 검을 비유로 들어 다스림의 최고 경지인 천하경영의 이치를 설명하였다. 다음으로 제후의 검을 비유로 들어 국가 경영의 이치를 설명하였다. 끝으로 서민의 검을 비유로 들어, 문왕의 검이 서민의 검임을 지적하여 설복시키고 있다.

한자 敦 중후할 돈·도타울 돈·겨룰 퇴, 鋒 칼끝 봉, 岱 태산 대, 鍔 칼날 악, 脊 등성마루 척, 鐔 날밑(칼날과 자루 사이에 끼우는 테) 심, 夾 낄 협·칼자루 겹 (鋏과 통용), 繞 두를 요, 紀 벼리 기, 芒 까끄라기 망·어두울 망·황홀할 황(怳과 통용), 霆 천둥소리 정, 震 천둥소리 진·벼락칠 진·흔들릴 진, 斬 벨 참, 頸 목 경, 領 옷깃 령, 決 터질 결, 牽 끌 견, 斃 넘어질 폐·넘어져 죽을 폐

31. 고기잡이

| 어부漁父 |

이 편의 구성은 어부와 공자의 대화로 이루어져 있다. 어부의 입을
빌려 유가의 인위와 위선을 비판하면서, 노장의 도와 천진(天眞),
복귀자연을 강조하고 있다.

01.

그림자와 발자국을 없애는 방법

人有畏影惡迹, 而去之走者. 擧足愈數, 而迹愈多, 走愈疾, 而影不離身, 自以爲尙遲, 疾走不休, 絶力而死. 不知處陰以休影, 處靜以息迹, 愚亦甚矣. 子審仁義之間, 察同異之際, 觀動靜之變, 適受與之度, 理好惡之情, 和喜怒之節, 而幾於不免矣. 謹脩而身, 愼守其眞, 還以物與人則無所累矣. 今不脩之身, 而求之人, 不亦外乎.

자신의 그림자를 두려워하고 자신의 발자국을 싫어해서 도망쳐 달아나던 자가 있었습니다. 발을 자주 들수록 발자국이 더욱 많아지고 빨리 달릴수록 그림자가 몸에서 떨어지지 않자, 스스로 아직도 느리다고 여겨 쉬지 않고 빨리 달리다가 힘이 떨어져 죽었습니다. 그늘 속에 들어가서 그림자를 그치게 하고 조용히 있으면서 발자국을 쉬게 할 줄 몰랐으니, 어리석음이 정말 심했지요. 그대는 인(仁)과 의(義)의 사이를 살피고 같고 다른 것의 차이를 밝히며, 움직임과 고요함의 변화를 관찰하고 주고받는 정도를 조절하며, 좋아하고 싫어하는 감정을 다스리고 기뻐하고 노여워하는 절도를 조화시키지만, 거의 화를 면하지 못할 것이오. 삼가 그대의 몸을 수양하고 신중히 그 참된 본질을 지켜서 외물과 사람을 (자연으로) 돌아가게 한다면, 얽매이는 바가 없게 될 것이오. 지금 자신을 수양하지 않고 남에게서 구하니 또한 (본질에서) 벗어난 것이 아니겠소.

해설 그림자와 발자국의 비유로, 자신을 수양하고 본질을 지킬 것을 깨우친 우언이다. 공자가 당시의 혼란과 무질서를 없애고자 인의를 추구하고 감정을 다스리는 것을, 쉬지 않고 달리는 것으로 비유하였다. 그 결과는 죽음에까지 이른다고 충고하면서 '그늘 속에 들어가서 그림자를 그치게 하고 조용히 있으면서 발자국을 쉴 것'을 해법으로 제시하였다.

한자 愈 나을 유·더욱 유

32. 열자列子

| 열어구列禦寇 |

이 편은 여러 개의 단편적인 우언으로 구성되어 있다. 유가와 묵가의 논쟁, 장주와 조상(曹商)의 문답, 노(魯)나라 애공(哀公)과 안합(顏闔)의 대화, 주평만(朱泙漫)의 용 잡는 이야기 등이 그것이다. 여러 개의 우언에서 전체적으로 통하는 주제는 양생(養生)과 망아(忘我)이다.

01.

우물을 독점하려는 유학자

鄭人緩也呻吟[1]於裘氏之地. 祇三年而緩爲儒, 河潤九里, 澤及三族. 使其弟墨, 儒墨相與辯. 其父助翟, 十年而緩自殺. 其父夢之, 曰. 使而子爲墨者, 予也. 闔胡嘗視其良[2]. 旣爲秋柏之實矣. 夫造物者之報人也, 不報其人, 而報其人之天. 彼故使彼. 夫人以己爲有以異於人, 以賤其親. 齊人之井飮者, 相捽也. 故曰今之世皆緩也. 自是, 有德者以不知也, 而況有道者乎.

정나라 사람인 완(緩)이 구씨(裘氏)라는 곳에서 글을 읽었다. 단지 3년 만에 완이 유학자가 되니, 황하가 9리의 땅을 윤택하게 하듯이 혜택이 삼족까지 미쳤다. 그 아우에게 묵학(墨學)을 공부하게 하였는데, 유학을 공부한 형과 묵학을 공부한 동생이 논쟁을 하였다. 그의 부친이 동생인 적(翟)을 편드니 10년이 되어 완은 자살하였다. 그의 부친이 꿈을 꾸니 (완이) 말하였다. "당신 아들에게 묵학을 공부하게 한 것은 나입니다. 한 번 나의 무덤에 가보지 않겠습니까. (내 몸은) 벌써 측백나무의 열매가 되었습니다."[3] 조물주가 인간에게 보답하는 것은 그의 인위성(人爲性)에 보답하는 것이 아니고 그 사람의 천성에 보답하는 것이다. 그[동생]가 그래서 자기 자신을 (묵자로) 만든 것이다. 저 사

---

1 신음(呻吟): 시가(詩歌)를 읊조리는 것을 가리킨다.
2 량(良): '랑(埌)'과 통하여 '무덤'의 뜻이다.
3 동생을 공부시킨 자신의 공을 내세우면서 부친을 원망하는 것이다.

람[완]은 자신이 남과 다른 점이 있다고 여겨 그 어버이를 천하게 여긴 것이다. 제나라 사람 중에 우물을 파서 마시는 사람이 상대와 다투는 격이다.[4] 그러므로 말하기를, 지금의 세상 사람들은 모두 완과 같은 자들이라고 하는 것이다. 스스로를 옳다고 하는 것은 덕이 있는 사람도 지혜롭지 못하다고 여기는데 하물며 도가 있는 사람이겠는가.

해설 유학(儒學)을 공부한 형과 묵학(墨學)을 공부한 동생을 비유로 들어 유가와 묵가의 논쟁을 비판한 내용이다. 특히 자신들만이 옳다고 강변하는 유가를 더욱 비판하고 있다.

한자 緩 느릴 완·느슨할 완, 呻 신음할 신·읊조릴 신, 裘 갓옷 구, 祇 땅귀신 기·다만 지, 闔 문짝 합·닫을 합·어찌 아니할 합(盍과 통용), 良 어질 량·무덤 랑, 柏 측백나무 백, 捽 잡을 졸·다툴 졸

02.
용을 잡는 기술

朱泙漫學屠龍於支離益, 單[5]千金之家, 三年技成, 而無所用其巧.

주평만이 지리익에게서 용을 잡는 법을 배웠는데 천금(千金)의 가산(家産)을 다 써서 3년 만에 기술이 완성되었으나, 그 뛰어난 기술을

---

4 우물물은 자연스레 나오는 것인데 그것을 독점하려는 잘못을 지적하여, 완이 동생에게 묵학을 이루게 한 공이 자신에게 있다고 여기는 잘못을 비판한 것이다.
5 단(單): '탄(殫)'과 같은 글자로 '다하다'의 뜻이다.

쓸 곳이 없었다.

해설 이 우언은 두 가지 정반대의 의미로 읽힐 수 있다. 하나는 장자의, '쓸모없음'의 '진정한 쓸모'인 '무용지용(無用之用)'을 말하는 것으로 보아, 평시에는 쓸모가 없지만 정작 크게 쓰일 데가 있을 것이라는 견해이다. 다른 하나는 쓸모없는 것에 시간과 노력을 낭비하지 않아야 한다는 실용적인 입장의 견해이다.

한자 泙 물소리 평, 漫 질펀할 만·넘쳐흐를 만, 屠 잡을 도·죽일 도, 單 홑단·다할 단

03.
치질을 핥아 주고서 받은 수레

宋人有曹商者, 爲宋王使秦. 其往也, 得車數乘, 王說之, 益車百乘. 反於宋, 見莊子曰. 夫處窮閭阨巷, 困窘織屨, 槁項黃馘者, 商之所短也, 一悟萬乘之主, 而從車百乘者, 商之所長也. 莊子曰. 秦王有病召醫, 破癰潰痤者, 得車一乘, 舐痔者, 得車五乘. 所治愈下, 得車愈多, 子豈治其痔邪? 何得車之多也?

송나라 사람 중에 조상(曹商)이라는 자가 있었는데 송나라 임금을 위하여 진(秦)나라에 사신 갔다. 그가 갈 때에는 수레 몇 대를 얻었었는데 (진나라) 임금이 그를 좋아하여 수레 백 대를 더 주었다. 송나라로 돌아오는 길에 장자를 만나서 말하였다. "궁벽한 마을의 좁은 골목에

살면서 곤궁하게 짚신이나 삼고, 여윈 목덜미에 누렇게 뜬 얼굴로 지낸 것은 나의 부족했던 점이었지만, 한 번에 만승(萬乘)의 임금을 깨우쳐서 따르는 수레가 백 대나 되는 것은 나의 뛰어난 점이지요." 장자가 말하였다. "진(秦)나라 임금이 병이 나서 의원을 불렀는데, 종기를 터뜨려주는 자는 수레 한 대를 받고 치질을 핥아주는 자는 수레 다섯 대를 받았다고 하오. 치료하는 곳이 낮을수록 수레를 받는 것은 더욱 많았다니 그대는 혹시 치질을 고쳐줬는지요? 어떻게 수레를 받은 것이 그렇게 많은지요?"

해설 아첨과 비굴로 부귀영달을 얻는 당시 세태를 풍자한 우언이다. 이후 '연옹지치(吮癰舐痔)'는 권력에 아부하는 행위의 대명사가 되었다.

한자 阨 길 험할 애·비좁을 애(隘와 같은 자)·막힐 액·고난 액, 窘 막힐 군, 屨 신 구, 項 목 항, 馘 귀 벨 괵·낯 혁, 癰 악창 옹, 潰 무너질 궤·무너뜨릴 궤, 痤 부스럼 좌, 舐 핥을 지, 痔 치질 치

04.
사람의 마음을 아는 아홉 가지 방법

凡人心險於山川, 難於知天. 天猶有春秋冬夏旦暮之期, 人者厚貌深情. 故有貌愿而益⁶, 有長若不肖, 有順懁而達, 有堅而縵, 有緩而

---

6 일(益): '일(溢)'의 고자(古字)로, '넘치다', '교만하다'의 뜻이다.

鈃. 故其就義若渴者, 其去義若熱. 故君子遠使之而觀其忠, 近使之而觀其敬, 煩使之而觀其能, 卒然問焉而觀其知, 急與之期而觀其信, 委之以財而觀其仁, 告之以危而觀其節, 醉之以酒而觀其側[7], 雜之以處而觀其色. 九徵至, 不肖人得矣.

무릇 사람의 마음이란 산천(山川)보다 험하고 하늘을 알기보다 더 어렵다. 하늘에는 그래도 봄·여름·가을·겨울과 아침·저녁이라는 주기가 있지만, 사람이란 존재는 외모를 두껍게 하고 감정을 깊이 숨기고 있다. 그러므로 외모는 성실한데도 교만한 경우가 있고 뛰어나면서도 부족한 듯한 경우도 있으며, 유순하거나 성급하면서 사리에 통달한 경우가 있고 굳세면서도 느슨한 경우가 있으며, 느리면서도 사나운 경우가 있다. 그래서 의(義)로 나아감이 목마른 듯이 하던 자가 의를 버리기를 뜨거운 것 버리듯이 한다. 그래서 군자는 멀리 심부름을 시켜 그의 충성됨을 살피고 가까이 심부름을 시켜 그의 공경을 살피며, 번거롭게 심부름을 시켜 그의 재능을 살피고 갑자기 물어서 그의 지혜를 살피며, 급하게 기한을 주어 그의 신용을 살피고 재물을 맡겨서 그의 어짊을 살피며, 위급함을 알려서 그의 절의를 살피고 술로 취하게 하여 그의 법도를 살피며, 남녀가 섞여 있게 하여 그의 여색에 대한 태도를 살핀다. 아홉 가지 징험이 이르면 부족한 사람이 드러난다.

해설 사람의 마음을 알기가 어려움은 그 험난함이 산천보다 험하고

---

7 측(側): '칙(則)'과 통하여 '법칙', '법도'의 뜻이다.

하늘을 알기보다 어렵다고 하였다. 따라서 다양한 방법으로 사람을 시험해야 제대로 알 수 있음을 밝히면서 그 구체적인 방법들을 제시하고 있다.

한자 憪 성급할 환, 縵 무늬 없는 비단 만·느슨할 만(慢과 통용), 緩 느릴 완, 釬 팔찌 한·사나울 한(悍과 통용), 煩 번거로울 번·어지러울 번, 委 맡길 위, 徵 부를 징·입증할 징·징험할 징

05.
검은 용의 여의주

人有見宋王者, 錫車十乘. 以其十乘, 驕穉莊子, 莊子曰. 河上, 有家貧恃緯蕭而食者, 其子沒於淵, 得千金之珠, 其父謂其子曰. 取石來鍛之. 夫千金之珠, 必在九重之淵而驪龍頷下, 子能得珠者, 必遭其睡也. 使驪龍而寤, 子尙奚微之有哉. 今宋國之深, 非直九重之淵也, 宋王之猛, 非直驪龍也. 子能得車者, 必遭其睡也. 使宋王而寤, 子爲螯粉矣.

송(宋)나라 왕을 만난 자가 있었는데, 수레 열 대를 하사받았다. 그 열 대를 가지고 장자에게 교만을 떨자 장자가 말하였다. "황하 가에 집이 가난해서 쑥대를 짜서 먹고 사는 자가 있었는데, 그 집 아들이 연못 속에 들어가서 천금이나 되는 구슬을 얻자 그의 아버지가 아들에게 말했다오. '돌을 가져다 그것을 깨버려라. 천금의 구슬은 반드시 아홉 겹의 깊은 연못에 사는 검은 용의 턱 밑에 있는데, 네가 그 구

슬을 얻을 수 있었던 것은 틀림없이 그 용이 자고 있을 때를 만난 것이다. 만일 검은 용이 잠에서 깨어난다면 네 몸이 어찌 조금이라도 남아 있겠느냐.'라고 했다오. 지금 송나라의 깊이는 단지 아홉 겹 깊이의 연못 정도일 뿐이 아니고 송나라 임금의 무서움은 단지 검은 용 정도일 뿐이 아니오. 그대가 수레를 얻을 수 있었던 것은 틀림없이 그가 잠자고 있을 때를 만난 것이리라. 만일 송나라 왕이 잠에서 깨면 그대는 가루가 될 것이오."

해설 사람들이 좋아하는 횡재(橫財)라는 것이 재앙의 단서임을 일깨운 우언이다. 수레 열 대를 받은 것은 송나라 왕이 방심하였거나 착각한 것이리니, 그가 알아채게 되면 그대에게 재앙이 될 것이라는 경고이다.

한자 錫 주석 석·줄 석, 驕 교만할 교, 稺 어릴 치·교만할 치(稚와 같은 자), 恃 믿을 시, 緯 씨 위·짤 위, 蕭 쑥 소, 鍛 쇠 불릴 단·칠 단, 驪 가라말 려·검은 색 려, 頷 턱 함, 睡 잘 수, 寤 깰 오, 虀 절여서 잘게 자른 채소 제·조화할 제·불러올 제

06.
장자(莊子)의 부장품(副葬品)

莊子將死, 弟子欲厚葬之. 莊子曰, 吾以天地爲棺槨, 日月爲連璧, 星辰爲珠璣, 萬物爲齎送, 吾葬具豈不備邪. 何以加此. 弟子曰. 吾恐烏鳶之食夫子也. 莊子曰. 在上爲烏鳶食, 在下爲螻蟻食. 奪彼與此, 何其偏也.

장자가 막 죽게 되었을 때 제자들이 그를 후하게 장사 지내려 하였다. 장자가 말하기를, "나는 하늘과 땅을 널과 덧널로 삼고 해와 달을 한 쌍의 옥으로 삼으며, 별들을 장식용 구슬로 삼고 만물을 부장품으로 삼을 것이니 나의 장례용품이 어찌 부족하겠는가. 무엇을 여기에 더하겠는가."라고 하자 제자들이 말하였다. "저희들은 까마귀나 솔개가 선생님의 신체를 쪼아먹을까 염려됩니다." 장자가 말하였다. "땅 위에 있으면 까마귀나 솔개에게 먹히고 땅 밑에 있으면 땅강아지나 개미에게 먹힌다. (매장은) 저쪽에서 빼앗아 이쪽에 주는 격이니 어찌 그리 치우친가."

해설 장자의 생사관을 잘 보여주는 우언이다. 아내가 죽자 다리를 뻗고 앉아 질장구를 두드리면서 노래를 부른 행위와 함께 참고할 만하다. 죽음에 달관한 장자의 생사관과 맥을 같이하는 다음과 같은 양왕손(楊王孫)의 일화가 있다. 전한 시기의 양왕손이 후장을 반대하여 유언하기를, "나는 알몸으로 매장하여 나의 원래 상태로 돌아가고 싶으니, 반드시 내 뜻을 함부로 바꾸지 마라. 죽으면 포대를 만들어 시체를 싸서 7척 깊이의 땅에 넣고 내려놓은 뒤에 발에서부터 그 포대를 벗겨서 몸이 흙에 바로 닿도록 하여라. (吾欲裸葬, 以反吾眞, 必亡易吾意. 死則爲布囊盛尸, 入地七尺, 旣下, 從足引脫其囊, 以身親土.)"라고 하였다. 『한서·양왕손전(楊王孫傳)』에 보인다.

한자 槨 덧널 곽, 璧 둥근 옥 벽, 璣 구슬 기, 齎 가져올 재, 鳶 솔개 연, 螻 땅강아지 루, 蟻 개미 의, 偏 치우칠 편

| 참고문헌 |

郭慶藩,『莊子集釋』, 北京, 中華書局, 1985.

王翠葉, 王蒨,『莊子箴言錄集釋』, 北京, 廣播學院出版社, 1992.

曹礎基,『莊子淺注』, 北京, 中華書局, 2000.

曹嘉祥,『莊子名言譯評』, 北京, 華文出版社, 2002.

涂光社,『莊子寓言心解』, 瀋陽, 遼海出版社, 2014.